CHUT, C'EST UN SECRET

Seo Mi-ae est une star du polar en Corée. Comme toute autrice coréenne, elle a débuté avec des poèmes parus dans la presse. En 1994, elle publie son premier roman policier, qui connaît immédiatement un immense succès : *Les 30 meilleures façons d'assassiner son mari*. Son deuxième, *Le Jardin des poupées*, a reçu le premier prix du Polar coréen en 2009. Depuis elle a publié d'autres romans et nouvelles, et plusieurs de ses livres ont été adaptés au cinéma ou à la télévision. Elle est également scénariste pour la télévision et le cinéma.

Paru au Livre de Poche :

BONNE NUIT MAMAN

SEO MI-AE

Chut, c'est un secret

THRILLER TRADUIT DU CORÉEN
PAR KWON JIHYUN ET RÉMI DELMAS

MATIN CALME

Titre original :
모든 비밀에는 이름이 있다 (EVERY SECRET HAS A NAME)
Publié par Elixir,
an imprint of Munhakdongne Publishing Group in Korea.

Ouvrage publié avec le soutien
de l'Institut coréen pour la traduction littéraire (LTI Korea, Séoul).

ISBN : 978-2-253-94020-3 – 1re publication LGF

Ce matin, je me réveille après un cauchemar dont je ne me
souviens pas. Je m'observe longuement dans la glace.
Je regarde mon reflet, une expression inconnue
collée au visage.
Je ne me rappelle pas ce qui m'a tant remuée
durant la nuit.
Il me reste juste une impression atroce,
tenace comme une mauvaise odeur.
Je peux la sentir chaque fois que je respire.
Il y a quelque chose en train de pourrir en moi !

Avoir dix-sept ans, c'est nul. Enfin, j'ai encore seize ans.
Comme si le brouillard se dissipait
et qu'une lumière perçait l'obscurité,
je me suis retrouvée face à moi-même.
Je peux tromper les gens en prenant l'air de rien,
mais moi je sais.
Je ne suis pas comme les autres.

Celle dans le miroir sourit et me parle.
Ne te laisse pas aller.
Sinon je vais te dévorer.
Je prendrai ta place.

Arrête de mentir, toi, dans le miroir, tu es moi.
Ce n'est pas possible que tu me dévores.
Moi je suis toi et toi tu es moi.
Celle dans le miroir glousse.
Tu sais très bien ce que tu caches en toi.
Attends un peu et tu verras. À quoi tu ressembles vraiment.

Je me regarde comme si je voyais une étrangère.
Moi, à cet âge bizarre de seize ans. Ni enfant ni adulte.
Sous mes pieds, les ténèbres n'arrêtent pas de grandir.
Du fond de l'abysse, je peux entendre
celle dans le miroir chuchoter sans cesse.
Avoue. Toi, c'est moi.
J'ai beau me débattre, je ne peux pas
me débarrasser de cette ombre à mes pieds.

Tous les matins, je me regarde dans le miroir.
Longtemps… surtout les jours où j'ai fait un cauchemar.
Je te regarde, non, je me regarde, avec des yeux froids.
Sois patiente. Quand l'heure sonnera, tu le sauras.
Toi, moi.

Je soulève le coin de mes lèvres avec mes doigts.
Souris ! C'est le moment d'aller à l'école.

I

1

Je ne reviendrai jamais, se dit Yu-ri en accélérant le pas et en tirant sur les sangles de son sac à dos pour l'ajuster à sa taille.

Elle était perdue dans ses pensées.

Dans quelques heures, maman va rentrer du restaurant et tomber sur le mot que j'ai laissé sur la table à manger. Je me demande quelle tête elle va faire. Elle va se mettre en colère ? Elle va s'inquiéter et partir à ma recherche ?

Peut-être qu'elle ira seulement se coucher comme si de rien n'était, en marmonnant un truc comme : « Pauvre tarée. » C'est même sûr à quatre-vingt-dix pour cent ! C'était une des raisons pour lesquelles Yu-ri avait décidé de quitter la maison.

« Sans toi, je ne serais pas ici. Tu es comme un boulet accroché à mes pieds, tu le sais ça ? » aimait lui rabâcher sa mère. À seulement trente-cinq ans, un âge où beaucoup de femmes ne sont même pas encore mariées, avoir une fille de seize ans ne devait pas être facile.

Qui a demandé à naître ? C'est toi qui as choisi, maman ! murmura Yu-ri comme si sa mère était en face d'elle. Maintenant, je m'en vais. Vu que tu n'auras plus ton boulet aux pieds, tu pourras partir où tu voudras !

Yu-ri sentit brusquement les larmes lui monter aux yeux. C'était elle qui avait décidé de fuguer, pourtant elle avait l'impression que c'était sa mère qui l'abandonnait. Elle secoua la tête, comme pour chasser ces pensées.

Je n'ai pas besoin d'une soi-disant maman qui se fiche de ce qui arrive à sa fille !

Elle ne savait pas encore où elle allait. N'importe où ! Elle prendrait le premier bus qui arriverait. Peu importait la destination, elle s'installerait là-bas. Séoul ou Busan, cela n'avait aucune importance. Du moment que c'était loin. Ce serait dur, mais cela valait mieux que de rester. Elle ne se sentait plus la force de vivre ici.

Yu-ri descendit la rue en pente, plongée dans l'obscurité. Arrivée à l'arrêt de bus, elle posa son sac sur un des sièges. Elle attrapa son téléphone pour vérifier l'heure. 19 h 43.

Avait-elle manqué le bus de quarante ?

Il passait toutes les vingt minutes mais, tôt le matin ou tard le soir, étant donné qu'il n'y avait jamais personne, les chauffeurs circulaient un peu à leur guise. En descendant la côte, Yu-ri avait attentivement observé l'arrêt, mais elle n'avait vu aucun bus s'y arrêter. Il ne devait donc pas être passé. Ou peut-être était-il reparti il y avait déjà un moment ? À cette heure, personne ne prenait jamais le bus ici. Dans ce cas, elle devrait attendre celui de vingt heures.

Jusqu'à la gare routière de Gangneung, cela prendrait trente minutes. À quelle heure partait le dernier bus de là-bas ? Tandis qu'elle cherchait les horaires sur son téléphone, une sonnerie retentit et un message s'afficha à l'écran : « Tu veux crever ? Appelle ! »

Elle sentit son cœur palpiter, ses doigts s'engourdir. Par réflexe, elle se mit à se ronger les ongles. Cela faisait quelques heures qu'elle ignorait les appels et les messages qui se succédaient sur son téléphone.

Ne réponds pas, surtout ne réponds pas ! se dit-elle en le glissant dans une des poches latérales de son sac. Elle essaya de se calmer.

Maintenant, vous ne pourrez plus m'embêter. Je vais partir là où vous ne pourrez plus jamais me toucher.

Bon sang, pourquoi est-ce que le bus n'arrive pas ? trépigna-t-elle. La route était déserte.

Foutu quartier. Quand le soleil se couchait, l'obscurité dévorait tout, transformant l'endroit en ville fantôme. Non, à vrai dire, même une ville fantôme devait être plus vivante. Au moins, c'était une ville…

Ce hameau rassemblait une vingtaine de maisons construites près de la route côtière reliant le port de Jumunjin à la ville de Gangneung. Dans les environs, pour toute commodité, il n'y avait qu'une supérette miteuse à cinq cents mètres de l'arrêt de bus. Seuls les lumières du port, au loin, et les projecteurs des bateaux de pêche au calamar donnaient le sentiment que les alentours étaient habités.

Le quartier était aussi calme qu'une tombe.

Les gens du coin étant presque tous âgés, la plupart des habitations étaient déjà éteintes. En se retournant, Yu-ri remarqua que sa maison était allumée. Elle se rappela soudain être partie en oubliant d'éteindre la lumière de l'entrée. Devait-elle rebrousser chemin ? Le bus pouvait arriver d'un instant à l'autre.

Bah, quand maman rentrera, au moins, elle aura la lumière ; ce sera mon dernier cadeau, pensa Yu-ri en se forçant à ne pas se retourner. Je ne regarderai plus en arrière. Adieu.

Elle n'avait jamais quitté les environs.

Durant l'été, l'endroit grouillait de vacanciers mais, de l'automne jusqu'au printemps, un vent lugubre chargé de sable ainsi qu'une odeur de poisson pourri et d'ordures régnaient en maîtres. Même l'été, les vacanciers ne faisaient que traverser la zone ; rien ne les retenait ici.

Certains retraités, dans l'espoir de gagner un peu d'argent, dressaient des stands le long de la route pour vendre du maïs aux estivants. Mais pour les citadins, avides de cafés et restaurants bien notés sur internet, ce genre de trou perdu ne présentait aucun intérêt. Ainsi, passé la saison estivale, une fois qu'un vent froid se levait, il ne restait que les ordures que les visiteurs avaient laissées derrière eux. Il n'y avait plus âme qui vive ; seule une puanteur atroce dominait les lieux.

Prenant peu à peu conscience de son existence et de sa situation, Yu-ri avait commencé à voir sa mère et les gens du quartier tels qu'ils étaient vraiment. Elle haïssait cet endroit. Ce n'étaient pas seulement les bâtiments délabrés, rongés par le vent marin. Les gens aussi la dégoûtaient ; impuissants, ils semblaient érodés par les vagues du temps.

Chaque fois qu'elle voyait les visages de ces vieillards burinés par le vent, leurs mains squelettiques maigres comme des râteaux, Yu-ri se rappelait les mues d'insectes qu'elle découvrait parfois en se promenant dans la forêt, sur la petite colline derrière l'école. Des corps prêts à se briser, des âmes prisonnières qui n'attendaient plus que la mort. Elle ne voulait pas vivre et mourir ainsi, seulement car elle était née ici. Raison de plus pour s'enfuir.

Nerveuse, elle tourna la tête vers le port de Jumunjin. Toujours pas de signe du bus. Elle vérifia l'heure de nouveau.

19 h 47. Son téléphone sonna. Elle aurait voulu ignorer purement et simplement cet appel. Elle ne put cependant pas s'empêcher de regarder son écran.

Un nom qu'elle connaissait bien s'y affichait. Elle eut la brusque envie de balancer son téléphone par terre. Elle en était incapable. Elle aurait voulu l'éteindre mais, ça non plus, elle ne le pouvait pas. Faute de mieux, Yu-ri le mit en mode silencieux et patienta jusqu'à ce que l'appel prenne fin. En fait, se dit-elle, il suffit juste que je te bloque ! Pourquoi je n'y ai pas pensé avant ? Elle se promit de ne plus craindre ces appels.

Elle doit être folle de rage, se dit Yu-ri. Elle avait l'impression de voir son visage furieux, de l'entendre fulminer : « Elle se prend pour qui, à snober mon appel ? »

Son flanc la lançait. Elle devait sûrement avoir une côte fêlée, car chaque fois qu'elle respirait, elle éprouvait une vive douleur. Cela lui ravivait de funestes souvenirs. Des gestes trop amples, une inspiration trop profonde déclenchaient des douleurs atroces. Avait-elle une côte cassée qui s'enfonçait dans sa chair ? Ce n'était pas tout. Ses fesses, ses cuisses étaient couvertes de bleus.

Yu-ri rassembla son courage. Dans une heure maximum, se dit-elle, j'aurai quitté cette ville. Vous ne pourrez plus jamais me frapper. Je ne vous servirai plus de jouet !

Elle aperçut sur la route un halo qui s'approchait. Sûrement le bus. La lueur s'arrêta aux abords de la supérette. D'après la silhouette qui se dessinait dans l'obscurité, c'était bien le bus pour le centre-ville. Son prochain arrêt serait celui où elle se tenait.

Elle n'avait plus qu'à monter… Elle sentit son cœur s'emballer. Elle était plus impatiente que jamais. Elle aurait voulu que le bus accélère. Elle jeta son sac sur ses épaules et se posta au bord de la route.

— Qu'est-ce que tu fous ici, toi ? l'interpella une voix.

Tournant la tête, Yu-ri aperçut de l'autre côté de la route une voiture haut de gamme. Les yeux rivés sur le bus, elle n'avait pas vu qu'un véhicule arrivait dans l'autre sens. Par la fenêtre ouverte apparut un des visages qu'elle avait le moins envie de voir au monde. Elle cligna nerveusement des yeux pour s'assurer qu'elle ne rêvait pas.

Pas de doute. Celui qui tenait le volant était Park Ji-hun, capitaine de l'équipe de judo et délégué de la classe de troisième 2. Apparemment, il avait encore emprunté en douce la voiture de son père. Avec son mètre quatre-vingt-dix et sa musculature de sportif, il ne ressemblait pas à un mineur. Voilà pourquoi il ne craignait pas de conduire sans permis et de partir se balader avec ses amis à Sokcho ou Seoraksan.

Un frisson parcourut l'échine de Yu-ri. Pourquoi fallait-il qu'elle tombe sur lui maintenant ?

Si Ji-hun était là, Eun-su devait être de la partie. En effet, lorsque la lumière de l'habitacle s'alluma, Yu-ri distingua cette dernière sur le siège passager.

Des vêtements choisis avec soin. Elle portait sa tenue

préférée du moment : une veste rose fluo avec des étoiles pailletées sur les épaules. Elle avait suivi un tutoriel de maquillage et de coiffure sur YouTube afin de paraître plus âgée, mais cela s'accordait mal avec son visage encore juvénile. Les mots qui sortaient de sa bouche n'étaient pas ceux d'une gamine de seize ans.

— Sale pute ! Tu snobes mes appels et en plus tu te casses ? T'es conne ou quoi ? hurla Eun-su en agitant son téléphone dans les airs.

Pourquoi… Pourquoi ? se lamenta Yu-ri en serrant nerveusement le poing. Si seulement j'étais sortie dix minutes plus tôt… Ou si seulement j'avais éteint la lumière, je ne serais pas tombée sur eux…

Eun-su donna une tape sur l'épaule de Ji-hun. Celui-ci se gara sur le bas-côté et mit le frein à main. L'air déterminée, Eun-su s'étira la nuque et les épaules puis descendit du véhicule. La vitre arrière de la voiture s'abaissa ; deux visages, impatients du spectacle à venir, firent leur apparition. Mi-na et Seong-ho.

Kim Eun-su, la reine des abeilles, et sa suite.

Le bus n'était plus très loin. Eun-su était juste de l'autre côté de la route. Yu-ri la regarda s'approcher et recula, hésitante. Elle avait envie de s'enfuir, mais elle se sentait comme un animal pris au piège ; ses jambes refusaient de lui obéir. Elle ne pouvait même pas respirer correctement à cause de sa douleur aux côtes.

— Alors, connasse, on dirait que je te fais plus peur ? Tu snobes mes appels ? Tu veux crever ? Putain, tu veux vraiment crever aujourd'hui ?

Yu-ri comprit pourquoi, un instant plus tôt, elle n'avait pas éteint son téléphone, pourquoi elle n'avait pas pu le jeter non plus.

Une vieille habitude… qui datait déjà de plus d'un an. Si elle ne répondait pas, ou si elle répondait trop tard, à leur prochaine rencontre, elle devait s'attendre à être férocement battue.

Eun-su traversa la route en vociférant. Aussitôt arrivée au niveau de Yu-ri, elle lui décocha une gifle terrible. Un cri d'admiration et des applaudissements s'élevèrent de la voiture. Elle se mit à rouer sa proie de coups de pied. Recroquevillée sur elle-même, Yu-ri tentait tant bien que mal de se protéger, mais elle ne faisait clairement pas le poids. De ses bras, elle ne parvenait pas à bloquer un seul des coups de son habile tortionnaire.

Tout à coup, elle entendit le bus s'arrêter, la porte avant s'ouvrir. Comme agacée par cette intrusion, Eun-su tambourina du poing sur le côté du véhicule en criant :

— C'est bon, partez. Personne ne va monter.

La voix du chauffeur retentit imperceptiblement. Eun-su cria de nouveau :

— Je t'ai dit de partir. T'es sourd ou quoi ?

Yu-ri aurait tellement voulu pouvoir profiter de cet instant pour attraper son sac et monter dans le bus… Puis, en voyant Eun-su et sa bande s'éloigner par la fenêtre arrière de l'autocar, elle aurait pu brandir un doigt d'honneur dans leur direction. Elle aurait mal aux côtes mais, si elle réussissait à s'échapper, elle se voyait déjà exploser de rire aussitôt le bus reparti. À l'instant même où elle se levait pour attraper son sac, le bus démarra.

— Quoi ? Tu comptais vraiment te casser ? enragea Eun-su en attrapant brutalement Yu-ri par les cheveux pour la tirer à elle.

Yu-ri repoussa son assaillante de toutes ses forces,

puis se mit à courir derrière le bus, mais celui-ci était déjà loin. Pour ne rien arranger, elle se foula la cheville et s'écroula de tout son long sur le sol.

Eun-su se mit à lui piétiner aveuglément le dos. Mi-na descendit de voiture pour lui prêter main-forte. Yu-ri suffoquait, recroquevillée sur elle-même. Elle était furieuse de ne même pas pouvoir hurler. Une autre habitude prise durant cette année de passages à tabac. Si elle criait ou gémissait, les coups redoublaient immanquablement.

— Je vous l'avais dit qu'elle était tarée, non ? Elle ne nous file plus de thunes, elle ne répond plus au téléphone !

— Ouais, on a bien fait de passer.

Mi-na s'empara du sac de Yu-ri pour le fouiller. Elle dénicha aussitôt son portefeuille. Tout l'argent que Yu-ri avait rassemblé pour aujourd'hui était désormais entre ses mains.

Eun-su empocha aussitôt les billets que lui tendait son amie et décocha une gifle violente à sa victime.

— Je croyais que t'avais pas d'argent ? C'est quoi ça ? Réponds, salope !

Yu-ri sentit un liquide gluant sur son visage. Du sang dégoulinait de son nez. Elle s'essuya du revers de la main, ferma les yeux. Bon sang, se dit-elle, mais quand est-ce que ça a mal tourné ?

À leur entrée au collège, Eun-su était encore son amie. Après les cours, elles allaient ensemble, avec d'autres copines, manger un *tteokbokki*[1] avant d'aller se baigner dans la mer. Elle n'aurait pas pu dire que c'était

---

1. Plat emblématique de la cuisine de rue coréenne, composé principalement de bâtonnets de riz et d'une sauce au piment.

sa meilleure amie, mais quand elles étaient ensemble elles s'amusaient bien.

Malgré le visage couvert de sang de Yu-ri, Eun-su ne s'arrêtait pas. Au contraire, surexcitée, elle cognait de plus en plus fort. Affaissée sur le sol, les bras autour de la tête, Yu-ri attendait que les coups cessent.

— Je t'avais pourtant dit de te ramener sur les quais avec le pognon. Tu fais attendre les gens et en plus tu te tires ?

Cela n'avait rien d'un rendez-vous. C'était un ordre arbitraire. Elles la rackettaient souvent. Par le passé, pour pouvoir les payer, Yu-ri avait cassé sa tirelire, vendu ses baskets préférées. Elle avait volé de l'argent dans le portefeuille de sa mère. Elle n'avait plus rien à leur donner.

Les sous que tenait Eun-su dans sa main étaient destinés au loyer du restaurant de sa mère. Dans sa fugue, c'était l'unique fortune sur laquelle Yu-ri comptait. Tout juste assez pour pouvoir tenir jusqu'à ce qu'elle trouve un travail et empoche son premier salaire.

— Y a combien ? Assez pour s'éclater ? demanda Ji-hun en gloussant, appuyé contre la voiture de l'autre côté de la route.

Eun-su agita les billets dans sa direction. Ji-hun émit un sifflement de surprise et tapa dans la main de Seong-ho, toujours assis dans le véhicule.

Empochant l'argent, Eun-su tourna les talons mais manqua de tomber. Quelque chose s'accrochait à son pied. Yu-ri, allongée par terre, l'avait attrapée par la cheville. Une moue de dégoût aux lèvres, Eun-su secoua la jambe pour se libérer, mais Yu-ri s'agrippa encore plus fort.

— Lâche ! Lâche-moi, je te dis !

Mi-na était venue à la rescousse pour libérer son amie, mais Yu-ri tenait bon. Elle releva sa tête tuméfiée, murmura quelque chose. Son visage n'était plus qu'une masse de sang, de sueur et de cheveux enchevêtrés.

— Qu'est-ce que tu dis ?

— Rendez-le-moi… J'en ai absolument besoin. Mon argent…

À ces paroles, Eun-su explosa de colère :

— Putain de tarée, t'as perdu la tête ?

Ce n'était pas parce que Yu-ri lui avait réclamé son argent. Jusqu'à présent, cette dernière n'avait jamais osé ouvrir la bouche, et voilà qu'aujourd'hui elle se rebellait !

Eun-su ne pouvait pas laisser passer. Si elle n'enfonçait pas le clou maintenant, à l'avenir, Yu-ri pourrait désobéir de nouveau. De son pied libre, elle la cogna de toutes ses forces au menton puis lui frappa violemment la poitrine.

— Je t'ai pourtant déjà dit de ne pas la ramener !

Yu-ri relâcha enfin son étreinte pour s'enserrer le ventre.

Eun-su épousseta son pantalon en vérifiant qu'il n'y avait pas de taches de sang. Dans cette obscurité, elle ne distinguait pas grand-chose. Elle traversa la route, pensant qu'elle en aurait le cœur net une fois dans la voiture.

Mi-na, qui lui avait emboîté le pas, se retourna vers Yu-ri et s'arrêta aussitôt. Elle avait un mauvais pressentiment.

Inquiète, elle observait l'adolescente étendue sur la route.

— Hé, mais grouille-toi ! lui cria Eun-su, la main sur la portière de la voiture.

Mi-na se rapprocha de Yu-ri, toujours inerte, et la secoua du bout du pied.

— Allez, fais pas semblant d'avoir mal, lève-toi !

Aucune réaction. Mi-na comprit que quelque chose ne tournait pas rond.

Elle tendit son visage crispé vers Eun-su qui avait ouvert la portière.

— Eun… Eun-su !

Cette dernière, qui s'apprêtait à monter en voiture, se tourna vers son amie pour lui lancer :

— Laisse cette pute et rapplique. Si on veut aller à Sokcho on n'a pas de temps à perdre.

— Ah, mais… y a un truc bizarre.

— Quoi ? répondit Eun-su dont la voix trembla légèrement.

Elle commençait enfin à saisir la situation. Les sourcils froncés, elle claqua la portière et traversa de nouveau la route.

— On… on dirait qu'elle ne respire plus.

— Arrête tes conneries, on l'a juste un peu tapée. Comment…, répliqua Eun-su en se penchant vers Yu-ri.

Mi-na avait dit juste : elle ne respirait plus. Eun-su lui flanqua de petites gifles au visage.

— Lève-toi ! Arrête tes conneries, lève-toi, je te dis !

Aucune réaction. Putain, c'est la merde, se dit Eun-su en reculant instinctivement d'un pas. On la cogne un peu et elle crève ? Cette connasse, elle nous fera chier jusqu'au bout !

Ji-hun, qui avait déjà mis le contact, descendit de voiture, se doutant qu'il se tramait quelque chose de grave.

Au moment où il allait les rejoindre, un bruit de moteur se fit entendre. Eun-su se baissa pour couvrir le corps de Yu-ri. Instinctivement, Ji-hun et Mi-na se tournèrent pour éviter la lumière des phares. Montrer leur visage n'apporterait rien de bon.

La voiture freina et passa en roulant au pas.

Eun-su releva Yu-ri et fit mine de l'aider à marcher, tout en s'exclamant :

— Je t'avais bien dit de pas boire autant ! Tu ne peux même plus tenir droit, ressaisis-toi !

Après les avoir dépassés, le conducteur du véhicule accéléra de nouveau et disparut en direction de Jumunjin.

S'étant assuré que l'importun était parti, Ji-hun traversa la route.

D'un geste expérimenté, il releva la tête de Yu-ri et colla son oreille contre son nez. Pas un bruit de respiration, pas un souffle. Le visage de Ji-hun se durcit.

Eun-su ne l'avait pas quitté du regard. Elle se releva, affolée, et se mit à marcher de long en large.

— Fallait pas la frapper à la poitrine. C'est un point vital, je te l'ai déjà dit, murmura Mi-na qui se tenait à ses côtés.

— Tu fais quoi là ? répliqua férocement Eun-su. Tu veux tout me mettre sur le dos ? Y a que moi qui l'ai frappée, peut-être ? T'étais avec moi !

Mi-na dévisagea son amie d'un air perplexe avant de répondre :

— En vrai, je l'ai presque pas tapée. Si seulement tu ne lui avais pas filé un coup dans la poitrine à la fin…

— Alors quoi, c'est ma faute maintenant ? T'es en train de me dire que j'ai tué cette connasse ?

— T'avais son portefeuille, c'était pas suffisant ?

Ji-hun, qui écoutait leur pathétique dispute, se mit à hurler :

— Ça suffit ! Vous n'avez pas vu la bagnole passer ? Vous voulez rester plantées ici ?

Mi-na et Eun-su se turent enfin.

— Hé, Seong-ho, cria Ji-hun en agitant la main vers son ami.

Celui-ci descendit de la voiture à contrecœur. Son pas nonchalant indiquait clairement son agacement. Il observa, impassible, le corps de Yu-ri avant de décocher un regard vers Eun-su et Mi-na.

— Je savais que ça finirait par arriver. Vous allez faire quoi maintenant ?

Les adolescentes baissèrent les yeux. Tous autour du corps de Yu-ri, ils se regardaient les uns les autres. Personne ne trouvait la force d'ouvrir la bouche. Personne n'avait imaginé que les choses tourneraient ainsi. Ils ne savaient absolument pas quoi faire. Ji-hun fut le premier à retrouver ses esprits.

— Toi, va ouvrir le coffre.

— Qu'est-ce que tu comptes faire ? lui lança Eun-su avec un regard suppliant.

— Quoi, tu veux la laisser là ?

Incapable de répondre, Eun-su s'exécuta.

— Toi, attrape ses pieds, lança Ji-hun d'un mouvement de tête à son ami, tout en soulevant Yu-ri par les épaules.

— Tu vas vraiment la foutre dans ta caisse ? lui demanda Seong-ho en écarquillant les yeux.

Renfrogné, il se gratta l'oreille. Après avoir jeté un coup d'œil à Mi-na, il se pencha vers Ji-hun et chuchota :

— En vrai, c'est pas notre problème. Pourquoi on devrait s'en mêler ?

— Hé ! Gang Seong-ho ! hurla tout à coup Mi-na qui avait tout entendu. Alors quoi ? Tu veux nous laisser derrière et te barrer ? Waouh ! On peut dire que t'es un vrai pote, toi !

— Quand est-ce que j'ai parlé de vous laisser tomber ? Je demande juste si on doit foutre un cadavre dans la bagnole.

— T'as bien dit que ce n'était pas votre problème. Ça veut dire quoi ?

— Bouclez-la ! intervint Ji-hun. On n'a pas de temps à perdre en disputes.

— Raah, mais ça ne serait pas mieux de la jeter dans les environs et de se barrer ? bougonna Seong-ho.

Ji-hun prit une profonde inspiration, réprimant avec peine une bouffée de colère.

— À côté d'une station de bus ? Elle sera trouvée dès qu'il fera jour, puis ça sera dans le journal. Et le chauffeur de bus, et le type qui vient de passer en bagnole ? Avec ces témoins, on nous retrouvera en moins de deux.

— Comment ? Il fait noir ici et il n'y a aucune caméra !

— Dans le bus, il y en a. Et il y avait sûrement une caméra de bord dans la bagnole. Avec ma plaque d'immatriculation, ils pourront facilement remonter jusqu'à mon père.

— Ah… je n'y avais pas pensé.

— Pas pensé ? Putain, t'as vraiment rien dans le crâne ou quoi ? répliqua Ji-hun en lui lançant un regard méprisant.

Seong-ho se tut enfin. Rien que d'en avoir parlé,

Ji-hun sentit la peur l'envahir. Il voyait se dessiner devant lui le visage furieux de son père.

Là, c'était un problème d'une tout autre ampleur que d'emprunter sa voiture sans permission. Si son paternel fermait les yeux sur ses petites escapades, abandonner un cadavre était autrement plus sérieux. Ça, son père ne lui pardonnerait pas. Ji-hun se rendait enfin compte de la gravité de la situation. Il était énervé ; la soirée ne se déroulait pas du tout comme prévu.

— Allez, attrape-la.

À contrecœur, Seong-ho souleva les jambes de Yu-ri. Eun-su avait déjà ouvert le coffre de la voiture et patientait à côté. Elle scruta les environs pendant que ses deux camarades chargeaient le corps. Mi-na ramassa le sac de Yu-ri pour le jeter dans le coffre. Eun-su, la mâchoire serrée, monta la première à la place du passager.

— Regarde s'il n'y a rien qui traîne, ordonna Ji-hun.

Mi-na alluma aussitôt la lumière de son téléphone pour balayer les alentours de l'arrêt de bus. Elle découvrit le téléphone de Yu-ri qu'elle s'empressa de glisser dans la poche de son cardigan.

Ji-hun, Seong-ho et Mi-na montèrent à leur tour en voiture. Dans l'obscurité de l'habitacle, personne n'ouvrait la bouche. Ji-hun, qui se torturait l'esprit pour trouver une solution, alluma le moteur.

— On va faire quoi ? On va où ? lui demanda prudemment Eun-su qui le surveillait du coin de l'œil.

— Tu verras.

— Tu ne comptes pas nous faire creuser, hein ? J'ai horreur de ça, moi, déclara Seong-ho, assis à l'arrière, les bras croisés.

Il montrait par tous ses gestes son désir de se mêler le moins possible à cette histoire. Sans dire un mot, ses compagnons lui décochèrent un regard noir.

— T'inquiète pas, je connais un endroit avec un trou déjà creusé.

À ces mots, Seong-ho s'enfonça sur son siège et garda le silence.

Ji-hun appuya sur la pédale d'accélérateur.

Les yeux rivés sur la chaussée balayée par les phares de la voiture, il tentait de remettre ses pensées en ordre. Un chat traversa soudain la route, l'obligeant à braquer brutalement. Un peu plus et il l'écrasait. Ils avaient été secoués, mais il avait pu esquiver le félin.

Il jeta un coup d'œil dans le rétroviseur. L'animal avait déjà disparu dans la nuit.

2

Le néon s'alluma en grésillant, dévoilant d'un coup les locaux.

Choe Hui-ju hésita un instant, en proie à un sentiment étrange.

Tout était toujours à la même place. Elle n'était partie que depuis quelques heures, néanmoins elle avait l'impression de pénétrer dans un lieu inconnu. Était-ce à cause de la nuit ? À cette heure-ci, l'endroit lui semblait peu familier. Elle était déjà restée jusqu'à une heure tardive pour y faire le ménage ou ranger des documents, mais c'était la première fois qu'elle mettait les pieds dans son cabinet aussi tard dans la soirée.

La saison des pluies battait son plein, une odeur de poussière et d'humidité dominait les lieux. Hui-ju alluma le climatiseur ; un air froid balaya la pièce. L'atmosphère étouffante se rafraîchit légèrement.

Hui-ju, tout en se dirigeant vers son bureau, jeta un coup d'œil à l'horloge murale.

20 h 42. Il restait encore un peu de temps avant vingt et une heures. Elle se dépêcha de poser son sac pour aller ouvrir l'armoire où elle rangeait ses dossiers.

Il y avait tout juste une heure, elle finissait de dîner et s'apprêtait à boire un thé avec son mari. Un coup de téléphone inattendu avait fait voler en éclats sa paisible soirée.

— Qui c'est qui t'appelle à cette heure ? avait bougonné son mari avant même qu'elle ne décroche.

Hui-ju aussi n'avait eu qu'une envie : décliner cet appel qui venait briser sa tranquillité. Mais, à la vue du nom sur l'écran, elle n'avait pas eu d'autre choix que de décrocher.

Tout en observant d'un œil inquiet son mari, elle était entrée dans son bureau.

Yun Ha-yeong.

Elle ne l'avait plus vue en consultation depuis déjà un an. Habituellement, elle ne donnait jamais son numéro personnel à ses patients mais, pour Ha-yeong, elle avait fait une exception. C'était la fille de son amie Seon-gyeong. Sa belle-fille, pour être exact.

Il est arrivé quelque chose ? s'était d'abord inquiétée Hui-ju. En y repensant, cela faisait longtemps qu'elle n'avait pas eu de nouvelles de son amie. Elles avaient pourtant l'habitude de s'appeler de temps en temps mais, sans que Hui-ju s'en rende compte, elles avaient perdu le contact.

— Allô ? avait répondu Hui-ju en fermant avec précaution la porte de son bureau.

Elle n'avait pas compris tout de suite. La voix de Ha-yeong était plus aiguë et plus saccadée que d'habitude. Visiblement, elle était très nerveuse.

— Ha-yeong ? C'est bien toi ? avait-elle demandé pour interrompre son flot de paroles. Calme-toi. Respire profondément.

Si elle voulait comprendre la situation, elle devait d'abord rassurer l'adolescente. Suivant les conseils de

Hui-ju, Ha-yeong avait pris plusieurs inspirations et s'était apaisée.

— Il est arrivé quelque chose ? avait demandé Hui-ju.

Aucune réponse. Ce silence était plus inquiétant qu'une crise de fureur. Hui-ju avait répété plusieurs fois sa question, en vain. Elle ne pouvait pas se résoudre à raccrocher.

— Tu veux bien me dire ce qu'il t'est arrivé ?

Après un long silence, Ha-yeong avait fini par répondre d'une voix vacillante :

— C'est dégueulasse. Comment ils peuvent me faire ça ?

— Qu'est-ce qu'il s'est passé ?

— … J'en étais sûre. Ils me détestent depuis le début. Ils s'en fichent si je crève.

Elle avait ensuite marmonné quelque chose d'incompréhensible. Ce n'était pas un problème que Hui-ju pourrait résoudre par téléphone.

— Tu es où maintenant ?

— Là ? Je ne sais pas…

— D'accord, ne t'en fais pas. Tu veux qu'on se voie pour en parler ? Ça te dit ?

— …

— C'est pour ça que tu m'as appelée ? avait repris Hui-ju. Parce que tu avais envie de parler ? Je vais venir où tu te trouves. Ou bien tu veux qu'on se voie à mon cabinet ?

Comme elle ne savait pas où était Ha-yeong, fixer un point de rendez-vous n'était pas facile.

L'idée de se rencontrer au cabinet avait eu l'air de plaire à l'adolescente. Hui-ju lui avait donc proposé de prendre un taxi si elle ne savait pas où elle était. Après avoir déterminé une heure de rendez-vous, elle avait dû se répéter plusieurs fois avant d'obtenir une réponse claire. Ha-yeong viendrait.

Hui-ju avait raccroché et s'était préparée en vitesse. Puis, s'étant un peu calmée, elle avait appelé Seon-gyeong avant de partir. Il fallait d'abord qu'elle sache ce qui avait mis l'adolescente dans cet état.

La sonnerie avait longtemps retenti mais son amie n'avait pas décroché. Qu'avait-il pu se passer ?

Après lui avoir brièvement expliqué la situation par message, Hui-ju était passée dans le salon.

— Tu vas où à cette heure ? lui avait demandé son mari, confus, la bouilloire à la main, en la voyant s'habiller.

— Désolée, je dois sortir un petit moment.

Posant la bouilloire, il lui avait jeté un regard mécontent.

— Qu'est-ce qu'il se passe ? C'était qui ?

— C'est une de mes patientes. Je n'ai pas le choix, il faut que j'aille la voir.

Son mari l'avait dévisagée, la bouche ouverte. Il ne comprenait pas sa femme.

— Une consultation ? À cette heure ? Tu as perdu la tête ?

— C'est Ha-yeong, la fille de Seon-gyeong. Tu te souviens ?

— Peu importe. Il est tard. Dis-lui de venir demain.

Déjà parvenue à la porte d'entrée, Hui-ju avait pris une profonde inspiration avant de se tourner vers lui.

— Si j'y vais, c'est que j'ai une bonne raison. Et s'il se passait quelque chose de grave si je n'y allais pas ?

À ces mots, le visage de son mari s'était crispé. Avec

un léger signe de tête, il était retourné dans le salon. Hui-ju s'était rendu compte de son erreur. Elle venait de remuer une blessure encore fraîche. Elle avait senti son cœur se serrer. Elle savait très bien à quoi il avait pensé.

Trois mois plus tôt, un ami de son mari l'avait appelé pour aller boire un verre. Ce dernier, prétextant avoir trop de travail, avait remis leur rencontre à plus tard. Malheureusement, il n'en avait jamais eu l'occasion. Quelques jours plus tard, il avait appris que son ami s'était suicidé. Apparemment, il avait mis fin à ses jours peu de temps après leur conversation téléphonique. Comme il vivait seul, il s'était passé un peu de temps avant que l'on découvre son cadavre.

Hui-ju le connaissait de vue, car il était venu à leur mariage.

Elle avait accompagné son mari à l'enterrement. En découvrant que son ami avait appelé plusieurs de ses camarades avant de passer à l'acte, il n'avait plus dit un mot. De retour à la maison, son tourment n'avait pas pris fin. Hui-ju avait beau lui répéter que ce n'était pas sa faute, son mari avait sévèrement accusé le coup.

Il ne cessait de ruminer la même chose. Si seulement j'étais allé le voir… J'étais peut-être son dernier espoir et je l'ai laissé tomber…

Son mari venait de repenser à cette histoire. Son air de chien battu avait attristé Hui-ju. Elle avait eu envie d'ôter ses chaussures, de se précipiter vers lui pour le prendre dans ses bras. Mais le temps pressait. Elle devait se dépêcher pour être à l'heure à son rendez-vous avec Ha-yeong. Une foule de pensées l'avait envahie alors qu'elle observait son mari rejoindre le salon.

« Ils s'en fichent si je crève. »

Ces paroles de Ha-yeong lui tournaient dans la tête. Devait-elle expliquer à son mari toute l'angoisse, la solitude qu'elle avait perçues dans la voix de l'adolescente ? Elle n'avait aucune envie de lui rappeler un peu plus son ami décédé.

Elle avait jeté un coup d'œil à sa montre et s'était décidée. Elle devait d'abord s'occuper de Ha-yeong.

— Je suis désolée, chéri, je rentrerai vite.

— Ça va. Dépêche-toi.

Son mari avait bon caractère. De peur que sa femme ne s'en aille le cœur lourd, il avait dissimulé autant que possible ses sentiments. Hui-ju avait senti un poids s'ôter de sa poitrine.

L'armoire à côté de son bureau contenait les dossiers des enfants qu'elle voyait en consultation. Hui-ju ouvrit un tiroir pour attraper celui de Ha-yeong.

Les dossiers étaient classés par couleur. En bleu, les cas terminés ; en blanc, ceux toujours en cours. Celui de Ha-yeong était rouge et classé à part.

Rouge. Les cas dont les consultations n'avaient pu être menées à terme. Ha-yeong était toujours dans un coin de la tête de Hui-ju, un peu comme un devoir non terminé. C'était peut-être une des raisons qui l'avaient poussée à briser sa paisible soirée.

Elle se mit à parcourir une à une les pages du dossier de l'adolescente.

Trois années de consultations étaient résumées dans ces feuillets. En étudiant le rapport de leur première rencontre, les souvenirs de cette journée lui revinrent peu à peu à l'esprit. Dès le début, ces entretiens avaient été pénibles.

— Je ne sais pas comment m'y prendre avec elle…, avait déclaré nerveusement Seon-gyeong.

Son amie était venue la voir pour lui demander de prendre Ha-yeong en thérapie.

C'était la première fois qu'elle la voyait depuis l'affaire de Byeong-do qui avait fait tant de bruit dans les médias. Hui-ju s'inquiétait pour elle. Elle se souvenait encore de ce fameux jour.

Savoir que le tueur en série le plus célèbre du pays s'était évadé lui avait fait un choc. Quand elle avait appris qu'il s'était infiltré chez la criminologue avec qui il s'était entretenu en détention, et qu'il avait été retrouvé mort, Hui-ju avait accouru chez son amie. Mais la maison de cette dernière était fermée à double tour et Seon-gyeong ne répondait pas au téléphone. Hui-ju n'avait aucun moyen de la joindre. Plus tard, en regardant les informations, elle avait appris que Seon-gyeong avait été hospitalisée. Elle s'était rendue à l'hôpital mais, pour des raisons de sécurité, toutes les visites étaient interdites. Inquiète, elle lui avait envoyé plusieurs textos. Ils étaient restés sans réponse.

Un an avait passé avant qu'elle ne la revoie. Seon-gyeong avait beaucoup changé. Sa confiance et sa vitalité s'étaient volatilisées ; son visage était émacié et pâle. De toute évidence, elle ne s'était pas encore remise de l'affaire.

— Est-ce que tout va bien ? avait demandé Hui-ju.

À vrai dire, elle ne savait pas vraiment ce qu'il s'était passé. Elle n'avait pu lire que les articles publiés dans la presse à sensation. Hui-ju avait eu un pincement au cœur devant l'apparence de son amie. Elle avait beau l'interroger, Seon-gyeong ne se décidait pas à parler.

Comme elle le faisait toujours avec ses patients qui n'arrivaient pas à s'ouvrir, elle avait pris son mal en patience. Après tout, si son amie était venue la trouver jusque dans son cabinet de consultation, c'était pour se confier.

— On parlera de moi une autre fois… Si un jour j'en ai l'occasion, je te raconterai tout ça, lui avait dit Seon-gyeong, le regard fuyant.

Hui-ju avait doucement regardé son amie puis avait changé de sujet.

— Tu m'as dit qu'elle s'appelait Ha-yeong ? Pourquoi tu penses qu'elle a besoin de voir un psychologue ?

— Elle ne peut pas dormir. Elle se réveille en hurlant, elle s'emporte pour un rien, elle observe toujours par la fenêtre ou par la porte comme si elle était traquée.

— Bien entendu. Après ce qu'elle a vécu…

— Non, à ce moment-là encore, ça allait.

— Alors, ses symptômes sont récents ?

Seon-gyeong avait hoché la tête et déclaré :

— Elle a été plutôt calme jusqu'à présent, mais maintenant on dirait qu'elle est prête à exploser pour la moindre broutille.

— Pourquoi tu n'es pas venue me voir plus tôt ?

À ces mots, Seon-gyeong avait relevé la tête sans répondre.

— Je ne sais pas exactement ce qu'il s'est passé, mais vous auriez dû venir toutes les deux tout de suite après cette histoire.

Comme gênée par le regard de son amie, Seon-gyeong

avait détourné le sien. Ce changement d'attitude préoccupait beaucoup Hui-ju. La Seon-gyeong qu'elle connaissait n'avait pas ce regard fuyant, n'était pas aussi renfermée sur elle-même. Elle trouvait suspicieux qu'un caractère aussi fort que celui de son amie ait pu autant changer en seulement une année.

— Tu es sûre que tu vas bien ? Tu as mauvaise mine. Tu dors bien la nuit ? s'était-elle inquiétée.

Le visage de Seon-gyeong s'était crispé. À première vue, elle ne devait pas beaucoup dormir.

— C'est à cause de toute cette histoire avec Lee Byeong-do ?

Comme à contrecœur, Seon-gyeong avait acquiescé puis avoué qu'elle avait du mal à s'endormir et que, même quand elle y parvenait, elle se réveillait aussitôt pour ne plus fermer l'œil de la nuit. Elle avait poursuivi en expliquant que parfois elle restait assise, l'esprit ailleurs ; son cœur s'emballait alors tout à coup, elle était prise d'une violente migraine. Elle prenait de plus en plus d'analgésiques pour calmer ses douleurs.

— Il faudrait qu'on en parle un peu plus mais, toutes les deux, on dirait bien que vous souffrez de TSPT.

— … Un trouble de stress post-traumatique ?

— Il peut se déclarer plusieurs années après l'accident. En d'autres termes, ce n'est pas parce qu'on ne présente aucun symptôme dans l'immédiat qu'on est tiré d'affaire. Regarde-toi. Tu crois que tu vas bien ? Toi et Ha-yeong, vous avez besoin d'aide.

Seon-gyeong avait paru déconcertée. Elle n'avait jamais pensé à ça.

— … C'est juste à cause de cette histoire ? Tu n'as pas d'autres problèmes ?

Hui-ju savait que son amie et sa belle-fille ne s'entendaient pas bien.

Même quand il s'agit de son propre enfant, la puberté n'est pas une période facile. À plus forte raison, cela devait être le cas pour Ha-yeong et Seon-gyeong qui n'avaient pas pu passer beaucoup de temps ensemble et développer une véritable relation mère-fille.

Pour Seon-gyeong qui, du jour au lendemain, avait endossé le rôle de mère, l'animosité de Ha-yeong devait être difficile à gérer.

Et pour ne rien arranger, il y avait eu cette tragédie avec Lee Byeong-do.

La mâchoire serrée, Seon-gyeong était absorbée dans ses pensées. Hui-ju la sentait peu disposée à parler. Elle avait envisagé le problème sous un autre angle.

Les consultations commençaient ordinairement lorsque des parents amenaient leur enfant.

Notre enfant nous insulte, il ne parle pas, il se mutile, il frappe son petit frère, il refuse d'aller à l'école, etc. Généralement, la consultation ne se limitait pas aux enfants. Bien souvent, leur comportement était en lien avec celui de leurs parents. C'est pourquoi, la plupart du temps, elle avait également des entretiens avec eux.

Si Hui-ju recevait Ha-yeong en consultation, elle finirait par connaître la vie privée de son amie, son quotidien ainsi que des détails intimes concernant son couple. Cela serait gênant pour toutes les deux. Voilà pourquoi, autant que possible, les professionnels évitaient de s'occuper de leurs proches ou connaissances.

Hui-ju souhaitait faciliter les choses au maximum pour son amie. Plus que tout, elle désirait qu'elle soit aidée rapidement.

— Si je me charge de votre cas, cela pourrait vite devenir embarrassant ; je vais te conseiller un de mes collègues. Il faut commencer sans perdre de temps.

Hui-ju avait attrapé une liste de noms et s'était mise à chercher celui qui conviendrait le mieux pour son amie et sa belle-fille.

— Non, je n'ai pas envie de voir quelqu'un d'autre. J'aimerais que ce soit toi, avait fermement déclaré Seon-gyeong.

Hui-ju avait relevé la tête, surprise. Seon-gyeong s'était expliquée :

— Tu es déjà au courant du genre de relation que j'ai avec Ha-yeong. Tu sais aussi ce qu'on a traversé. Au moins, je n'aurai pas besoin de parler de tout ça de nouveau. Je n'ai aucune envie de devenir l'objet de curiosité d'un étranger.

Hui-ju avait approuvé la décision de son amie d'un signe de tête. Elle avait tiré sa chaise pour se rapprocher d'elle. Lui prenant la main, elle était revenue à sa première question :

— Seon-gyeong, tu dois tout me dire. Il n'y a que comme ça que nos consultations pourront porter leurs fruits. Tu comprends ?

— …

— Tu veux bien me dire ce qu'il s'est passé ce jour-là ? Exactement…

Seon-gyeong seule connaissait la vérité. Depuis l'intrusion de Byeong-do jusqu'à sa mort. Des faits qui s'étaient déroulés ce jour-là avaient sûrement dû échapper à la police.

Il n'est jamais facile de se remémorer des moments douloureux. C'était pourtant inévitable. Si Seon-gyeong souffrait d'un trouble de stress post-traumatique, il était fondamental qu'elle travaille sur ses souvenirs.

Seon-gyeong avait jeté un coup d'œil vers la porte. Ha-yeong patientait dans la salle d'attente. Elle était restée ainsi, immobile durant un long moment, puis s'était penchée vers Hui-ju pour lui murmurer à l'oreille :

— … C'est Ha-yeong qui a tué Byeong-do. Elle l'a poignardé.

Hui-ju avait regardé son amie en écarquillant les yeux. Elle ne savait ni quoi dire ni quoi faire.

— … Comment c'est arrivé ?

— Il était en train de m'étrangler. J'étais aux portes de la mort.

— Mon Dieu… Elle a vu ça et elle est venue t'aider ?

— Tout est ma faute… Cette enfant a du sang sur les mains à cause de moi.

— Qu'est-ce que tu racontes ? Pourquoi ce serait ta faute ?

— Tu ne sais pas, toi. Tout… est cassé. Ha-yeong. Moi aussi.

— Ne t'en veux pas comme ça. Rien n'est ta faute. Je vais t'aider.

— …

— Ha-yeong t'a déjà dit quelque chose sur ce jour-là ?

— Rien. Je ne sais même pas ce qu'elle en pense. Je ne sais rien sur elle. C'est pour ça que… j'ai peur, avait déclaré Seon-gyeong en se serrant dans ses propres bras.

Voir son amie réagir ainsi laissa Hui-ju perplexe. Il y avait quelque chose d'étrange dans cette réaction vis-à-vis d'une enfant qui l'avait sauvée. C'était normal qu'elle se sente coupable. Qu'elle pense que c'était sa faute si Ha-yeong avait traversé tout cela. Mais, étrangement, Seon-gyeong semblait angoissée, et même terrifiée.

Non par Byeong-do, mais par sa belle-fille.

Chaque fois qu'elle mentionnait Ha-yeong, les épaules de Seon-gyeong se contractaient, son regard tremblait. Qu'est-ce qui pouvait être si effrayant chez cette gamine ?

Toc toc.

Hui-ju reprit ses esprits. Par réflexe, elle jeta un coup d'œil à l'horloge accrochée au mur : il était vingt et une heures précises. Heureusement, elle n'avait pas fermé la porte de son bureau ; elle avait pu entendre que l'on frappait à l'entrée. Elle se leva à la hâte. Elle frissonna en traversant les locaux : l'air s'était bien rafraîchi. Elle attrapa la télécommande du climatiseur pour ajuster la température. On toqua encore à la porte ; elle se précipita pour ouvrir.

Elle réprima un cri de surprise.

Ha-yeong avait beaucoup grandi et faisait presque sa taille. Il s'était seulement écoulé un an depuis leur dernière rencontre, mais elle avait désormais presque l'air d'une adulte. Vêtue d'un T-shirt en coton blanc sur un pantalon bleu marine, elle était pétillante. Elle haletait comme si elle avait couru, ses cheveux ébouriffés exhalaient l'odeur fraîche du soir. Pourtant encore au collège, on aurait pu la prendre pour une étudiante.

— Je ne suis pas en retard, n'est-ce pas ? dit-elle, souriante, en agitant son téléphone.

Sa voix n'était plus aussi tranchante et angoissée qu'au téléphone. Ce calme, loin de la rassurer, inquiéta

Hui-ju. Même si les sautes d'humeur étaient fréquentes à cet âge, Ha-yeong semblait de trop bonne humeur.

Dissimulant ses doutes, Hui-ju l'accueillit avec un grand sourire.

— Ça fait longtemps !

Plus encore que sa taille, les gestes et les mimiques de Ha-yeong dégageaient une impression d'adulte. Ses joues légèrement rosées, ses yeux marron et profonds, sa bouche bien dessinée, tout rappelait la vitalité d'une fleur en pleine éclosion. Elle ressemblait à un de ces modèles que l'on apercevait dans les publicités pour des boissons fraîches, filant à vélo le long d'une mer bleu azur.

— Je peux entrer ?

— Ah… Oui, bien sûr.

Hui-ju s'écarta pour laisser passer l'adolescente. Incapable de détacher ses yeux de son visage, elle ne s'était même pas aperçue qu'elle lui bloquait le passage.

3

— On dirait que rien n'a changé ici ! déclara Ha-yeong, heureuse de voir Hui-ju si surprise.

Plus tôt, au téléphone, elle s'était dit qu'elle avait appelé pour rien. Elle n'avait pourtant pas refusé de rencontrer la psychologue dans son cabinet. Elle avait soudain eu envie de revoir les lieux. Elle avait été prise par le sentiment que l'on éprouve en passant devant son ancienne école et en jetant un coup d'œil dans la cour.

— Tu as beaucoup grandi, c'est incroyable !

Flattée, Ha-yeong, comme à son habitude, promena son regard dans le cabinet de consultation.

Rien n'avait changé. Des souvenirs émergèrent de sa mémoire, sortant lentement du brouillard du temps. Tout était resté à la même place. C'était toujours la même lumière, le même air. Seul l'hévéa en pot semblait avoir un peu poussé.

Ses souvenirs étaient gravés dans sa tête comme des photos. Ils surgissaient un à un, invoqués par une odeur, un effet d'éclairage ou un bruit.

Ha-yeong avait trop de souvenirs. Des choses qu'elle aurait voulu oublier lui remplissaient la tête. Mais elle gardait plutôt une bonne impression de cet endroit.

Apercevant la bouilloire sur la table, elle l'ouvrit pour vérifier si elle était pleine puis l'alluma.

— Donne-moi ça, je vais m'en charger.

— Non, j'ai envie de le faire. En ce moment, j'apprends à faire du thé. J'en fabrique moi-même avec des fleurs.

— Vraiment ? C'est un bon passe-temps !

Ha-yeong sortit deux tasses et ouvrit la boîte à thé. Elle en huma les effluves. Elle déposa quelques feuilles à l'intérieur de la théière. L'interrupteur de la bouilloire se releva dès que l'eau se mit à bouillir. Elle versa l'eau dans la théière et patienta en silence. L'odeur du thé lui chatouilla le nez puis se répandit dans la pièce.

C'était ici qu'elle avait appris à apprécier le thé.

Quand elle était dans son cabinet, Hui-ju en buvait toujours dans une tasse transparente.

Ha-yeong aimait beaucoup voir l'eau changer de couleur tandis que les feuilles gonflaient. Parfois, une fleur remontait à la surface en s'ouvrant. Ayant remarqué l'intérêt de l'adolescente, Hui-ju avait pris l'habitude de préparer deux tasses lors de leur consultation. Un mois après le début de leurs entretiens, c'était grâce au thé que Hui-ju avait pu briser la glace.

On dirait qu'on a besoin de ce rituel pour commencer, se dit Ha-yeong, perdue dans ses pensées. Elle attendit que le thé finisse d'infuser puis le versa dans une tasse qu'elle tendit à Hui-ju.

— Faites attention. C'est chaud.

Bien qu'elle soit venue jusqu'ici, Ha-yeong n'était pas d'humeur à parler. La colère qui l'animait au téléphone s'était refroidie. Tous les mots qu'elle aurait voulu cracher étaient retournés se tapir au fond de sa poitrine.

Aussitôt après avoir raccroché, elle n'avait d'ailleurs pas compris pourquoi elle avait appelé.

Est-ce que ces entretiens lui manquaient ? s'était-elle demandé avant de secouer la tête pour chasser cette idée. Sur le chemin, elle s'était remémoré leurs discussions.

La première année, Ha-yeong avait été mal à l'aise ; la seconde l'avait amusée ; la troisième, ennuyée.

Au début, elle prenait instinctivement soin de dissimuler les ténèbres qu'elle abritait. Elle craignait qu'au cours de leurs conversations Hui-ju ne découvre leur existence. Après quelques mois, elle avait compris qu'elle n'avait pas de souci à se faire.

À l'issue de leur première entrevue, Ha-yeong, de retour chez elle, avait fait des recherches sur cette Choe Hui-ju, ainsi que sur la psychologie. Elle avait d'abord consulté internet puis avait emprunté des livres à la bibliothèque. Elle avait fouillé YouTube de fond en comble.

« L'entretien avec l'adolescent », « Méthode de l'entretien », « Cas pratique d'entretien », « Déroulé de l'entretien »… Passant des heures sur les moteurs de recherche, elle avait minutieusement étudié le déroulement d'une consultation. Ce n'était pas facile. Heureusement, les informations ne manquaient pas.

Elle n'avait rien trouvé d'intéressant sur le site internet de Hui-ju. Hormis ses diplômes, son parcours professionnel et quelques photos de son bureau, rien n'était digne d'intérêt. Les livres qu'elle avait empruntés à la bibliothèque étaient bien plus utiles. Grâce à eux, elle avait pu identifier les points faibles de ces entretiens.

La première astuce était le mutisme sélectif. C'était

plus simple qu'elle ne l'avait imaginé. Inquiète de ce que Seon-gyeong avait pu raconter à son sujet, il lui suffisait de garder le silence quand Hui-ju lui posait une question gênante. C'était une technique qu'elle maîtrisait depuis sa plus tendre enfance.

La seconde astuce consistait à entremêler vérités et mensonges.

Ainsi, Hui-ju, suivant la voie tracée par Ha-yeong, s'enfonçait peu à peu dans un labyrinthe, sans même s'en rendre compte.

Elle ne semblait pas se douter que Ha-yeong mentait. Elle lui jetait parfois un regard suspicieux mais, dans ces moments-là, il suffisait que Ha-yeong verse quelques larmes ou se mette à trembler. La lueur de doute qui s'était allumée dans le regard de la psychologue se transformait aussitôt en remords et en inquiétude. Ha-yeong reprenait aussi les choses que Hui-ju avait dû entendre de la bouche de Seon-gyeong et les tournait à sa façon. Elle possédait un talent inné pour ce genre d'exercice.

— Tiens, elles sont toujours là elles aussi ! s'exclama Ha-yeong en remarquant des poupées alignées sur une étagère.

Posant sa tasse, elle se dirigea vers elles. En bois ou en tissu, Hui-ju utilisait ces poupées pour des exercices thérapeutiques. Elles étaient rangées au même endroit que par le passé. Ha-yeong ne manqua pas de remarquer qu'elles étaient plus nombreuses.

Elle attrapa une des poupées en bois qu'elle avait eu l'habitude d'utiliser lors des jeux de rôle. Il y en avait de toutes les tailles ; elles ressemblaient à une vraie famille, avec des enfants et des parents. Ha-yeong s'était passionnée pour ces poupées et s'en était servie pour raconter les histoires qu'elle avait inventées.

Tout en parlant de sa mère et de son père, Ha-yeong avait brodé la réalité. Entremêlant vérité et mensonge, elle avait retissé la toile de son passé. Avec le temps, les coutures de son histoire se faisaient plus minutieuses. Elle-même ne distinguait plus très bien ce qui était vrai de ce qu'elle avait inventé.

Attentive aux réactions de Hui-ju, Ha-yeong prenait soin de ne pas trop en rajouter. Elle n'ignorait pas que les histoires parfaites n'existaient pas, qu'en ayant l'air un peu bancales elles devenaient plus vraisemblables. En parlant comme si elle savait tout, elle aurait pu attiser les soupçons de la psychologue.

Elle avait jeté au fond d'un trou les souvenirs dont elle ne voulait pas parler. Quand Hui-ju l'interrogeait sur sa vie avant la cohabitation avec Seon-gyeong, Ha-yeong répondait qu'elle ne s'en rappelait pas. Elle avait beau réfléchir, rien ne venait. Elle s'arrangeait ensuite pour détourner la conversation.

Parfois, grâce à son silence, elle obtenait des informations. Il suffisait d'attendre que Hui-ju parle.

Ha-yeong en avait beaucoup appris par les questions de la psychologue.

Apparemment, cette dernière en savait long sur elle, et ce, avant même leur premier entretien. Seon-gyeong l'avait renseignée. Celle-ci avait sûrement pris ces entretiens comme excuse pour en apprendre un peu plus sur son passé.

Mais l'adolescente ne voulait plus parler de tout cela. Avec le temps, certaines choses se déchirent comme les pages d'un vieux livre. Elle aurait pu combler les vides par des mensonges, mais elle n'en avait aucune envie. Elle désirait oublier cette époque. Rien que d'y penser, elle avait l'impression que sa tête allait exploser.

Contrairement à ce qu'elle avait d'abord pensé, Hui-ju ne semblait pas la croire. Après lui avoir assuré qu'elle n'avait pas besoin de parler si elle n'en avait pas envie, elle lui avait posé exactement les mêmes questions quelques mois plus tard. Comme si de rien n'était.

Étrangement, à partir d'un moment, Ha-yeong avait vraiment fini par ne plus rien se rappeler. Quand elle fouillait sa mémoire, elle ne trouvait plus que des pages blanches. Bien sûr, elle se souvenait encore de sa mère. Mais elle avait oublié tout ce qui s'était passé le jour de sa mort. Il en allait de même pour ses grands-parents. Elle se souvenait d'être retournée vivre avec son père à cause d'un incendie, mais les circonstances du drame s'étaient effacées de sa mémoire. Amnésie lacunaire. Elle avait lu ça dans un livre.

Le jour où Hui-ju lui avait reposé les mêmes questions, Ha-yeong, blessée, s'était murée dans le silence. La psychologue n'avait rien lâché et l'avait interrogée encore et encore, comme s'il s'agissait d'un devoir à faire. N'y tenant plus, Ha-yeong s'était mise à hurler, pleurant et empoignant ses cheveux :

— Puisque je vous dis que je me rappelle rien ! J'ai beau me creuser la tête, y a rien qui vient !

Au début, elle avait simulé. Puis, s'étant peu à peu immergée dans son rôle, elle avait fini par être prise de convulsions et de sueurs froides.

Hui-ju n'avait jamais remis le sujet sur la table.

Après cet entretien, Ha-yeong, de retour chez elle, avait longuement réfléchi, étendue sur son lit. Elle avait conclu que si on le désirait vraiment, il était possible d'effacer sa mémoire.

Les entretiens n'avaient ensuite touché qu'à ce qu'il lui arrivait à l'école ou à la maison, à son humeur du moment. Certains jours, Ha-yeong gazouillait comme un oiseau, babillant sur le dernier livre qu'elle avait lu ou se moquant de son professeur principal et des autres élèves de sa classe. D'autres jours, elle gardait le silence, se rongeant les ongles, le regard rivé sur la fenêtre.

Qu'est-ce que je fous ici, bon sang ? se demandait-elle en regardant Hui-ju qui répétait les mêmes questions comme un perroquet.

Elle était soudain prise par l'étrange envie de raconter n'importe quoi pour la surprendre. Mais cela ne changeait rien. Ces entretiens l'ennuyaient à mourir. Elle avait réussi à y échapper avec l'aide de son père.

Ha-yeong examina la poupée qu'elle tenait à la main puis leva les yeux vers Hui-ju.

— Vous savez, au début, je n'avais aucune intention de vous parler.

— Ah bon ? C'est pour ça que tu n'as pas ouvert la bouche pendant un mois !

Son inspection terminée, Ha-yeong s'empara de sa poupée en tissu préférée et alla s'asseoir en face de la psychologue. Elle attrapa sa tasse de thé sur la table et en but une gorgée. Le breuvage, déjà froid, avait un goût amer mais ce n'était pas désagréable. Tout en tripotant la poupée, elle continua :

— Je détestais venir ici. Si je ne l'avais pas promis à papa, je ne serais probablement jamais venue.

— Une promesse ? C'est la première fois que tu m'en parles ! Quel genre de promesse ?

— Waouh, ce thé est vraiment bon ! Il a un goût délicat qui met de bonne humeur. Comme vous !

Ha-yeong détournait la conversation comme si de rien n'était. Hui-ju, sensible aux compliments, hocha la tête en souriant.

Une sonnette d'alarme s'alluma dans la tête de Ha-yeong. Fais attention, se dit-elle, ça fait longtemps que tu n'es pas venue, reste attentive ! Craignant d'en dire plus sur cette fameuse promesse, elle poursuivit sur sa lancée :

— Où est-ce que vous avez acheté ce thé ?

— C'est une amie qui vit à Boseong qui me l'a envoyé. Ce sont des feuilles qui datent du début du printemps dernier. Le parfum est doux, pas vrai ?

— Moi aussi, je suis déjà allée là-bas. Les montagnes sont couvertes de plantations de thé !

Elle n'avait jamais mis un pied à Boseong. Tout ce qu'elle en savait, c'était par les photos de champs de thé qu'elle avait vues sur internet. Parfois, des mensonges jaillissaient de sa bouche sans qu'elle s'en rende compte. Cela faisait un moment que ce n'était pas arrivé mais, en revenant ici, elle avait renoué avec cette vieille habitude.

Tout en faisant mine d'apprécier le thé qu'elle avait gardé en bouche, Ha-yeong réfléchissait à ce qu'elle allait dire. Dans ce genre de situation, elle savait qu'il valait mieux attendre que son interlocuteur parle en premier. Comme prévu, Hui-ju lui posa une question :

— Tout va bien en ce moment ? Il t'est arrivé quelque chose ?

— … Tous les enfants du monde sont malheureux, vous savez ?

— Comment ça ?

— Je suis bête… Bien sûr que vous devez le savoir mieux que personne. Vous en voyez tous les jours ici…

— Tu te sens malheureuse ?

— … Oui. Terriblement triste.

Les mots ont un pouvoir terrifiant. Ses émotions, qui semblaient s'être calmées, s'agitèrent de nouveau. Était-ce à cause de la météo ? Ces jours-ci, son humeur était aussi instable que des montagnes russes.

— Et pourquoi tu te sens terriblement triste ?

Le ton de la psychologue agaça particulièrement Ha-yeong. Visiblement, elle la considérait toujours comme une gamine. À vrai dire, même auparavant, cette manière de parler l'exaspérait déjà.

Elle avait beau être jeune, elle avait la tête sur les épaules. Pourtant, Hui-ju lui parlait comme si elle était encore à la crèche. Et ce n'était pas la seule ! Les adultes considéraient que les enfants étaient tous immatures et ne connaissaient rien à rien.

« Certains enfants sont bien plus intelligents que vous ne le pensez, ils en savent plus que ce que vous voulez bien leur montrer, alors ne les prenez pas à la légère ! » avait-elle parfois envie de leur lancer.

— Pourquoi je me sens terriblement triste ? À cause des adultes comme vous ! Je suis encore un bébé à vos yeux ? J'ai seize ans ! répliqua-t-elle sans pouvoir contenir sa colère, regardant la psychologue bien en face.

— Tu le prends comme ça ? Je suis désolée. On dirait que je t'ai énervée.

Ces excuses de façade rendirent Ha-yeong plus furieuse encore. Elle savait qu'insister ne ferait qu'empirer sa colère. Elle détourna le regard.

— Seize ans… C'est vrai, tu es grande maintenant. Tu n'es plus une enfant.

— …

— C'est pour ça que tu étais en colère ? Parce que tes parents te traitent comme une gamine ? Qu'est-ce qu'ils ont fait ?

À ces mots, Ha-yeong se mit à tirer sur les bras de la poupée. Elle bouillonnait de fureur en repensant à la scène du dîner.

— Pourquoi ils ne font toujours que ce qu'ils veulent ? Ils ne me disent rien et ils décident de tout !

— C'est vrai, dans une famille, si quelqu'un décide tout seul, on a le droit d'être en colère. De quoi ont décidé tes parents ?

Zut ! se dit Ha-yeong, si je ne me ressaisis pas tout de suite, je vais tout déballer !

Soudain, elle se demanda si la psychologue n'était pas au courant de tout, et ce, depuis le premier jour de leur entretien. Cette femme ne l'avait-elle pas observée durant tout ce temps, devinant ce qu'elle essayait de lui cacher ? Une psychologue dont le regard avait été aiguisé par des années d'expérience n'avait pas pu se laisser berner par une gamine de douze ans.

Elle comprit tout ce qui lui avait échappé quatre ans auparavant. Elle n'en revenait pas d'avoir été aussi naïve. Comment avait-elle pu se vanter, à douze ans, d'avoir trompé une adulte ? Elle sentit une lourde fumée noire remuer dans son ventre. Elle suffoquait.

Pourquoi suis-je là ? regretta-t-elle.

Tout à coup, elle se rappela. La raison pour laquelle elle était venue ici durant trois ans.

Elle voulait savoir ce que Seon-gyeong pensait d'elle, ce qu'elle avait prévu pour elle.

Grâce à ces entretiens avec la psychologue, Ha-yeong avait voulu percer les pensées de sa belle-mère. Elle se souvenait d'avoir posé inlassablement les mêmes questions lors des premiers mois :

— Elle a dit quoi ? Elle vous a parlé de moi ? Elle me déteste ? Elle me hait ?

Hui-ju répondait toujours la même chose :

— Et toi, qu'est-ce que tu en penses ? Pourquoi tu crois qu'elle te déteste ? Tu le lui as déjà demandé directement ?

Si elle avait téléphoné aujourd'hui, c'était pour les mêmes raisons. Elle voulait des informations. Trouver le moindre indice à propos de la bombe qui avait explosé lors du dîner.

— Qu'est-ce que tes parents ont décidé dans leur coin pour te mettre autant en colère ? Si tu m'en parlais, ça te ferait peut-être du bien ?

Après une courte hésitation, Ha-yeong se décida à raconter la scène du dîner. C'est le chemin le plus rapide pour obtenir ce que je veux, se dit-elle.

— Qu'on va déménager. Dans un mois.

— Vous allez déménager ? Subitement ?

Les vacances d'été approchaient. D'après son père, cela serait bien qu'elle puisse commencer le nouveau semestre dans une nouvelle école. Voilà pourquoi ils hâtaient leur départ. À première vue, on aurait pu croire qu'ils déménageaient dans l'intérêt de Ha-yeong, mais cette dernière n'avait été mise au courant de rien. Son avis n'avait pas du tout été pris en compte.

Ha-yeong laissa soudain couler le flot de paroles qu'elle aurait voulu adresser à son père.

— Y a que moi qui ne savais rien. Comment il peut décider ça tout seul, sans me consulter ? Mon avis, ma vie, mon école, mes amis. C'est pas important pour lui ? Les adultes, les parents, ils peuvent se permettre d'agir comme ça ?

— C'est vrai, tu as dû être blessée ! Tu leur as demandé pour quelles raisons ils déménageaient ?

Vu l'expression de Hui-ju, Ha-yeong se rendit compte qu'elle n'était au courant de rien.

Si c'était l'amie de Seon-gyeong, comment pouvait-elle l'ignorer ? Elle avait cru qu'elle en aurait été informée. Elle pensait que c'était une des plus proches amies de sa belle-mère. Apparemment, ce n'était pas le cas.

— Elle ne vous a rien dit ?

— On a un peu perdu le contact ces temps-ci. Sans toi, on dirait bien que je serais passée à côté de la nouvelle.

Ha-yeong perdit tout intérêt à leur discussion. Elle était venue pour rien ! Cette femme en savait encore moins qu'elle. Elle n'avait plus du tout envie de parler. Rester ne serait qu'une perte de temps.

— C'est vrai, c'est blessant. En fait, il m'est arrivé la même chose quand j'étais petite. Séparée de mes meilleures amies, je passais mes journées à pleurer. C'est pour ça que tu étais si en colère ?

En vérité, le déménagement ne faisait ni chaud ni froid à Ha-yeong. Il ne lui restait plus qu'un semestre à faire dans son collège. Après, un tout autre monde l'attendait : le lycée. Des amies ? Ha-yeong n'en avait aucune pour qui elle aurait pu pleurer durant plusieurs jours. Elles étudiaient simplement dans la même classe et n'avaient que des conversations superficielles.

Ceci étant dit, Ha-yeong acceptait mal que toute sa vie soit bouleversée à cause de la décision d'un tiers. Peu importait que ce soit ses parents.

Elle avait reçu un choc : l'univers qu'elle croyait être le sien et qu'elle pensait contrôler à sa guise était soumis au bon vouloir de sa famille. En définitive, tout ce qu'elle pouvait choisir était insignifiant : par exemple, repeindre en jaune et vert sa chambre que Seon-gyeong avait décorée d'un rose affreux.

Je suis juste une marionnette pour les adultes ? Cette pensée la mettait hors d'elle. Ce qui l'exaspérait plus encore, c'était son impuissance. Seize ans, elle détestait son âge !

Ha-yeong s'absorba dans ses pensées. Elle refusait de subir. Elle comptait bien leur faire regretter de l'avoir ignorée de la sorte. Je suis trop frustrée, je vais explo…, pensa-t-elle.

Elle sentit soudain quelque chose lâcher entre ses mains. Baissant les yeux, elle remarqua qu'elle venait d'arracher le bras de la poupée en tissu. Plongée dans ses réflexions, elle avait dû tirer dessus sans s'en rendre compte.

Elle eut l'impression que cette poupée désarticulée était son alter ego. Elle avait un nœud à l'estomac. Elle sentait qu'elle allait se mettre à hurler d'un instant à l'autre. Elle jeta avec rage la poupée sur le canapé puis se leva.

— Il faut que j'y aille.

— Déjà ? Tu n'avais pas envie de parler avec moi ? répondit Hui-ju, déconcertée, en se levant elle aussi.

— Vu que je vais déménager, je suis venue vous faire mes adieux.

Hui-ju, qui observait l'adolescente à la dérobée, la prit dans ses bras.

Ha-yeong avait d'abord cru à une courte accolade, et elle se sentit mal à l'aise à mesure que celle-ci se prolongeait. Elle eut même un frisson de dégoût lorsque la psychologue lui caressa les cheveux. Son corps trembla imperceptiblement.

De gros nuages noirs s'amassaient en elle. La sonnette d'alarme dans sa tête se faisait plus pressante. Livide, Ha-yeong se contorsionna pour se dégager de l'étreinte de Hui-ju.

— C'est dommage. Si tu as besoin de parler, appelle-moi quand tu veux. Je t'attendrai.

Son regard semblait sincèrement navré. On était si proches que ça ? se demanda Ha-yeong, embarrassée, en se tournant vivement vers la porte pour sortir.

— Au revoir, lança Ha-yeong sans un coup d'œil vers la psychologue.

Elle pouvait sentir le regard de Hui-ju. Elle détestait être observée de cette manière. Un regard feignant une vive inquiétude, mais distant et calculateur.

Ha-yeong ferma derrière elle et dévala l'escalier, tâchant de se débarrasser de la tiédeur de l'étreinte de Hui-ju, qui la mettait encore mal à l'aise.

Une fois dehors, elle s'arrêta et prit une profonde inspiration.

Elle eut un haut-le-cœur. Les yeux fermés, respirant lentement, elle s'imagina que l'orage qui s'était levé en elle se calmait peu à peu. La fumée noire dans son ventre commença à se dissiper. Un instant plus tard, elle n'entendait déjà plus la sonnette d'alarme retentir dans sa tête. Elle put enfin percevoir les bruits de la rue.

Elle ouvrit doucement les yeux et regarda autour d'elle. Tout le monde avait l'air pressé. Ces gens avaient quelque part où aller. Ha-yeong, elle, ne parvenait pas à décoller un pied du sol. Que faire ?

Retourner à la maison ? C'était humiliant, mais elle n'avait pas le choix.

Sa situation lui apparut clairement : une adolescente de seize ans qui ne possédait rien, et pour qui le simple fait de passer une nuit dehors était déjà un véritable casse-tête.

Elle n'aurait pas dû partir ainsi, sans réfléchir. Elle avait eu tort de se mettre dans cet état après l'annonce de son père. Peu importait à quel point elle était en colère, c'était le genre de décision à ne pas prendre à la légère. Elle avait été imprudente.

Le cœur lourd, elle se mit en route. *Plic ploc plic ploc*, la pluie commença à tomber. Les passants dégainaient des parapluies de leur sac ou couraient se mettre à l'abri. Ha-yeong, qui n'avait pas consulté la météo avant de sortir, se mit en route sous l'averse.

Elle imaginait la réaction de son père quand elle rentrerait. Elle était terrifiée rien qu'à se représenter le regard qu'il allait lui jeter. Elle se rappela très clairement les paroles qu'il lui avait lancées un jour :

— Qu'est-ce que je t'ai dit ? Que si tu ne m'écoutais pas, j'allais… Tu veux voir maintenant, hein ?

Quatre ans plus tôt, son père lui avait murmuré ceci à l'oreille, ses grosses mains broyant ses épaules. Rien qu'à sa voix, Ha-yeong avait pu sentir à quel point il était furieux. Dans ses yeux aiguisés, plongés dans les siens, elle avait vu remuer une lueur glacée.

Malgré la douleur dans ses épaules, Ha-yeong n'avait pas pu ouvrir la bouche. Elle s'était contentée de dévisager son père. Elle n'avait plus que lui au monde, mais, ce jour-là, il l'avait terrifiée. Tremblante de peur, elle avait failli fondre en larmes. Son père l'avait aussitôt interrompue, fronçant les sourcils :

— Arrête, ça ne prend pas avec moi.

Il lui avait jeté un regard noir avant de tourner les talons. Ha-yeong avait retrouvé son sang-froid. Plus que son visage, c'étaient les paroles de son père qui l'avaient pétrifiée :

— Tu as plutôt intérêt à ne rien faire qui me contrarie, pigé ?

Elle avait simplement approuvé d'un signe de tête.

Je voulais juste vivre avec toi..., s'était-elle dit. Pourquoi tu ne comprends pas ça ?

Mais si elle voulait être à ses côtés, elle devait respecter les règles qu'il avait fixées. Elle ne pouvait pas se permettre de lui causer des ennuis.

En voyant son père réagir ainsi, Ha-yeong avait compris à quel point elle l'avait mis dans l'embarras. Après ça, son regard l'avait tellement effrayée qu'elle l'évitait autant que possible et restait cloîtrée dans sa chambre.

Pris par son travail à l'hôpital, son père venait la voir de moins en moins souvent. Quand il rentrait et qu'elle l'entendait monter, elle plongeait sur son lit pour faire semblant de dormir ou se précipitait vers son bureau pour lui faire croire qu'elle étudiait.

Une fois Seon-gyeong rentrée de l'hôpital, Ha-yeong

sortit encore moins souvent de sa chambre. Quand elle descendait, elle marchait sur la pointe des pieds, se retenant même de respirer.

Seon-gyeong prétendait être souffrante et ne quittait presque jamais son lit. Depuis l'arrivée de l'aide-ménagère, Ha-yeong la voyait rarement. Même si d'aventure elles se croisaient dans le salon, Seon-gyeong ne lui adressait pas la parole. Elles mangeaient séparément la plupart du temps et, les rares fois où la famille dînait ensemble, la conversation n'était pas plus animée.

Plusieurs mois s'étaient passés ainsi. Ha-yeong avait pensé qu'avec le temps, les choses redeviendraient comme avant. Mais Seon-gyeong avait changé.

Lorsqu'elle tombait nez à nez avec Ha-yeong, elle fermait doucement la porte ou détournait le regard. Chaque fois, l'adolescente avait l'impression que son cœur se recouvrait d'une fine couche de glace. Elle la détestait mais, en même temps, les bons moments passés ensemble lui manquaient. Comme les fois où elle venait border sa couverture rose pour lui souhaiter bonne nuit.

Avec le temps, l'indifférence de Seon-gyeong avait fini par la rendre nerveuse. Ha-yeong suffoquait, de plus en plus anxieuse.

Elle me déteste, elle me hait ! se répétait-elle.

Elle en avait perdu le sommeil. Si elle s'endormait, elle se réveillait en hurlant à cause d'affreux cauchemars. Tout l'ennuyait, la mettait en colère. Elle détestait Seon-gyeong de la punir aussi longtemps. Elle enrageait rien qu'à voir son visage, se mettait en colère quand elle lui parlait, refusait de faire ce qu'elle lui demandait. Elle espérait ainsi que Seon-gyeong devinerait le fond de son cœur.

Quand son père lui avait annoncé qu'elle allait devoir rencontrer une psychologue, elle s'était tout de suite doutée que l'idée ne venait pas de lui. Elle avait toujours joué la fille sage en face de lui. Ce ne pouvait être qu'une stratégie de Seon-gyeong.

Une psychologue ! Elle veut me punir, avait fulminé Ha-yeong. Elle n'avait eu aucune envie d'y aller. Mais, à cause de ce que lui avait dit son père, elle n'avait pas pu refuser. Ce n'était qu'à cette condition, lui avait-il annoncé, qu'il la pardonnerait pour ce qu'elle avait fait.

Si lors des premières consultations Ha-yeong n'avait pas desserré les dents, c'était par rancœur contre Seon-gyeong. Mais elle avait vite changé d'avis. Cette psychologue était l'amie de sa belle-mère. Peut-être qu'en l'utilisant, elle pourrait trouver le moyen de se réconcilier avec elle. Certaines paroles de Hui-ju avaient rallumé en elle un faible espoir :

— Elle s'inquiète beaucoup pour toi, tu sais ? C'est pour ça qu'elle voulait qu'on discute toutes les deux.

Malheureusement, au bout de la troisième année, Ha-yeong était convaincue que les choses ne redeviendraient jamais plus comme avant. Seon-gyeong ne leur laissait aucune chance de se rapprocher de nouveau. Bien que partageant la même maison, une ligne infranchissable les séparait. Seon-gyeong ne venait plus la voir dans sa chambre.

Ha-yeong se sentait invisible. Elle habitait sous le même toit que son père et sa belle-mère, pourtant c'était comme si chacun vivait sur une île différente. Ils étaient proches au point de pouvoir se toucher, mais leurs cœurs étaient éloignés les uns des autres, comme des atolls perdus au milieu de l'océan.

Non, ce n'était qu'une illusion. La seule à être isolée, c'était elle, Ha-yeong.

Il n'y avait pas eu qu'une seule bombe lancée lors du dîner. Une autre nouvelle avait bien plus encore interloqué Ha-yeong. C'était d'ailleurs pour cela que leur déménagement avait été décidé aussi précipitamment.

— Tu vas devenir grande sœur. Ta belle-mère est enceinte.

4

Après avoir essuyé la table, Seon-gyeong jeta un regard circulaire sur la cuisine.

Cette heure de ménage n'avait pas été vaine. La pièce avait repris ses allures d'origine. Il restait encore des taches sur le mur mais elle s'en occuperait le lendemain. Elle était épuisée. Elle n'avait qu'une envie : se plonger dans un bain bien chaud.

Son mari, sorti jeter les poubelles, apparut à l'entrée, un de ses poings fermé. Il se dirigea vers l'évier pour ouvrir le robinet. Il plongea la main sous l'eau et gémit légèrement. Inquiète, Seon-gyeong s'approcha. Du sang coulait entre les doigts de son mari.

— Qu'est-ce qu'il s'est passé ?

— Ne t'inquiète pas, je me suis juste coupé.

Prudent, il avait enveloppé les débris de verre dans du papier journal. Mais, en transportant le sac-poubelle, l'un d'eux avait dû passer au travers.

Il observa en silence sa main sous l'eau. Quand le sang s'arrêta de couler, il banda sa blessure d'une serviette et alla dans le salon.

Seon-gyeong l'observa fouiller les tiroirs à la recherche de la trousse de secours puis mettre un pansement sur sa plaie. Il devait souffrir car il poussait des petites plaintes mais, bizarrement, Seon-gyeong n'éprouvait rien.

Il n'est pas rare que l'on devienne temporairement insensible aux sons après avoir été exposé à un terrible vacarme.

Après les incidents du dîner, elle avait l'esprit ailleurs. Le temps s'était arrêté, elle ne se rendait pas compte de ce qu'elle faisait. Elle assistait, impuissante, à l'effondrement de son quotidien, comme l'héroïne d'un film catastrophe. Tout lui semblait irréel. Elle avait envie de se pincer pour se réveiller.

Pourquoi a-t-il fallu qu'il mette le sujet sur la table juste quand on commençait à manger ? se demanda Seon-gyeong.

Ce soir pourtant, pour la première fois depuis longtemps, elle était de si bonne humeur ! Le ragoût de tomates qu'elle avait préparé exhalait une odeur délicieuse. Si seulement son mari n'avait pas parlé du déménagement, le plat n'aurait pas terminé sur les murs…

À cette nouvelle inattendue, Ha-yeong avait froncé les sourcils et posé violemment sa cuillère sur la table. Refusant de manger, elle avait transpercé son père du regard. Celui-ci s'était empressé d'expliquer les raisons de cette décision :

— Notre famille s'agrandit. En fait… tu vas devenir grande sœur. Ta belle-mère est enceinte.

Ha-yeong s'était aussitôt tournée vers Seon-gyeong.

Des yeux aiguisés, froids comme des couteaux. Elle n'avait pas prononcé un mot mais son regard en disait long.

Seon-gyeong, sans s'en rendre compte, avait enlacé son ventre. Comme pour protéger son bébé. Elle avait instinctivement compris comment Ha-yeong avait pris la nouvelle. Tu détestes déjà cet enfant ! s'était-elle dit.

Son mari, qui n'avait rien remarqué, avait continué :

— Voilà pourquoi on déménage. C'est pour le bébé, pour la santé de ta belle-mère. Merci de respecter notre décision.

— Donc, pour un gamin pas encore né… je dois tout abandonner ?

— Abandonner ? De quoi tu parles ? On part pour un meilleur endroit.

Avant même que son père ne termine sa phrase, Ha-yeong avait envoyé valdinguer tout ce qu'il y avait sur la table. Les bols s'étaient brisés contre les murs. Il y avait des taches en forme de fleur un peu partout. Des débris de vaisselle jonchaient misérablement le sol. En l'espace d'un instant, la cuisine était devenue un vrai champ de bataille.

— T'es devenue dingue ou quoi ? avait hurlé son père.

Ha-yeong semblait ne pas l'avoir entendu. La mâchoire serrée, elle le regardait, des flammes dans les yeux. Celui-ci s'était précipité sur elle pour l'attraper par le bras. Ha-yeong s'était mise à hurler, le repoussant de toutes ses forces. Un hurlement de bête sauvage.

Seon-gyeong s'était bouché les oreilles, croyant devenir folle. Elle avait été terrifiée à la vue de Ha-yeong hurlant et tremblant de tout son corps. Elle n'aurait jamais pu imaginer que la réaction de l'adolescente serait aussi effroyable.

Surpris, son mari avait eu un moment de recul. Ha-yeong en avait profité pour s'enfuir de la maison. Seon-gyeong avait empêché son père de partir à sa poursuite.

Une confrontation n'apporterait rien de bon, lui avait-elle dit. Ha-yeong avait besoin de temps pour digérer la nouvelle.

Son mari, haletant de colère, s'était finalement affalé sur une chaise, comme abattu. Seon-gyeong était sous le choc mais elle n'avait rien dit, n'ayant aucune envie d'aggraver la situation.

Tout l'édifice qui, jusqu'à maintenant, s'était maintenu debout tant bien que mal en grinçant venait de s'écrouler.

Ils étaient restés assis un long moment sans rien dire, l'esprit ailleurs, au milieu du bazar de la cuisine. Il avait fallu du temps à Seon-gyeong avant de se rendre compte que son mari était à côté d'elle, le visage crispé.

L'impatience de ce dernier l'irritait. Elle aurait aimé qu'il annonce les nouvelles une par une à sa fille, de sorte qu'elle puisse les accepter plus facilement. À tout déballer ainsi, d'une seule traite, l'adolescente ne pouvait qu'exploser.

Détachant son regard de son mari, Seon-gyeong avait observé l'état de la cuisine avant de se lever. Il avait alors repris ses esprits et s'était précipité vers elle :

— Laisse, c'est dangereux. Je vais nettoyer.

— C'est bon… On va le faire ensemble.

— Je vais m'occuper des bouts de verre. Reste assise, avait-il répondu en la dirigeant vers une chaise.

Il s'était ensuite déplacé avec précaution, prenant garde d'éviter les éclats de verre. Malgré ses pantoufles, il n'était pas à l'abri d'un accident. À l'aide d'un balai, il s'était mis à rassembler les débris.

Seon-gyeong l'observait distraitement. Elle repensait à la manière dont Ha-yeong l'avait fixée un peu plus tôt. Un frisson lui avait parcouru l'échine.

Elle essaya d'imaginer ce que l'adolescente avait pu ressentir.

Cette annonce inattendue avait dû la laisser perplexe. Elle s'était emportée plus que prévu mais, grâce à cela, Seon-gyeong pouvait avoir une idée du retentissement que cette nouvelle avait soulevé en elle. Seon-gyeong n'avait pas voulu qu'elle apprenne sa grossesse de cette manière. Elle aurait aimé attendre le plus longtemps possible. Elle avait même pensé le lui annoncer après avoir déménagé. Si elle avait laissé traîner un peu, Ha-yeong aurait même fini par se douter toute seule de quelque chose en remarquant son ventre grossir.

Il y avait encore deux semaines, Seon-gyeong elle-même ignorait qu'elle était enceinte.

D'une constitution fragile ces dernières années, son état avait empiré récemment : elle se fatiguait pour un rien.

Le matin, après les tâches ménagères, elle avait pour habitude de lire ou d'écrire mais, depuis quelque temps, aussitôt qu'elle s'asseyait à son bureau, il ne fallait pas dix minutes avant qu'elle se mette à somnoler. Ne pouvant y tenir, elle allait se coucher dans l'idée de fermer les yeux un court instant mais ne se réveillait que plusieurs heures plus tard. Toujours aussi épuisée.

Sans énergie, ayant perdu l'appétit, elle était allée voir un docteur. Les explications du médecin ne lui avaient pas paru invraisemblables. Elle avait aussitôt fait un test. Effectivement, elle était enceinte.

Elle avait appris la nouvelle à son mari qui rentrait du travail. Surpris, il avait cligné plusieurs fois des yeux, puis, ne pouvant cacher sa joie, s'était mis à arpenter la pièce de long en large. Elle lui avait expliqué que le médecin lui avait dit de faire attention au début de sa grossesse. Son mari s'était emparé de sa main pour lui faire une promesse :

— Ne t'en fais pas, je vais m'occuper de tout. Ne pense qu'à notre enfant !

Une semaine plus tard, il lui annonçait qu'il était en train de plancher sur leur déménagement. Seon-gyeong n'avait pas du tout imaginé que les choses tourneraient de cette façon. Encore moins qu'ils pourraient changer de lieu de vie.

— Si subitement ? Qu'est-ce que ça veut dire ?

— Mais non… Demande-moi plutôt où ! avait-il répliqué, un sourire au coin des lèvres.

Il avait répondu avant même que Seon-gyeong n'ouvre la bouche :

— À Gangneung ! Alors ? Rien que d'y penser, ça donne envie, pas vrai ?

Seon-gyeong tombait des nues.

— Pourquoi Gangneung tout à coup ? Toute ma vie est ici, et la tienne aussi. Pourquoi partir ?

Elle avait montré des réticences face à ce projet inopiné. Son mari l'avait prise dans ses bras et avait tenté de la persuader :

— Il faut se dépêcher. Si tu restes ici, tu trouveras toujours quelque chose pour t'occuper. Tu n'arrêteras pas non plus de travailler, n'est-ce pas ? Dans ton état… Désormais, il faut que tu te concentres sur ta grossesse. Pour notre enfant, pour toi, il est temps de te reposer. Tu n'es pas d'accord ?

Seon-gyeong n'avait même pas eu l'idée de mettre sa grossesse et son travail en parallèle. La plupart du temps, elle travaillait à la maison sur des articles et ne sortait que pour donner des conférences de temps à autre. Rien qui ne soit un obstacle à sa grossesse.

— Ce n'est pas comme si j'étais débordée. J'ai même du mal à trouver du boulot.

— Ça ne me plaît pas, c'est tout. Ton job, c'est de te balader sur des scènes de crime sordides ou de sonder l'esprit de foutus psychopathes. Tu as déjà oublié ce qu'il t'est arrivé ? Notre enfant doit grandir dans ton ventre en voyant tout ça ?

Choquée, Seon-gyeong n'avait pas su quoi répondre. Elle avait dévisagé son mari, les yeux écarquillés. Se rendant compte qu'il était allé trop loin, il lui avait caressé l'épaule, tout en continuant d'argumenter :

— Tout ça, c'est pour toi. Tu ne vois pas ? Réfléchis. Pourquoi on a un enfant maintenant ? C'est bien la preuve que tu vas mieux, non ? Mets notre enfant au monde en bonne santé, repose-toi, et après tu pourras penser à ton boulot, non ?

Seon-gyeong avait baissé les yeux. Elle n'avait pas eu la force de le regarder en face. Elle n'avait jamais imaginé qu'il puisse considérer son travail ainsi.

— Ne pense plus à rien. Fais-moi confiance. Gangneung, c'est tellement bien ! Ça te plaira plus à toi qu'à moi, si ça se trouve !

Un doute avait effleuré l'esprit de Seon-gyeong. En seulement une semaine, il avait pris la décision de déménager. Plus étrange encore, le lieu était déjà choisi, comme s'il n'avait attendu qu'une occasion pour partir.

— Pourquoi Gangneung ?

— J'ai vécu là-bas jusqu'au lycée. J'y ai encore la maison de mon père. Je ne te l'avais pas dit ?

Première nouvelle. Elle savait qu'il était venu à Séoul pour entrer à l'université, mais elle ignorait qu'il venait de Gangneung. Et il avait une maison là-bas ! Ils avaient beau être mariés depuis cinq ans, il lui restait encore beaucoup de choses à apprendre à son sujet.

— Tu veux voir une photo ? avait-il demandé en attrapant son téléphone, excité comme un enfant, pour le lui coller sous le nez.

Au sommet d'une butte surplombée d'une colline plus haute encore, apparaissait une maison d'un étage avec un vaste jardin. Avec ses murs en bois blanc et ses tuiles brunes, elle avait tout du parfait pavillon de campagne.

— À la base, c'était une maison de vacances. Quand mon père est parti pour le Canada, il me l'a léguée. Je n'ai pas pu y aller durant tout ce temps à cause du travail. Regarde, on voit la mer depuis la maison. C'est calme, vu qu'elle est un peu à l'écart du hameau. Il y a une grande colline juste derrière, et des montagnes un peu plus loin, imagine à quel point l'air est pur !

Son mari lui avait montré d'autres photos. Une terrasse en bois où trônait une table et d'où l'on pouvait voir la mer. Le jardin à la pelouse verdoyante était ceint d'une clôture blanche. Effectivement, c'était une véritable maison de vacances.

Une pensée étrange avait assailli Seon-gyeong.

— Elles datent de quand ?

Toutes ces photos, prises sous différents angles de vue, ressemblaient à celles que l'on trouve sur les sites d'agences immobilières. Elles avaient été faites dans le but évident de présenter les lieux à quelqu'un.

— J'y suis allé il n'y a pas longtemps. Pour voir si ça

valait le coup d'y vivre. J'ai pris quelques photos pour te montrer l'endroit.

Il ne lui avait pas touché un mot de ce voyage. Manifestement, son mari avait déjà tout prévu.

— Attends, mais si on va à Gangneung, comment tu vas faire pour ton travail à l'hôpital ?

— Je vais devoir arrêter ! Ne t'en fais pas. Il y a une clinique là-bas. En province, les chirurgiens sont très prisés. On me traitera sûrement mieux qu'à Séoul !

— Mais pourquoi aller jusqu'à quitter ton emploi ? Il n'y a aucune raison de faire autant de sacrifices !

— Notre enfant. C'est bien suffisant.

— Tout de même… Je trouve que c'est trop précipité. Réfléchis encore.

L'attitude de son mari avait brusquement changé. Son ton s'était durci :

— Je me précipite, moi ? Je pense juste à ce qui est le mieux pour toi et notre bébé. Tu ne le vois pas ? Pourquoi tu te fiches de mes efforts ?

Il avait eu l'air sincèrement blessé. En le voyant se retourner froidement, Seon-gyeong n'avait plus su quoi dire. Qu'il soit prêt à quitter son travail à l'hôpital la gênait, l'empêchait de s'opposer trop fortement à sa décision.

Un déménagement impliquait pourtant une foule de choses. Que feraient-ils de leur maison actuelle ? Et pour l'école de Ha-yeong ? Rien que d'y penser, Seon-gyeong en avait la migraine.

— C'est que c'est tellement soudain ! Il y a tant de choses à préparer pour déménager.

— Ne t'en fais pas, je t'ai dit que je m'occupais de tout.

— Il nous faudrait plusieurs mois pour être prêts.

— Je m'en occupe, je t'ai dit ! Un mois ou deux, tout au plus. Tu sais pourquoi je me dépêche ? Parce que tu ne seras bientôt plus en état de bouger et que, pour Ha-yeong, ce serait bien qu'elle change d'école durant les vacances d'été. On a déjà une maison. Il suffit de la nettoyer un peu.

Seon-gyeong avait beaucoup à dire mais avait ravalé ses paroles. Vu l'attitude de son mari, elle n'avait pas eu d'autre choix que d'accepter sa décision. Elle s'était résolue à prendre la chose du bon côté. Après tout, c'était une preuve de considération pour elle et leur futur enfant. En plus, elle s'était dit qu'il n'avait pas complètement tort. Le déménagement terminé, elle serait bien plus à l'aise là-bas pour mettre un enfant au monde. Et puis, l'idée de vivre face à la mer n'était pas pour lui déplaire.

— Et pour Ha-yeong, on fait quoi ?

— Comment ça, on fait quoi ? répondit son mari en se retournant après avoir rangé la trousse de secours.

— Elle a vraiment l'air de détester…

— Elle va s'y faire. Je vais lui parler.

Il semblait déterminé à tenir tête à sa fille. Seon-gyeong ne comprenait pas comment il comptait s'y prendre pour la convaincre. Mais elle n'avait pas envie d'y penser pour le moment. Elle sentit son ventre gargouiller mais avait complètement perdu l'appétit. Elle décida de prendre un bain puis de se mettre au lit.

Tandis qu'elle se dirigeait vers la salle de bains, une sonnerie retentit en provenance de son bureau.

Elle entra dans la pièce pour attraper son téléphone. C'était Hui-ju.

— Oh ! Ça fait longtemps !

— Paraît que tu déménages ?

Seon-gyeong ne sut pas quoi répondre. Elle ferma la porte avec précaution et s'assit à son bureau.

— Comment tu le sais ?

— Ha-yeong est venue me voir. Elle avait l'air furieuse. Pourquoi vous déménagez tout à coup ?

— … C'est comme ça.

Au fur et à mesure revenaient à l'esprit de Seong-gyeong leurs entretiens qui s'étaient achevés en queue de poisson. Un an s'était écoulé depuis leur dernière conversation. Voyant les appels en absence de son amie, elle se promettait toujours de la rappeler, mais le temps avait filé sans qu'elle s'en rende compte.

— Ça se passe bien avec Ha-yeong ? demanda Hui-ju.

C'était justement ce que Seon-gyeong aurait voulu savoir.

À première vue, tout se passait sans problème. Néanmoins, Seon-gyeong avait constamment l'impression de marcher sur un fil, le sentiment qu'elle allait tomber d'un instant à l'autre. Pouvait-elle dire que ça se passait bien ? Elle eut soudain envie d'aller voir Hui-ju à son cabinet. Elle n'avait pas pu tout lui raconter lors de leurs séances. Elle en avait été incapable.

Ses souvenirs étaient-ils vrais ? Étaient-ils des illusions façonnées par la peur ? Indécise, elle avait tout gardé pour elle. Durant des années, elle avait vécu avec ce doute enfoui au plus profond d'elle-même.

Le jour de la tragédie avec Lee Byeong-do, Seon-gyeong avait perdu conscience après avoir bu un verre de lait offert par Ha-yeong. Elle s'était réveillée à l'hôpital. Elle était restée dans le brouillard pendant longtemps. Une fois ses forces retrouvées, elle avait essayé d'aborder le sujet de Ha-yeong avec son mari. Trouver une occasion n'avait pas été facile.

La jeune femme ayant d'abord été hospitalisée en unité de soins intensifs, les visites n'étaient autorisées que vingt minutes seulement le matin et l'après-midi. En dehors de ces créneaux, même son mari, bien que médecin, ne pouvait venir la voir. Ce n'est qu'après avoir été transférée dans un service classique que Seon-gyeong avait pu aborder le sujet avec lui.

Mais en tête à tête, elle avait eu du mal à se décider à parler. Avant d'aborder la tentative de meurtre de Ha-yeong, elle avait voulu tirer quelque chose au clair.

Si Ha-yeong disait la vérité, son mari lui aurait donné une fiole de poison pour qu'elle tue sa mère.

« C'est vrai que tu as donné du poison à Ha-yeong ? »

Cette question lui brûlait les lèvres, mais elle était incapable de la poser. Cela lui donnait le sentiment d'amorcer une bombe. Elle n'arrivait pas à imaginer les conséquences de l'explosion. Elle ne pouvait cependant pas tout garder pour elle.

Elle s'était décidée à parler. À lui expliquer comment elle s'était évanouie après avoir bu le verre de lait offert par Ha-yeong ; comment celle-ci lui avait confié avoir versé du poison à l'intérieur. Après un sursaut de surprise, son mari, ébahi, lui avait dit en souriant qu'elle avait sûrement rêvé. Sa réaction n'avait fait que rendre Seon-gyeong plus confuse encore. On a dû m'hospitaliser et il ne me croit pas ? Elle lui avait répondu sèchement qu'elle n'avait pas rêvé. Devant son air déterminé, son mari avait cessé de sourire et lui avait promis de faire de son mieux pour découvrir le fin mot de l'histoire.

Il était revenu le lendemain, accompagné d'un médecin des urgences. Il avait poussé ce dernier à expliquer à Seon-gyeong dans quel état elle se trouvait lors de son arrivée aux urgences. Gêné, cherchant ses mots, l'homme avait regardé tour à tour Seon-gyeong et son mari. Il semblait mal à l'aise, comme si on le suspectait d'avoir mal fait son travail.

— Il y a un problème ? avait-il demandé.

— Est-ce que tu peux nous expliquer son état le jour de son arrivée ? Et quelle en était la cause ?

— Eh bien, c'était dû à un stress extrême couplé à une ingestion importante de somnifères.

Des somnifères ? s'était étonnée Seon-gyeong. Elle n'en prenait pourtant jamais.

— Figure-toi que ma femme soutient qu'on l'a empoisonnée.

— Un empoisonnement ? avait répété l'urgentiste, perplexe. Si c'était le cas, elle serait morte avant d'être arrivée.

Son mari avait poursuivi les explications. Son voyage d'affaires ayant été subitement annulé, il se trouvait à l'hôpital quand les informations avaient parlé de l'affaire Byeong-do. Il s'était précipité à la maison, où il avait découvert Seon-gyeong inconsciente. Saisissant la gravité de la situation, il l'avait amenée aux urgences où elle avait subi un lavage d'estomac.

Comme l'avait expliqué son collègue urgentiste, elle serait morte si elle avait avalé du poison. Tout du moins, elle aurait dû avoir des séquelles. Il était donc évident qu'elle n'avait pas été empoisonnée. Voyant ces deux hommes échanger un regard complice, Seon-gyeong n'avait pas eu la force de poser plus de questions.

Après le départ du médecin, son mari lui avait attrapé la main et lui avait conseillé de voir un psychiatre. Elle avait trouvé l'idée insensée, mais son mari la regardait, sincèrement inquiet pour elle.

— Tu te rends compte de ce que tu dis ? Que j'ai donné du poison à ma fille ? Et tu y crois dur comme fer ! Tu penses que c'est normal ?

Seon-gyeong n'avait pas desserré les dents. De toute évidence, son mari ne croirait jamais ce qu'il s'était passé avec Ha-yeong.

Le lendemain, il était venu avec celle-ci. C'était la première fois que Seon-gyeong la voyait depuis son entrée à l'hôpital.

Quand son père l'avait sommée de s'expliquer sur les événements, Ha-yeong, l'air terrifiée, les avait regardés sans dire un mot. Son père l'avait de nouveau pressée de tout raconter. Elle s'était décidée à ouvrir la bouche :

— Un bruit bizarre m'a réveillée. Il y avait chez nous un monsieur qui faisait peur. Il était en train d'étrangler Seon-gyeong. J'ai eu peur qu'il la tue. Donc… je… je l'ai poignardé.

Elle avait ensuite éclaté en larmes, tremblante de peur. Son père, choqué, l'avait prise dans ses bras et lui avait tapoté le dos.

— Je suis désolé. Papa ne savait pas. Tu as dû avoir peur, ma pauvre petite.

Il avait transpercé Seon-gyeong du regard. Un regard plein de défiance et de doute.

— Qu'est-ce que ça veut dire, bon sang ? Pourquoi tu

ne m'as rien dit ? Comment tu as pu lui faire subir une horreur pareille ? Et tu l'accuses, en plus !

Seon-gyeong s'était sentie suffoquer. L'affaire prenait un tour inattendu.

Jusqu'à présent, son mari avait cru qu'elle avait tué Byeong-do tandis qu'elle tentait de s'échapper. Il était présent quand les inspecteurs étaient venus interroger Seon-gyeong à l'hôpital. Alléguant son état, il s'était d'abord opposé à cet interrogatoire. Il les avait priés de revenir plus tard, mais les policiers n'avaient pas de temps à perdre. Sous le feu des critiques depuis l'évasion de Byeong-do, la police souhaitait clore l'enquête au plus vite.

Seon-gyeong avait raconté la même histoire que lors du jour de l'incident. Les inspecteurs n'avaient pas prononcé la moindre objection. Ils étaient venus pour un contrôle de routine et, de toute façon, son état de santé ne permettait pas un interrogatoire très poussé. Inquiète, elle leur avait demandé ce qui allait maintenant se passer. D'après eux, son cas rentrerait dans le cadre de la légitime défense.

Après leur départ, son mari s'était dit soulagé de savoir que sa fille dormait à l'étage durant la tragédie. Elle aurait dû lui avouer les faits à ce moment-là, quand ils étaient tous les deux. Pourquoi ne l'avait-elle pas fait ?

Jusqu'à ce qu'elle revoie Ha-yeong à l'hôpital, l'histoire avec Byeong-do lui était sortie de la tête. Elle avait oublié de tout raconter à son mari. La poitrine serrée, elle l'avait regardé, ne sachant quoi dire. Ayant enfin appris la vérité, il semblait stupéfait. D'une voix douce, il avait demandé à sa fille :

— Est-ce que tu lui as apporté du lait, le matin ?

Ha-yeong avait relevé la tête, surprise, et regardé son

père en haussant les épaules, comme si elle ne comprenait pas la question.

— Mais papa… je dormais jusqu'à ce que tu arrives.

— Oui, c'est vrai. Tu étais au lit et je t'ai réveillée. Je m'en souviens.

Appuyant les dires de sa fille, il gardait le regard rivé sur Seon-gyeong. Comme pour l'aider à se remémorer ce qu'il s'était passé ce jour-là.

Devant l'éclat froid de ses yeux, Seon-gyeong était restée bouche bée. Il avait quitté la chambre avec sa fille. Elle ne l'avait pas revu durant plusieurs jours.

Seule sur son lit d'hôpital, elle avait fouillé sa mémoire. Les somnifères continuaient-ils à faire effet malgré le lavage gastrique ? Était-ce à cause des sédatifs qu'on lui avait administrés ? En soins intensifs, elle n'avait fait que se réveiller puis se rendormir. Même une fois transférée dans un service de médecine classique, elle avait passé plusieurs jours plongée dans le sommeil. Elle se sentait barbouillée mais, à part cela, elle n'avait aucun autre symptôme.

Il semblait probable qu'elle ait ingéré des somnifères. Dans ce cas, Ha-yeong aurait menti ? Il n'y avait pas de poison dans le lait ? Pourquoi avoir dit cela ? Plus elle y pensait, plus elle doutait. Elle était désormais incapable de conclure quoi que ce soit. Soudain, l'idée qu'elle avait peut-être rêvé, comme l'avait dit son mari, avait surgi dans son esprit. Elle avait secoué la tête avec force.

Non, ce n'était pas un rêve, lui disait une petite voix. Je me souviens très bien de la façon qu'avait Ha-yeong de me regarder pendant que je buvais son verre de lait. Je n'ai pas rêvé.

Mais une autre voix s'élevait alors. Est-ce certain ?

Parfois, les rêves ont l'air si réels… Si c'était du poison, je devrais pourtant être morte !

Durant son séjour à l'hôpital, elle avait une fois rêvé qu'elle pleurait à chaudes larmes dans les bras de sa mère. À son réveil, elle pouvait encore sentir le contact de la peau de sa maman contre sa joue, c'était si réel qu'elle en avait eu un pincement au cœur.

Elle se souvenait distinctement du lait apporté par Ha-yeong, de la sensation quand il avait coulé dans son œsophage. Elle se rappelait comment elle n'avait pas pu bouger un orteil quand Ha-yeong l'avait prise dans ses bras, juste avant qu'elle ne perde connaissance. Pourtant, si cela avait été du poison, elle aurait dû mourir.

Mais sa belle-fille avait affirmé ne jamais lui avoir offert de lait ! Plus Seon-gyeong réfléchissait, plus elle se sentait perdue. Elle ne pouvait plus démêler le rêve de la réalité. Ha-yeong lui avait-elle vraiment donné un verre de lait ?

Son mari n'était pas revenu la voir, pas même le jour de sa sortie de l'hôpital. Ils n'avaient jamais reparlé de cette histoire de poison.

La voix de Hui-ju la tira de ses réflexions :

— Dis, tu m'écoutes ?

— Hein ? Ah, oui, continue.

— Je te demandais si ça se passait bien avec Ha-yeong. Il n'y a pas eu d'autres problèmes ?

— Qu'est-ce qu'elle t'a dit ?

— Elle avait l'air furieuse que vous ne lui ayez pas demandé son avis pour le déménagement.

— C'est bien normal !

— Fais pas comme si tu n'étais pas concernée.

Seon-gyeong se sentit piquée par les paroles de son amie. Avec l'arrivée de Ha-yeong dans sa vie, elle s'était dit qu'en y mettant tout son cœur ils pourraient devenir une vraie famille, même si elle n'était pas sa fille biologique. Maintenant… elle avait l'impression de vivre à côté d'une bombe prête à exploser d'un instant à l'autre. Elle comprenait combien elle avait été maladroite et arrogante.

— Ça devient de plus en plus difficile. Je ne sais pas du tout ce qu'elle pense. Elle ne dit rien et reste cloîtrée dans sa chambre.

— C'est pareil dans toutes les familles. À cet âge, ce sont de vraies bombes à retardement. Et quand ils explosent, les parents sont encore plus confus de ne pas en comprendre les raisons.

— Les autres familles ?

— Bien sûr. Pourquoi tu crois qu'on dit que la puberté est une période de bouleversements ? Les autres parents non plus ne savent pas quoi faire avec leur gamin à cet âge ! Ne pas parler à ses parents, c'est le b.a.-ba de la puberté.

— La puberté ?

Seon-gyeong n'y avait pas pensé. Elle se sentit étrangement soulagée. Peut-être s'était-elle inquiétée pour rien, peut-être son regard sur Ha-yeong était-il biaisé. Hormis l'incident du dîner, elle n'avait jamais causé de problèmes.

— Par contre, elle raconte toujours la même chose.

— Quoi ?

— Elle dit que tu la détestes, que tu t'en ficherais si elle mourait.

— Mais non, absolument pas.

Était-ce le cas ? Ha-yeong était vive d'esprit. Même si elle n'en avait rien laissé paraître, Seon-gyeong avait tracé une ligne invisible entre elles. L'adolescente l'avait forcément remarqué. Si elle ne la détestait pas, elle ne pouvait pas dire non plus qu'elle l'aimait. En toute sincérité, disons qu'elle s'arrangeait pour l'éviter.

— Mais tu es bête ou quoi ? Tu ne comprends pas ce que ça veut dire ?

— Comment ?

— Ça veut dire : « Aime-moi ! », elle a besoin d'affection, elle a soif de tendresse.

Seon-gyeong ne sut pas quoi répondre.

L'écart, une fois creusé, n'avait cessé de s'agrandir entre elles. Navrée de ses sentiments, elle lui préparait son goûter, mais elle ne pouvait pas se résoudre à la regarder droit dans les yeux si d'aventure elles se croisaient. Son corps se figeait sur place.

— Si vous n'arrivez pas à vous entendre, il faut parler. Je te le dis maintenant, mais vous n'étiez pas des patientes faciles.

— ... Vraiment ?

— Vous ne dites jamais ce que vous avez sur le cœur, comment veux-tu faire une bonne thérapie dans ces conditions ? Si vous ne parlez pas franchement, vous ne vous rapprocherez jamais.

Hui-ju déballa ce qu'elle avait gardé pour elle pendant toutes ces années. Seon-gyeong écoutait en silence.

— Tu sais ce que je me disais durant ces trois années où je vous voyais en consultation ? Que Ha-yeong était un tournesol constamment tourné vers toi, mais que toi, tu étais un soleil froid. Pourquoi es-tu aussi distante avec elle ?

Hui-ju avait mis le doigt là où ça faisait mal.

Seon-gyeong ne pouvait pas nier qu'elle se comportait froidement avec Ha-yeong. Elles ne se voyaient qu'une fois par semaine mais, avec les années, Hui-ju avait évidemment fini par remarquer l'ambiance tendue qui planait entre elle et l'adolescente.

— Les enfants comme elle, sujets à l'angoisse, sont très émotifs. Ils font du mieux qu'ils peuvent pour répondre aux attentes de leurs parents. Si tu ignores leurs efforts, les tensions commencent. Ils cherchent le conflit pour avoir de l'attention. Et si ça ne marche pas, qu'est-ce qu'ils font ?

Seon-gyeong se demandait où en était Ha-yeong quand son amie enchaîna :

— Ils s'éloignent. Avec eux, il faut multiplier les approches, même si ça provoque des conflits. Sinon vous ne serez jamais plus que des colocataires. C'est peut-être votre dernière chance.

— Notre dernière chance ?

— Si elle passe sa puberté ainsi, elle partira dès qu'elle deviendra adulte. Si tu étais sa mère biologique, ça ne changerait rien. Tu ne veux pas continuer ainsi, pas vrai ?

— … Je ne sais pas par où commencer.

— Demande-lui comment elle se sent, si elle dort bien. Si elle a envie de manger quelque chose en particulier. C'est ta famille, qu'y a-t-il de difficile ? « Je m'intéresse à toi, j'écoute ce que tu me dis, je te regarde, je suis à tes côtés alors ne t'inquiète pas », etc. Si tu lui fais sentir ça, elle ouvrira la bouche toute seule.

— D'accord…, répondit évasivement Seon-gyeong.

« Tu ne sais rien. » Elle ne pouvait pas répondre ainsi. Elle avait envie de raccrocher.

— Il n'y a rien d'autre à part le déménagement ?
— Comment ça ?
— J'ai eu cette impression en parlant avec elle.
Seon-gyeong hésita un instant avant de répondre :
— Je suis enceinte.
— Ah… Félicitations, répondit Hui-ju après un silence.

Cette brève pause irrita un peu Seon-gyeong. Elle savait que son amie n'appréciait guère son mari. Mais elle trouvait regrettable qu'elle semble aussi peu emballée par la nouvelle de sa grossesse.

— On dirait que ça ne t'enchante pas ?

— Ah, non, ce n'est pas ça. Je crois que je comprends maintenant pourquoi Ha-yeong est venue me voir. Ce dont elle voulait vraiment parler, ce n'était pas du déménagement, mais du fait qu'elle va devenir grande sœur.

Seon-gyeong laissa échapper un profond soupir.

— Il faudra que tu sois plus attentive encore. Déménager, dans un certain sens, c'est bien. Un lieu étranger, ça permet parfois de souder une famille. Mais un nouvel enfant, c'est une autre paire de manches. Ha-yeong pourrait facilement se sentir exclue. Il est fréquent que l'aîné d'une famille joue de sales tours quand un nouvel enfant débarque.

— Je vais devoir raccrocher. Mon mari m'appelle.

— D'accord. On essaie de se voir au moins une fois avant que tu déménages ?

— Ça marche.

Utilisant son époux comme prétexte, Seon-gyeong s'empressa de raccrocher.

Les conseils les plus bienveillants sont parfois

difficiles à recevoir, surtout quand on se sent totalement épuisé. Ils piquent comme des épines.

Les paroles de son amie embrouillaient encore un peu plus son esprit, où s'emmêlaient déjà les choses à faire et les soucis inutiles. D'un côté, elle était soulagée de savoir que Ha-yeong était allée voir Hui-ju après s'être enfuie de la maison. À sa manière, elle aussi essayait donc de trouver une porte de sortie à ce conflit.

Seon-gyeong appuya sa tête contre le dossier de la chaise et ferma les yeux un moment. Elle essayait d'examiner un à un les problèmes qui encombraient son esprit. Ils convergeaient tous vers un même point. À la fin, elle retrouvait toujours Ha-yeong. C'était douloureux mais Hui-ju avait raison. Elles vivaient sous le même toit, cela ne pouvait pas continuer ainsi. Il fallait trouver une solution pour qu'elles se rapprochent.

Elle rouvrit les yeux et son regard se posa sur sa bibliothèque. Que des ouvrages spécialisés de criminologie ou de psychologie, tels que *A History of Murder* ou *The Murderer Next Door*. Il y avait aussi des livres contenant les témoignages des familles des meurtriers. Rien qu'en lisant ces titres, elle avait l'impression d'être cernée par des criminels. Son mari n'avait pas tellement tort : son cerveau ressemblait à cette étagère.

Une idée la traversa soudain. Elle venait de découvrir le fil qui lui permettrait de démêler l'écheveau de ses relations avec Ha-yeong.

Jusqu'à présent, elle avait agi comme si elle était sa mère. Pour une femme maladroite et sans expérience, c'était vraiment pesant. Elle avait le sentiment d'accomplir un devoir. Elle se sentait coupable chaque fois qu'elle y pensait. Et le fait que Ha-yeong ne soit pas sa fille biologique n'arrangeait rien. De plus, les doutes qu'elle gardait dans un coin de sa tête la rendaient hésitante.

Et si elle essayait plutôt de voir Ha-yeong comme un individu à part entière, plutôt que comme sa fille adoptive ?

Assistante d'un criminologue chevronné, Seon-gyeong avait eu plusieurs fois l'occasion de se rendre en prison pour assister à l'interrogatoire de criminels.

Le premier, un trentenaire, avait assassiné une dame d'âge moyen qui travaillait dans le même restaurant que lui. Lors de son premier jour dans cet établissement spécialisé dans la viande braisée, il y avait eu un pot de bienvenue à l'issue du service. Comme cette dame habitait dans le même quartier que lui, ils avaient fait la route ensemble en fin de soirée. Après l'avoir raccompagnée chez elle, l'homme avait rejoint son domicile avant de retourner dans l'appartement de cette femme. Il l'avait assassinée et, comme si de rien n'était, il était rentré chez lui. Le lendemain, il ne s'était pas présenté au travail.

Les inspecteurs l'avaient identifié grâce aux caméras de surveillance et à ses empreintes digitales. En arrivant chez cet homme, ils l'avaient trouvé en train de serrer dans ses bras sa fille d'un an. Quand on lui avait demandé, lors de son premier entretien en prison, pourquoi il avait tué cette dame, il n'avait pas pu répondre.

Le deuxième cas auquel elle avait été confrontée était celui d'un homme qui avait battu sa femme à mort. Ne parvenant à calmer sa colère, il avait attendu que ses trois enfants rentrent à la maison pour les étrangler ou les poignarder, un à un. Il avait même violé sa fille, encore au collège, avant de la tuer.

Un autre entretien auquel elle avait participé concernait une femme qui avait empoisonné son mari. Pour pouvoir toucher l'assurance, elle avait aussi assassiné son grand frère et crevé les yeux de sa mère durant son sommeil. Elle avait expliqué que, après la mort, l'indemnité la plus élevée versée par l'assurance concernait la cécité. Elle avait utilisé cet argent pour aller faire du ski et s'acheter des sacs de luxe.

Avant de les voir en interrogatoire, juste en se fondant sur leur dossier, Seon-gyeong avait été incapable de les comprendre. Après plusieurs heures passées à les observer, elle avait fini par saisir comment ils voyaient le monde, et pourquoi ils avaient commis ces crimes.

L'homme qui avait tué sa collègue après son premier jour de travail avait appris, en la raccompagnant, qu'elle vivait seule. Sa femme, depuis la naissance de leur fille, plus d'un an auparavant, refusait de coucher avec lui. Sa collègue l'avait invité chez elle pour lui offrir un peu de *kimchi*[1] ; il s'était fait des idées. Il avait d'abord voulu la violer, mais elle avait tellement résisté qu'il avait fini par la tuer.

L'homme qui avait assassiné sa femme et ses trois enfants était un peu plus simple à comprendre. Il était furieux contre elle car elle voulait divorcer et contre ses enfants qui s'étaient rangés du côté de leur mère. Il prenait également à la légère le comportement violent qu'il avait eu toutes ces années à la maison.

La femme qui s'était débarrassée de son mari et de sa mère avait subi toute sa vie les remontrances de cette

---

1. Mets de chou fermenté et épicé qui accompagne souvent les plats coréens.

dernière. « Habille-toi bien, rentre tôt, ne fréquente pas ce genre de gars, c'est à ton frère, c'est toi la plus jeune ici, il faut t'y faire », etc. La criminelle s'était expliquée. Moi aussi, je voulais une vie chouette comme tout le monde, faire du ski, avoir de beaux sacs à main, c'est vraiment si mal ?

Aucun d'eux ne se remettait en question ou n'éprouvait de regrets. Ils rejetaient la faute sur les autres et étaient furieux contre ce monde qui ne se pliait pas à leur désir.

S'ils avaient grandi dans un autre environnement, reçu le soutien de quelqu'un et appris à maîtriser leur colère et leurs désirs, leur vie serait-elle différente aujourd'hui ? On ne pouvait être sûr de rien mais, au moins, le dénouement n'aurait probablement pas été aussi affreux. Si dans leur enfance quelqu'un avait été à leurs côtés, leur avait dit qu'il les comprenait, ne seraient-ils pas différents ?

Seon-gyeong se rendit compte que Ha-yeong, tout au long de sa vie, n'avait jamais eu personne sur qui compter. Arrêter de jouer maladroitement son rôle de mère et essayer de comprendre cette gamine, ne serait-ce pas en définitive mieux pour leur relation ?

En y repensant, ces dernières années, Ha-yeong ne s'était pas comportée différemment des autres enfants. Pour plaire à Seon-gyeong, elle n'avait jamais manqué un rendez-vous avec Hui-ju, était assidue à l'école et avait des notes excellentes. Elle avait tout de l'élève modèle. Sa réaction lors du dîner avait été surprenante, mais, au vu du comportement arbitraire de son mari, Seon-gyeong n'était pas sans comprendre l'attitude de l'adolescente.

Elle se répéta intérieurement les paroles de Hui-ju.

Un soleil froid ? Elle se demandait si elle avait l'air si froide que ça aux yeux des autres.

Elle sentit son cœur se glacer en imaginant comment Ha-yeong pouvait se sentir. Que suis-je donc pour cette enfant qui traverse le tunnel mouvementé de la puberté ? Elle n'avait aucune envie de cultiver les épines de la colère dans ce jeune cœur.

Elle se remémora ses seize ans. Après avoir perdu sa mère, elle avait plongé jusqu'au fond de la dépression. Elle ne gardait pas beaucoup de souvenirs de cette période noyée dans les ténèbres. Elle ne cessait alors de penser à la mort. Mais heureusement son père était à ses côtés pour la prendre dans ses bras. Ha-yeong avait besoin d'une telle présence.

Même avec son père, les effusions de tendresse étaient devenues rares. À y repenser, depuis qu'elle était suivie par une thérapeute, elle ne parlait quasiment jamais avec lui. Est-ce que ce déménagement n'allait pas les éloigner encore un peu plus ? Ha-yeong allait se retrouver dans un endroit inconnu, sans amis ; son angoisse était compréhensible.

Il aurait fallu en parler d'abord avec elle. Lui demander son avis, prendre cette décision ensemble. La dispute d'aujourd'hui était entièrement de leur faute à eux, les adultes.

Seon-gyeong avait tant de choses à lui demander.

Le bruit soudain de la pluie lui fit tourner la tête. Par la fenêtre, il pleuvait à grosses gouttes. Elle se leva et se précipita dehors.

Un parapluie à la main, Seon-gyeong attendait Ha-yeong à l'arrêt de bus. Chaque fois qu'un bus arrivait, elle examinait attentivement les passagers qui en descendaient. Malgré l'heure, toujours aucune trace de l'adolescente.

Avait-elle pris un taxi ?

La plupart des taxis s'arrêtaient à côté de l'abribus. Elle l'aurait vue.

Il y avait désormais de moins en moins de personnes qui descendaient des bus. Seon-gyeong s'inquiétait. Elle avait d'abord pensé que Ha-yeong rentrerait à la maison après son rendez-vous avec Hui-ju, mais elle se demandait maintenant si elle n'avait pas décidé d'aller ailleurs. Elle hésitait à l'appeler quand elle aperçut au loin la silhouette de l'adolescente.

Simplement dessinée par les phares des voitures, la jeune fille était trop éloignée pour que Seon-gyeong puisse voir son visage ; elle l'avait pourtant reconnue au premier coup d'œil, rien qu'à sa démarche.

L'adolescente, sans parapluie, était trempée jusqu'aux os ; elle frissonnait. Seon-gyeong se précipita vers elle pour lui tendre son parapluie.

Ha-yeong s'arrêta, indécise, puis le repoussa avec force après avoir reconnu sa belle-mère. Seon-gyeong ne s'avoua pas vaincue. Elle attrapa la main de la jeune fille qui avait détourné le regard.

— Prends-le, il pleut encore beaucoup.

— Je suis déjà toute mouillée de toute façon.

Un bruit de klaxon et un faisceau de phares s'abattirent soudain sur elles. Seon-gyeong se dépêcha de prendre Ha-hyeong dans ses bras pour la protéger. Un bus passa à toute vitesse, projetant de l'eau de toutes parts. Les vêtements de Seon-gyeong étaient maintenant trempés.

— Vous aussi, vous êtes toute mouillée !

— Dépêche-toi. On va tomber malades si on reste ici.

Elle se sentait plus libre, maintenant qu'elle avait décidé d'arrêter de se prendre pour la mère de la jeune fille. Avant, même lui parler était un fardeau.

Est-ce que je ne me suis pas effrayée pour rien ? se demanda Seon-gyeong. Après tout, ce n'est qu'une enfant.

Comme elles marchaient côte à côte, elle remarqua pour la première fois que Ha-yeong faisait presque sa taille. Quand a-t-elle grandi autant ? Elle se sentit coupable de lui avoir accordé aussi peu d'attention. Elle se répéta les paroles de son amie.

N'avait-elle pas dit que déménager était une bonne chose ? Qu'un lieu inconnu permettait de souder une famille ? Repensant aux photos de leur nouvelle maison que lui avait montrées son mari, elle se laissa aller à l'espoir.

II

5

La simple pensée du déménagement donnait la migraine à Seon-gyeong.

Elle déambulait d'une pièce à l'autre. Elle n'avait pas commencé qu'elle était déjà épuisée à l'idée de devoir faire tous ces cartons, les déplacer, pour les déballer ensuite. Si ce n'était que ça… En s'attelant à la tâche, elle comprit que la vraie difficulté était ailleurs. Décider quoi emporter et quoi jeter. Un vrai casse-tête !

Ranger un simple tiroir lui prenait un temps considérable. Partout dans la maison, elle retrouvait des objets oubliés qui la plongeaient dans son passé. Elle passait des heures à rêvasser. En mettant sa chambre en ordre, elle eut le sentiment de balayer les vingt dernières années de sa vie.

Après la mort de sa mère, Seon-gyeong, encore collégienne, avait emménagé dans cette maison avec son père et ne l'avait jamais quittée depuis. Au décès de son père, son mari était venu vivre avec elle, puis Ha-yeong les avait rejoints. Voilà qu'elle se retrouvait à soupeser les souvenirs liés à tous ces objets accumulés durant tant d'années.

En rangeant, elle tombait parfois sur des affaires de son père, des choses dont elle n'avait jamais eu la force de se séparer après son enterrement. Un étui à lunettes, un vieux sac en cuir usé contenant un agenda, son manteau favori, son portefeuille avec une photo de sa mère. Résolue à faire ses adieux, elle jetait toutes ces reliques au fond d'un sac-poubelle, puis les ressortait aussitôt pour les caresser du bout des doigts. Le temps filait, sans qu'elle puisse rien ranger du tout.

Son mari s'était montré ferme : jeter les affaires dont ils ne s'étaient pas servis durant l'année passée, se séparer de celles dont ils avaient oublié l'existence. Ils s'étaient mis d'accord pour réduire au maximum leurs bagages. Même si elle approuvait cette décision, elle sentait son cœur trembler à la vue de ces objets chers à sa mémoire. Les préparatifs commencèrent vraiment lorsque son mari quitta son poste à l'hôpital.

Il commença par jeter les affaires de sa femme. Il y eut quelques accrochages mais, face à sa détermination, Seon-gyeong avait fini par se résigner. Ensuite, tout alla très vite. Ils décidèrent de ne pas vendre la maison mais de la louer.

Seon-gyeong n'eut même pas le temps d'être triste. Un devis établi par une entreprise de déménagement et la date du départ était déjà arrivée ! Durant tout ce temps, elle n'avait pas pu parler avec Ha-yeong.

Depuis sa petite fugue, cette dernière prenait ses repas avec eux, se comportant comme si rien ne s'était passé. Une chose cependant avait changé. Au début des vacances, elle avait demandé la permission de consulter les livres que Seon-gyeong gardait dans son bureau. Cette dernière lui avait passé quelques ouvrages généraux de psychologie.

L'adolescente n'évoquait pas le déménagement. Elle

ne parlait plus avec son père. Quand celui-ci lui adressait la parole, elle l'évitait, faisant mine de n'avoir rien entendu. Ce devait être sa manière de lui signifier qu'elle était toujours furieuse. Ha-yeong avait tout de même fini par déposer devant la porte les affaires qu'elle désirait jeter. Seon-gyeong en avait conclu qu'elle s'était faite à l'idée.

Sa protestation silencieuse dura jusqu'au jour du déménagement. Elle ne desserra pas les dents de tout le trajet, jusqu'à leur arrivée à Gangneung.

À sa descente de voiture, Ha-yeong regarda autour d'elle et prit une profonde inspiration. Seon-gyeong se sentit soulagée. Leur nouvelle maison avait l'air de lui plaire. Les déménageurs les avaient aidés à emballer et déballer, mais Seon-gyeong avait encore une foule de choses à faire. Sans l'aide de Mme Eom, elle aurait sûrement tout laissé tomber, découragée.

Elle avait appris l'existence de cette dame lorsqu'elle était venue visiter la maison la première fois. Son mari lui avait expliqué qu'elle vivait seule au pied de la colline, au bord de la route côtière, et qu'elle gardait un œil sur leur maison depuis très longtemps déjà.

— Depuis que je suis au lycée, je crois…, avait-il précisé. En tout cas, ça fait longtemps. Elle s'occupe de l'entretien depuis plus de vingt ans.

Son mari, pêcheur, était mort en mer, balayé par un typhon, quand elle avait à peine trente ans. Elle avait élevé seule ses deux enfants. Elle gagnait sa vie en travaillant au tout-venant. Elle réparait les filets de pêche ou aidait à trier les poissons à l'aube, au retour des bateaux au port ; l'été, elle arpentait les plages bondées d'estivants, un seau à la main, pour leur vendre des boissons fraîches. Ses enfants étaient partis vivre en ville. Seon-gyeong pouvait imaginer quelle ténacité cette femme avait dû déployer pour s'en sortir seule.

— Elle doit être très âgée, non ? avait-elle demandé.

— Je ne sais pas quel âge elle a, mais elle doit bien avoir plus de soixante ans.

La maison, bien que longtemps inhabitée, était en bon état. Seon-gyeong aurait voulu rencontrer la personne derrière tout ça.

— Par rapport à ce qu'elle fait d'habitude, entretenir notre maison, c'est un jeu d'enfant ! Juste jeter un œil de temps en temps, passer un coup de balai avant les vacances. Je crois que mon père la payait grassement, il était au courant de sa situation.

Son mari avait dû la prévenir de leur arrivée. Mme Eom les attendait et le ménage avait été fait.

Laissant Ha-yeong captivée par le paysage, Seon-gyeong entra et tomba sur Mme Eom dans le salon où la baie vitrée était grande ouverte. Reconnaissante, elle s'approcha aussitôt pour se présenter, mais la vieille dame se contenta de la saluer du regard. Celle-ci sortit ensuite d'un pas preste pour donner des ordres aux déménageurs. Gênée, Seon-gyeong essaya de trouver son mari, mais il avait disparu. Elle dut se résoudre à surveiller, un peu en retrait, les allées et venues des manœuvres.

Son médecin lui avait conseillé d'en faire le moins possible au vu de son état. Son mari lui avait demandé de ne se mêler de rien. De toute façon, elle était peu douée pour les tâches ménagères. Elle savait qu'elle serait plus encombrante qu'autre chose. En un rien de temps, le mobilier et l'électroménager avaient pris place dans la maison.

La vieille femme observa un moment les déménageurs s'affairer. Ils travaillaient dur mais manquaient de délicatesse. Elle remarqua une longue tache noire sur le côté du frigo ainsi qu'une trace de coup sur son bureau. Elle leva les yeux au ciel, retenant un cri d'exaspération.

— On arrête tout ! claironna Mme Eom vers les déménageurs qui se débattaient avec la table à manger.

Le regard aiguisé de cette dame laissait deviner un caractère tatillon. Devant son air sévère, tous les employés s'immobilisèrent.

— Si je remarque une égratignure de plus, on arrête et j'appelle votre patron. Le temps qu'on règle tout ça, vous ne serez pas près de rentrer chez vous !

— Oui, oui… On va faire plus attention, lui répondirent négligemment les employés, comme s'ils avaient l'habitude de ces remarques.

Mme Eom n'était pas du genre à parler à la légère. Elle dégaina son téléphone et se mit à composer le numéro inscrit sur la carrosserie du camion. Le plus âgé des déménageurs s'approcha aussitôt pour s'excuser et lui répéta qu'ils allaient faire plus attention.

— Une égratignure de plus et j'appelle ! Je n'hésiterai pas !

Leur comportement changea du tout au tout. Un instant auparavant, ils se passaient nonchalamment les meubles par la baie vitrée du salon, se moquant bien de les cogner. Ils les déplaçaient maintenant avec précaution.

Mme Eom avait déjà gagné la confiance de Seongyeong. Elle n'avait pas encore pu avoir une vraie discussion avec elle, mais elle avait le sentiment que cette dame aimait le travail bien fait. S'étant assurée que tous les meubles avaient trouvé leur place, Seon-gyeong s'assit sur une chaise du salon. Elle était restée longtemps debout et, après ce long trajet en voiture, son ventre était tendu. Son repos fut de courte durée.

Déjà, les déménageurs arrivaient avec des cartons pleins de vaisselle et les déballaient pour en ranger le contenu à la hâte dans les placards de la cuisine. Ils portaient tous des gants de protection, Seon-gyeong serait donc bonne pour tout ressortir et laver ! Ils lui épargneraient du travail à ne rien toucher. Elle se releva pour leur demander de laisser les cartons dans le salon : elle s'occuperait du reste. Comme s'ils n'attendaient que ça, les employés laissèrent tout tomber et se retirèrent. Elle put enfin souffler un peu.

Ha-yeong récupéra ses cartons puis fila dans sa chambre, à l'étage, pour s'y enfermer. À en croire le raffut qu'elle faisait, elle s'était déjà mise à arranger les lieux.

Voyant Mme Eom sortir de nouveau les casseroles et les bols des placards de la cuisine, Seon-gyeong se sentit soulagée. Elle avait l'impression qu'elles pourraient s'entendre sans avoir à se parler. Retroussant ses manches, elle s'approcha dans l'idée de faire la vaisselle. Mme Eom s'interposa sans attendre :

— Je vais me charger de la cuisine, occupez-vous des autres affaires.

Seon-gyeong fit demi-tour. Après tout, ce serait moins gênant pour toutes les deux.

Elle repéra les cartons de son bureau et se mit au travail. Celui qu'elle venait d'attraper devait contenir des livres car il était très lourd. Elle vacilla sous son poids. Mme Eom se rua vers elle pour le lui arracher des mains :

— C'est bon, je peux m'occuper de ça, affirma Seon-gyeong.

— Je vais au moins les déplacer.

— Non, je vais m'en charger.

Son mari entra à cet instant dans le salon et tenta de s'emparer du carton que portait Mme Eom. Elle le repoussa pour l'amener elle-même dans le bureau. Pour cette femme, habituée à transporter des caisses de poissons, cela semblait si simple !

— Où est-ce que tu étais ? Je ne te voyais plus.

— Je faisais le tour de la maison, pour voir s'il y a des choses à réparer. Tout ça, ce sont tes livres ? demanda son mari en désignant le reste des cartons.

Elle hocha la tête. Il se baissa pour en ramasser un et l'amena dans le bureau. Lui et Mme Eom se chargèrent de transporter toutes ses affaires.

Son mari s'occupa ensuite de déplacer ses cartons dans la pièce qui deviendrait son bureau. Il se trouvait juste en face de celui de Seon-gyeong. La vue sur la colline y était magnifique mais la pièce était mal exposée au soleil.

Ainsi, au rez-de-chaussée, en plus du salon et d'une salle de bains, y avait-il trois chambres. Deux feraient office de bureaux, la plus grande deviendrait la chambre conjugale.

Au moment de choisir, Seon-gyeong avait voulu que son mari ait le bureau le mieux exposé. Il avait insisté pour le lui laisser, alléguant avoir toujours utilisé celui donnant sur la colline et s'y sentir plus à l'aise.

— Cette pièce, ce sera mieux pour quelqu'un qui est presque toujours à la maison. Elle te revient. Ce sera bénéfique pour notre bébé d'être au soleil !

Il avait probablement deviné les pensées de sa femme. Cette pièce, baignée de lumière et avec vue sur le jardin, lui avait plu tout de suite.

Elle se mit à installer ses livres sur les étagères qui, très vite, se retrouvèrent pleines à craquer. Après avoir inspecté le contenu d'un des cartons restants, elle jeta un coup d'œil sur ce qu'il se passait dans la pièce d'en face. Par la porte entrebâillée, elle aperçut son mari en plein rangement.

Elle déballa discrètement des objets du carton pour les cacher dans le tiroir du bas de son bureau. Des choses que son mari avait jetées mais qu'elle avait récupérées en douce. Elle n'avait pu se résoudre à se séparer de toutes les reliques de son père défunt. Elle avait voulu garder quelques souvenirs.

Elle s'assit sur une chaise et considéra la pièce d'un air satisfait. Son regard coula naturellement vers la fenêtre. Elle se détendit à la vue du ciel bleu. Elle aimait déjà cette maison.

Elle retourna dans la cuisine, où Mme Eom essuyait et rangeait la vaisselle. Des gestes rapides et assurés.

— Merci beaucoup ! Vous êtes vraiment d'une aide précieuse, déclara Seon-gyeong en s'approchant.

La sexagénaire ne s'interrompit pas. Leurs regards se croisèrent un bref instant, mais la vieille dame demeura silencieuse. Seon-gyeong n'insista pas et se retira. Elle préférait quelqu'un qui se concentrait sur son travail en silence plutôt qu'une personne qui passait son temps à jacasser.

Seon-gyeong se rendit dans le salon et observa attentivement sa nouvelle maison.

La charpente en bois et le plancher lui donnaient le

sentiment d'être dans un nid douillet. La hauteur de plafond faisait paraître la pièce immense. Le canapé qu'ils utilisaient à Séoul semblait minuscule. Il y avait une cheminée près de la baie vitrée, comme dans toutes les vraies maisons de campagne. Vide, pleine de suie, sans bois de chauffage ni outil pour allumer un feu. Seon-gyeong, avec un frisson de plaisir, l'imaginait en hiver, des flammes léchant l'âtre.

Le terme de sa grossesse était prévu aux alentours de Noël. Elle se voyait, son petit bébé dans les bras, regardant la neige tomber par la fenêtre, un sapin à côté de la cheminée couvert de guirlandes électriques, des cadeaux à ses pieds. Elle n'arrivait pas à y croire. Cela ressemblait à une photo de magazine. Elle ne s'était toujours pas faite à l'idée qu'un enfant grandissait dans son ventre.

Elle se retourna vers l'escalier qui montait à l'étage. Les marches et la rampe étaient également en bois, accentuant la tranquillité des lieux. Ha-yeong devait avoir fini de mettre sa chambre en ordre car tout était silencieux.

Seon-gyeong eut envie de monter, de demander à l'adolescente si sa nouvelle maison lui plaisait. Avec ce genre de petites discussions banales, peut-être qu'elles pourraient se rapprocher ? Elle se promit d'aller la voir après avoir rangé sa chambre, lorsqu'un cri retentit à l'étage.

Son mari bondit comme une flèche vers la chambre de sa fille. Seon-gyeong, inquiète, lui emboîta le pas. Ha-yeong était debout sur son lit et trépignait sur place. Comme en danger, elle pointait son bureau du doigt en hurlant :

— Là, là ! C'est passé derrière le bureau !

— Quoi ? demanda Seon-gyeong.

— Il doit y avoir un insecte, déclara son père. Arrête de crier.

— C'est pas un insecte ! Ça vole et tout ! C'est énorme et tout noir ! hurla Ha-yeong.

Son père souleva un côté du bureau. Une forme noire en jaillit brusquement et se mit à voler en se cognant aux murs et au plafond.

— C'est une chauve-souris ! cria-t-il en désignant l'animal au corps énorme et aux ailes luisantes.

Paniqué, l'animal volait dans tous les sens. Ha-yeong et son père baissaient la tête, gesticulaient pour l'éviter. Seon-gyeong fit un pas en arrière. Son mari cherchait vainement de quoi attraper la chauve-souris.

— Attends un peu…, annonça-t-il en se précipitant au rez-de-chaussée.

Entre-temps, la chauve-souris s'était blottie dans un coin du plafond et observait les intrus.

— Comment est-elle entrée ? demanda Seon-gyeong.

— Je ne sais pas. J'ai ouvert la trappe du grenier et elle était là.

L'animal montrait les dents, tout en poussant des cris étranges en direction de l'adolescente.

Ha-yeong, ne pouvant plus supporter que cette bestiole la regarde ainsi, commença à fouiller ses cartons. Après avoir mis de côté des ciseaux et une règle, elle trouva enfin une arme adéquate pour affronter la bête. Les yeux écarquillés, elle sortit le mystérieux objet du carton.

Un couteau. Elle pressa sur un bouton ; une lame effilée et brillante jaillit du manche blanc. Seon-gyeong fronça les sourcils. Pourquoi Ha-yeong possédait-elle ce genre de choses ?

Brandissant son arme, l'adolescente s'approcha doucement de la chauve-souris. Encore effrayée quelques instants plus tôt, elle semblait transformée.

Ce face-à-face inquiéta Seon-gyeong. Elle n'avait aucune envie d'assister à cette scène.

— Ha-yeong, attends que ton père revienne. C'est dangereux.

— Non. Elle m'a provoquée… Je ne peux pas laisser passer ça, murmura l'adolescente.

Retenant son souffle, elle s'approcha un peu plus de la chauve-souris et, d'un coup sec, lança un coup de couteau. L'animal évita agilement la lame et plongea sur Ha-yeong pour l'attaquer. Ses ailes menaçantes n'impressionnaient pas l'adolescente, qui continuait à fendre l'air avec sa lame.

Seon-gyeong s'empara d'un cahier pour le jeter sur la chauve-souris. L'animal fondit sur elle. Instinctivement, elle baissa la tête et leva les bras pour se protéger. Ha-yeong poursuivit l'animal, agitant maintenant son couteau tout près de sa belle-mère. Seon-gyeong ferma les yeux de toutes ses forces. La chauve-souris poussa un cri perçant. Ha-yeong devait l'avoir frappée de sa lame.

Surprise, Seon-gyeong chercha l'animal du regard.

— Sors ! Tu me gênes, lui hurla Ha-yeong, furieuse de voir la bête voler à sa guise dans sa chambre.

Seon-gyeong s'accroupit et recula doucement. La chauve-souris volait en rond, pas le moins du monde effarouchée par leur présence.

Comment avait-elle pu entrer ? C'était étrange. Le

grenier avait-il été colonisé pendant que la maison était inhabitée ?

Si elle n'agissait pas, le dénouement serait funeste. L'animal blesserait Ha-yeong, ou celle-ci finirait par le tuer. Seon-gyeong n'avait aucune envie que cela arrive le jour de leur emménagement. Elle comprit soudain que la chauve-souris s'agitait à la recherche d'une issue. La fenêtre, tout juste entrouverte, ne laissait pas assez d'espace pour qu'elle puisse passer.

Seon-gyeong se jeta dessus pour l'ouvrir en grand.

À bout de forces, l'animal se suspendit de nouveau dans un coin du plafond. Ha-yeong bondit dans sa direction, couteau brandi. La chauve-souris voleta gracieusement au-dessus de sa tête puis s'enfuit par la fenêtre ouverte. Voyant sa proie lui échapper, Ha-yeong, déçue, planta son couteau dans le chambranle de la fenêtre avant de s'en prendre à Seon-gyeong en criant :

— Je pouvais l'attraper ! Je t'avais dit de ne pas me gêner !

L'adolescente toisait sa belle-mère d'un regard acerbe.

— Et tu aurais fait quoi ? Elle est partie, le problème est réglé, non ? Et puis, tu veux bien me donner ce couteau ?

Ha-yeong la regarda droit dans les yeux en arrachant le couteau du chambranle. Un frisson parcourut l'échine de Seon-gyeong. S'efforçant de garder son calme, elle demanda :

— Pourquoi est-ce que tu as ça ? C'est dangereux. Donne-le-moi.

— … Sors, bougonna l'adolescente, le regard brillant d'une lueur froide.

— Ha-yeong…

— Pourquoi j'ai un couteau ? Parce que j'ai peur. Il me faut bien une arme pour me défendre, non ? Tu ne crois pas ?

Seon-gyeong eut un mouvement instinctif de recul et replia ses bras contre elle. La gorge nouée, elle était incapable de parler. Derrière elle, les pas de son mari retentirent. Ha-yeong, pantelante de nervosité un instant plus tôt, se calma instantanément et dissimula son arme derrière son dos.

— La chauve-souris ? Elle est où ? demanda son père, un balai à la main, en scrutant la chambre.

Ha-yeong lui jeta un regard exaspéré et demanda :

— C'est quoi ça ?

— C'est Mme Eom qui me l'a donné pour chasser cette saloperie. Elle est où ?

Tenant fermement son balai, il passait la chambre en revue. Seon-gyeong voulait s'échapper d'ici au plus vite.

— Elle est partie, répondit-elle, un peu calmée.

Elle sortit et se dirigea vers l'escalier. Au moment de poser le pied sur la première marche, une violente crampe lui tordit le bas du ventre. Sous la tension, ses muscles devaient s'être contractés spontanément. Peut-être s'était-elle trop surmenée aujourd'hui ? Elle décida d'oublier un instant le couteau et le regard de Ha-yeong. Elle n'avait qu'une envie : s'étendre sur son lit. Retrouver son calme.

Alors qu'elle pénétrait dans sa chambre, Mme Eom, occupée à rassembler les emballages pour les jeter, l'interpella de la cuisine :

— Ça a fini comment ?

— Comment ça ?

— La chauve-souris.

— Elle s'est enfuie par la fenêtre.

— Il doit y avoir un trou dans la moustiquaire du grenier. Faudra appeler quelqu'un pour la réparer.

Seon-gyeong était heureuse de pouvoir discuter un peu. Elle avait besoin d'évacuer toute cette tension.

— Il y a souvent des chauves-souris ici ? Je n'aurais jamais cru en voir une.

— Si vous allez dans la colline, vous pouvez en croiser, mais elles ne viennent pas jusqu'ici normalement. Elle a dû s'installer car la maison était inhabitée.

Mme Eom la regarda un instant, puis posa la main sur son front. Seon-gyeong sentit le contact froid de sa chair.

— Vous êtes malade ? Vous êtes toute pâle !

Seon-gyeong recula et se toucha le visage. Couvert de sueur. Visiblement, elle n'allait pas bien.

— C'est vrai ? Je dois être fatiguée…

— Allez vous étendre. Je viendrai vous prévenir quand le déjeuner sera prêt.

Seon-gyeong hocha la tête et se réfugia dans la chambre. Ses batteries étaient à plat. Elle devait s'allonger sans attendre.

Elle poussa dans un coin les cartons qu'elle n'avait pas eu le temps de défaire puis attrapa une couette pour s'étendre sur son lit. Les paroles de Ha-yeong lui tournaient dans la tête.

« Parce que j'ai peur. Il me faut bien une arme pour me défendre, non ? Tu ne crois pas ? »

Elle ferma les yeux. Elle comprenait très bien que Ha-yeong ait été marquée par la tragédie avec Lee Byeong-do.

Qu'avait dit Hui-ju, déjà ? Qu'on devait se forcer à se remémorer ce jour-là ? Qu'affronter cette peur permettrait de la surmonter ? Qu'en comprenant que c'était du passé, tout s'arrangerait ? Mais Hui-ju… Ce n'est pas du passé. À moins d'effacer nos souvenirs, ils nous poursuivront pour toujours !

Arrête de penser ! se dit-elle. On parlera de tout ça avec Ha-yeong, plus tard, calmement. Si Ha-yeong est traumatisée, je trouverai un moyen de la guérir. Ce sera le défi de ma vie.

Ses pensées tournaient en boucle, Seon-gyeong était épuisée. Elle sombra dans le sommeil.

Quand elle ouvrit les yeux, il faisait déjà nuit. La chambre était envahie par l'obscurité.

Bien que ce soit l'été, il faisait plutôt frisquet dans cette maison aux abords de la forêt. Réveillée par un courant d'air, Seon-gyeong mit un peu de temps avant de comprendre où elle se trouvait.

Ah… c'est vrai qu'on a déménagé, se dit-elle.

Elle mettrait sûrement un moment à s'y faire.

Elle se leva pour passer dans le salon. Elle tâtonna à la recherche de l'interrupteur. Dehors, tout était plongé dans les ténèbres. Pour elle, qui avait toujours vécu en ville, cette obscurité était inquiétante. Après avoir réussi à allumer, elle se sentit enfin soulagée. Elle jeta un coup d'œil dans le bureau de son mari, puis dans la chambre à l'étage : personne.

Où sont-ils passés ? se demanda-t-elle.

Assoiffée, elle ouvrit le frigo pour attraper une bouteille. Vide. Elle se rappela qu'ils avaient oublié d'acheter de l'eau minérale. Elle saisit une tasse pour se servir au robinet. L'eau avait un étrange arrière-goût de pierre. Peut-être que sa grossesse l'avait rendue plus sensible.

Dès la première gorgée, son ventre gargouilla. En y repensant, elle n'avait rien avalé de la journée, hormis un peu de lait en partant de Séoul. Une faim féroce s'empara d'elle. L'eau avait réveillé son appétit.

Elle ouvrit les placards au-dessus de l'évier à la recherche de quelque chose à manger. Quelques paquets de soupe instantanée et de nouilles ; rien d'autre. Il faudra aller faire des courses demain, se dit-elle en versant de l'eau dans la bouilloire. Elle attrapa un bol et ouvrit un sachet de soupe. Elle n'avait plus qu'à y verser de l'eau chaude. Cela lui permettrait de calmer un peu sa faim. Elle remarqua que la date de péremption était dépassée depuis deux mois. L'interrupteur de la bouilloire se releva. Indécise, elle observait la date, se demandant si elle devait jeter ou non le sachet.

Les phares d'une voiture tremblèrent à la fenêtre. Elle s'approcha pour observer. Une automobile franchissait le portail de la maison. Quelques secondes plus tard, Ha-yeong et son mari descendirent du véhicule. Ha-yeong tenait une sorte de raquette de badminton. Son mari ouvrit le coffre pour en sortir des sacs de courses. Ils devaient revenir du supermarché.

D'un geste vif, Seon-gyeong ouvrit la baie vitrée du salon. Une nuée d'insectes, attirés par la lumière, lui sautèrent au visage.

— Non, ferme vite ! ordonna Ha-yeong.

Seon-gyeong s'exécuta sur-le-champ. L'adolescente se mit à agiter la raquette qu'elle tenait à la main. Dans un orage de crépitements, les insectes se volatilisèrent. La raquette était en réalité un appareil anti-insectes.

— Oh ! On a bien fait de l'acheter ! hurla son mari, approchant avec un sac de courses dans chaque main.

Il débordait d'énergie.

— Tu avais l'air épuisée, on ne t'a pas réveillée. Tu as faim ? Attends un peu, déclara-t-il, enthousiaste, en entrant.

Il se mit à déballer les courses sur la table de la cuisine.

— On a déjà mangé avec Ha-yeong, c'était super bon ! On t'a pris la même chose ! Tu as faim, pas vrai ?

Affamée, Seon-gyeong accueillit la nouvelle avec joie.

— C'est quoi ?

— Du poisson grillé. Il y a de tout ! Du maquereau, du thazard, du cardeau..., répondit-il en ouvrant les sacs.

Seon-gyeong s'approcha de la table. L'odeur lui frappa aussitôt le nez. Elle sentit son estomac se retourner.

Prise d'un haut-le-cœur, elle porta la main à sa bouche et courut vers les toilettes. Un peu de bile remonta de son estomac vide. La nausée terminée, elle se rinça le visage. Relevant la tête, elle tomba sur son reflet dans le miroir. Ses yeux étaient injectés de sang, cernés par la fatigue.

Des nausées ?

Elle n'en avait pas eu quand le médecin lui avait annoncé qu'elles allaient commencer. Au contraire, elle avait bon appétit, mangeant même un dessert en fin de repas. Rassurée, elle s'était dit que sa grossesse se passerait sans nausées. Cette période devrait être derrière elle, maintenant. Elle avait déjà eu de légers maux d'estomac, mais jamais d'aussi terribles haut-le-cœur. Elle s'inquiétait que cela recommence. Elle se rinça de nouveau la bouche. Malgré la faim qui la tenaillait, son appétit s'était volatilisé. Un goût amer avait envahi sa gorge.

Dans le miroir, elle découvrit que Ha-yeong l'observait d'un air impassible. Incapable de deviner les pensées de l'adolescente, Seon-gyeong était mal à l'aise.

Elle se força à sourire pour lui montrer que tout allait bien.

— Ça va. J'ai juste un peu mal au ventre.

Ha-yeong la dévisageait toujours, sans réaction.

— Tu voulais me dire quelque chose ?

— … Tu vas vraiment garder le bébé ?

— Qu'est-ce que tu veux dire ?

— C'est clair, non ? Je me demandais si tu avais envie de mettre au monde l'enfant de mon père.

Une vraie douche glacée. Figée sur place, Seon-gyeong ne sut pas quoi répondre. Comme si rien ne s'était passé, Ha-yeong retourna dans sa chambre à l'étage. Seon-gyeong, perdue dans ses pensées, ne tenta pas de la retenir.

Qu'est-ce qu'elle a voulu me dire ?

Une sensation désagréable lui restait dans la bouche, le bout de sa langue piquait. Une nouvelle nausée la souleva. Elle se précipita vers les toilettes.

6

Ha-yeong descendit l'escalier sur la pointe des pieds pour se rendre dans la cuisine.

Après avoir attrapé une pomme et une bouteille d'eau, elle se dirigea vers la porte d'entrée. Le rez-de-chaussée était désert. Les adultes étaient épuisés par le déménagement, ce qui était loin d'être son cas. Le soleil n'était pas encore levé, mais elle n'avait aucune envie de traînasser au lit.

Depuis qu'elle était arrivée ici, Ha-yeong était en pleine poussée d'adrénaline. Elle regrettait même de s'être opposée à leur venue tant ce lieu inconnu l'excitait. La chauve-souris y était pour beaucoup. Quand elle avait jailli avec ses ailes noires et ses griffes, Ha-yeong avait eu un peu peur. D'un autre côté, ce nouveau jouet avait piqué sa curiosité. Ici, elle découvrait un autre monde. Son cœur palpitait d'une excitation étrange.

Ha-yeong avait une habitude.

Dans un nouvel endroit, face à une personne ou une situation inconnue, elle déployait instinctivement ses antennes. Pour elle, c'était une règle de survie. Est-ce que cet endroit est sûr ? Cette personne est-elle digne de confiance ? Ce réflexe, elle le devait à sa mère.

Celle-ci, d'humeur imprévisible, l'avait rendue

méfiante. Chez ses grands-parents aussi, où elle n'était pas la bienvenue, Ha-yeong avait conservé cette habitude. Depuis qu'elle vivait avec son père, ses antennes étaient devenues plus sensibles encore.

Durant toutes ces années, elle avait patiemment observé Seon-gyeong.

Elle éprouvait moins de défiance envers elle, désormais. Si chacune respectait la ligne qu'elles avaient tacitement établie dans leurs rapports, une certaine tranquillité se maintenait. Ha-yeong aurait bien aimé qu'elles se rapprochent un peu plus, malheureusement, une mine antipersonnel les séparait irrémédiablement. En l'effleurant à peine, tout pouvait exploser. Sans ça, elle pourrait vivre la vie la plus satisfaisante et la plus calme qu'elle ait jamais connue.

Quand elle ouvrit la porte d'entrée, la brise fraîche du matin vint lui caresser le visage. L'air froid des montagnes et le vent chaud de la mer se mélangeaient, entourant la maison d'une légère brume. L'humidité ambiante perla aussitôt en gouttes d'eau sur ses bras. Son fin T-shirt lui collait à la peau.

Elle franchit le portail et s'engagea sur un sentier, à gauche, qui menait vers la colline. Du coin de l'œil, elle aperçut une lueur. Tournant la tête, elle remarqua que le bureau de Seon-gyeong était allumé. Ha-yeong avait dû la réveiller en sortant.

Cette femme faisait naître en elle des sentiments ambivalents.

Elle souhaitait qu'elle la prenne dans ses bras et, en même temps, s'emportait rien qu'en voyant son visage. Tantôt Ha-yeong lui parlait gentiment, tantôt elle se roulait en boule comme un hérisson. Chaque fois qu'elle avait un élan de sympathie envers elle, le visage de sa mère lui traversait l'esprit. Elle se sentait coupable. Avouer ses sentiments reviendrait à trahir sa vraie maman. Voilà pourquoi, pour donner le change, elle était si distante avec Seon-gyeong.

Se détournant brusquement, elle reprit sa route vers la colline. Elle fit le vide dans sa tête, se concentrant sur sa marche. Elle se retrouva très vite à bout de souffle. Le sentier se transformait en effet un peu plus loin en une côte abrupte. Sans qu'elle s'en rende compte, la brume s'était dissipée. Ha-yeong sentait les rayons du soleil lui réchauffer le dos. Elle s'aperçut soudain qu'il faisait grand jour. Devant elle, le sentier sinueux s'enfonçait profondément dans la forêt.

Elle se retourna pour jeter un coup d'œil vers la mer. Quelques nuages, tutoyant l'horizon, flottaient dans le ciel bleu et rouge. Le soleil, qui sortait sa tête de l'eau, dardait des rayons éclatants comme pour affirmer son existence.

Ha-yeong mit sa main en visière sur ses yeux pour scruter l'horizon. Ce soleil rouge qui s'élevait au loin lui donna envie de pleurer. Ce spectacle recommençait tous les jours, depuis la nuit des temps, mais c'était la première fois qu'elle le voyait de ses propres yeux ; elle avait le sentiment de se joindre à la marche du temps. Face à la splendeur de la nature, elle se sentait minuscule. Elle comprenait maintenant pourquoi certains se levaient si tôt pour contempler l'aube.

Elle se retourna pour observer le sentier qu'elle avait emprunté.

Plus bas, sa maison bien à l'écart du hameau ressemblait à une maquette. Leur jardin, ceint d'une grande clôture, était dix fois plus grand que ceux des autres maisons. En contrebas, une dizaine d'habitations étaient dispersées ici et là. Une petite allée serpentait entre elles et conduisait jusqu'à la route côtière.

Il suffisait de traverser cette route pour accéder à la mer. La plage de galets ne possédait aucun équipement pour accueillir des plaisanciers. À vue de nez, il ne lui faudrait pas plus d'une heure pour faire le tour de son quartier. Il n'y avait aucun magasin, ni rien qui puisse attirer son attention.

Elle se tourna vers les hauteurs. Que des arbres. Impossible de savoir où se trouvait le sommet. Elle aurait voulu marcher jusqu'en haut mais elle hésitait, ne sachant pas combien de temps cela lui prendrait. Elle attrapa son téléphone pour regarder une carte.

Zoomant autant que possible, elle chercha sa localisation. Elle n'en était pas certaine, mais elle avait l'impression de se trouver sur une colline dénommée Hwaubong.

Internet annonçait une altitude de cent quatre-vingt-dix mètres. À Séoul, elle se promenait souvent sur une colline d'une hauteur similaire derrière sa maison. D'après son expérience, il ne devait lui rester tout au plus qu'une trentaine de minutes de marche.

Elle déboucha sur un large sentier de randonnée, bien entretenu et visiblement plus fréquenté. En le suivant, elle tomba sur un panneau d'indication destiné aux randonneurs. Ha-yeong avait d'abord emprunté un chemin de traverse peu utilisé. Ce sentier, plus connu, était mieux aménagé.

Elle inspecta la carte dessinée sur le panneau. À la colline d'Hwaubong en succédait une autre de six cents mètres, elle-même accolée à la montagne Muhwasan. Le chemin de randonnée s'y poursuivait.

Ha-yeong s'engagea tout à coup hors du chemin, sur une pente raide tapissée de feuilles mortes. Ce qu'elle cherchait ne se trouvait pas aux alentours d'un sentier de randonnée. La pente était si abrupte qu'elle devait s'accrocher aux branches pour avancer. Si elle se retrouvait à vadrouiller dans un endroit aussi escarpé, c'était à cause de la chauve-souris.

Hier soir, en faisant des recherches, Ha-yeong avait émis une hypothèse. La chauve-souris qui l'avait tant effrayée la veille était sûrement entrée par une ouverture dans le toit, croyant que la maison était vide. Découvrant que ces animaux vivaient en groupe, Ha-yeong en avait conclu que sa colonie devait habiter dans les environs.

Elle était convaincue qu'il y avait dans ces collines une grotte susceptible de les abriter. Partir à la chasse aux chauves-souris était bien plus palpitant que de rester à la maison.

Ha-yeong rôda jusqu'à ce que son pantalon de jogging soit entièrement recouvert de brindilles et de feuilles mortes. Elle ne repéra aucune grotte. Elle s'assit sur une souche et attrapa sa bouteille d'eau pour se rafraîchir. Des hordes d'oiseaux fusaient de partout tandis que de temps à autre un vent frais venait refroidir son corps réchauffé par l'effort.

Elle inspira une grande bouffée d'air. Elle se sentait calme. Plus que tout, elle était ravie d'être seule.

Ha-yeong n'était pas sortie dans l'idée de partir trop loin, mais elle se décida à continuer un peu. Le sommet de Hwaubong était plus proche qu'elle ne l'avait imaginé. Il ne lui fallut que dix minutes pour y parvenir. La vue, malgré la petite taille de la colline, était imprenable.

À l'ouest, la ligne de crête continuait vers une colline plus haute encore. De l'autre côté, elle descendait vers un autre hameau et se prolongeait jusqu'à Jumunjin. Par-delà la luxuriante forêt, Ha-yeong pouvait apercevoir ce qui semblait être une école, avec son terrain de sport en gazon artificiel.

D'après le panneau vu plus tôt, il s'agissait du collège Gangmun. Elle n'aurait jamais cru que l'établissement se trouvait si près de chez elle.

Elle se demanda si, les vacances finies, ce serait sa nouvelle école. Elle se dit que ce ne serait pas une mauvaise idée d'y faire une petite excursion. Remettant à plus tard sa chasse aux chauves-souris, elle se mit en route.

La descente étant facile, elle arriva en un rien de temps au portail derrière l'établissement. Elle poussa la porte, pensant qu'elle était fermée. Celle-ci s'ouvrit sans problème. Ha-yeong entra sans hésiter.

Arrivée au niveau d'un bâtiment cubique un peu morne, elle entendit des cris accompagnés de bruits sourds. L'endroit ressemblait à un gymnase. Jetant un coup d'œil par la fenêtre, elle aperçut des tapis de sol ainsi qu'une dizaine d'élèves en train de s'échauffer. Certains arrangeaient les tatamis, d'autres se préparaient à combattre. C'était inattendu. Comme c'étaient les vacances, Ha-yeong avait cru que l'école serait déserte.

L'un des élèves criait à ceux qui disposaient les tapis :

— Appliquez-vous ! Que ce soit parfait ! Vous avez envie de vous faire jeter par le capitaine ou quoi ?

Ha-yeong n'avait aucun intérêt pour les arts martiaux. Elle détourna le regard, indifférente.

Près des robinets, à côté du bâtiment, s'étirait une corde à linge chargée de kimonos tout fripés et de serpillières dégoulinantes. Sur les vestes, dans le dos, était inscrit : « Club de judo de Gangmun ». Ha-yeong tendit la main vers l'une d'entre elles pour la retourner. Un nom était brodé sur le devant.

Déjà blasée, elle se retournait pour partir quand elle tomba nez à nez avec un garçon à la carrure impressionnante.

— Qu'est-ce que tu fous là ? lui demanda-t-il en la transperçant du regard.

Il était en jogging et portait un sac de sport en bandoulière. Avec son corps solide et ses cheveux coupés court, Ha-yeong devina tout de suite qu'elle avait affaire à un vrai sportif. Il devait faire partie de l'équipe de judo.

— T'es une voleuse ? Tu trafiques quoi avec les kimonos ?

Agacée, Ha-yeong se contenta de le dévisager.

— Je te demande ce que tu fous ?

— Tu crois que je fais quoi ?

— Comment je pourrais le savoir ?

— Tu viens de dire que j'étais une voleuse.

— Oui, pourquoi tu tripotes les kimonos ?

— Ces trucs qui puent ? Je n'en voudrais pas, même si on me les donnait.

— Quoi ?

— Ji-hun ! Capit…

L'élève qui houspillait les autres un instant plus tôt

apparut à la porte du gymnase. Il s'approcha et écarquilla les yeux en découvrant Ha-yeong.

— C'est qui ? Vous êtes venus ensemble ?

— Qu'est-ce que tu racontes ? Au fait, c'est quoi ça ?

Ji-hun semblait être le capitaine de l'équipe de judo. Exaspéré, il pointa du doigt les kimonos suspendus sur la corde à linge. Devant ce ton sec, le nouvel arrivant s'excusa en se grattant la tête. Ha-yeong lut son nom sur son kimono : « Gang Seong-ho ».

— Hyeon-seok les a oubliés hier. On vient juste de les étendre, expliqua-t-il en essayant, sans succès, de défroisser les habits.

Ji-hun, sans dire un mot, attrapa une des tuniques pour la porter à son nez. Il fronça les sourcils, et balança au sol le reste des kimonos.

— Hé, mais tu fais quoi ?

— Lave-les de nouveau.

— Ils vont se froisser de toute façon si on les porte !

— Et l'odeur ? C'était comme ça tout le temps où je n'étais pas là ?

— Pourquoi tu fais des histoires dès que tu arrives ? Tout le monde s'est réuni pour ton retour.

Regarder ces deux garçons se disputer n'intéressait pas Ha-yeong. Quand elle avança un pied pour s'en aller, Seong-ho s'interposa.

— C'est qui, elle ? C'est la première fois que je la vois ! s'exclama-t-il après avoir observé l'adolescente, un sourire narquois aux lèvres. C'est ta copine de Séoul ? Tu vas faire comment avec Eun-su ?

— C'est pas du tout ça, abruti.

Ha-yeong tenta une nouvelle fois de s'éloigner. Seong-ho se rapprocha un peu plus, elle pouvait sentir son haleine contre sa peau. Il fanfaronnait. La situation semblait beaucoup l'amuser. Agacée, Ha-yeong l'interpella froidement :

— Je vais rester polie, mais dégage de là.

— Oh oh oh, vu ton accent, tu n'es pas d'ici. Si je reste, tu vas faire quoi ?

Déjà sur les nerfs depuis que Ji-hun l'avait traitée de voleuse, cette provocation finit de mettre Ha-yeong en rogne. La tête de Seong-ho ne lui revenait pas.

Ji-hun prit la direction du gymnase. Son camarade n'avait visiblement pas l'idée de le suivre. Ce dernier se mit à tapoter l'épaule de Ha-yeong de l'index, comme pour la provoquer.

— Je t'ai demandé ce que tu allais faire ? Aaaah !

En entendant le cri de son ami, Ji-hun se retourna. Ha-yeong était en train de tordre le doigt de Seong-ho. L'adolescent hurlait, trépignant sur place pour se libérer. Ha-yeong le dévisageait sans broncher.

— Arrête, arrête ! J'ai un match bientôt. Si tu me casses le doigt, c'est foutu !

— Ça, fallait y penser avant, répondit Ha-yeong en accentuant un peu plus la pression.

À ce moment, Ji-hun la repoussa avec force.

— Ça suffit !

Ha-yeong l'observa, étonnée. Embarrassé par son geste, Ji-hun s'expliqua :

— On a bientôt une compétition. Il ne faut pas qu'il se blesse.

— C'est à ton pote qu'il faut dire ça.

Enfin libéré, Seong-ho agrippa son doigt, grimaçant de douleur.

Ji-hun lui flanqua un grand coup de pied aux fesses.

— Arrête ton cinéma, idiot. Pourquoi tu cherches la merde ?

— J'ai vraiment mal, connard.

Ji-hun attrapa son camarade par le cou et le traîna jusqu'au gymnase.

Ha-yeong les regarda s'éloigner, secouant la tête de dépit. Pourquoi les garçons de son âge étaient-ils aussi idiots et pathétiques ? Cette pensée la prenait chaque fois qu'elle en croisait un. Ils étaient incapables de réfléchir avant d'agir.

Il y avait déjà eu quelques types pour lui tourner autour. Leur cas avait été vite réglé. Des gamins immatures, qui n'avaient rien dans le crâne. Incapables de s'exprimer correctement. Pas de taille à parler avec elle. Ils n'éveillaient ni son intérêt ni sa curiosité.

Ha-yeong se remit en route. Un terrain de sport s'étendait en face du bâtiment principal.

Cette école ressemblait aux autres. Elle pouvait déjà s'y repérer sans encombre. À n'en pas douter, les photos et les trophées des anciennes gloires de l'école devaient être exposés dans le hall d'entrée.

Curieuse, elle se décida à y jeter un œil.

Comme prévu, aussitôt passé la porte d'entrée, elle repéra un meuble où étaient exposés des récompenses ainsi que des clichés retraçant l'histoire de l'établissement depuis son ouverture, il y avait de cela quarante-cinq ans. Ha-yeong comprit vite que l'équipe de judo faisait la fierté de l'école. Park Ji-hun avait remporté un grand nombre de médailles et de coupes. Sur les grandes photos suspendues derrière, elle le reconnut, une médaille d'or autour du cou et un large sourire aux lèvres, lors des championnats nationaux.

Elle inspecta un moment la vitrine puis se retourna. N'ayant plus rien à faire, elle sortit du bâtiment.

L'école était plus minable qu'elle ne l'avait imaginé. Elle se planta au milieu du terrain de sport pour scruter les environs. La mer, toute proche, était visible. Sortant par la porte principale, elle tomba sur un petit village. Il y avait même une papeterie, un petit supermarché et un restaurant.

Ha-yeong prit la route de la côte pour rentrer chez elle. De l'autre côté de la chaussée, les vagues se fracassaient en un bouillonnement d'écume sur la plage de galets. L'eau, en cette matinée d'été, était éblouissante.

Ha-yeong attrapa son téléphone pour vérifier sur la carte combien de temps il lui faudrait pour rentrer. Elle était curieuse de connaître la distance qui séparait l'école de sa maison. Un peu plus de deux kilomètres. Même en marchant lentement, cela ne lui prendrait pas plus de trente minutes. Une distance adéquate pour s'y rendre à pied. Elle avait simplement à suivre la route, elle ne risquait pas de se perdre.

Une fois qu'elle eut rejoint le chemin qui menait jusqu'à sa maison, quelqu'un la héla. Elle se retourna et reconnut la dame qui les avait aidés lors du déménagement. Cette dernière s'avança dans sa direction.

— Où es-tu allée ?

— Ici et là. Je suis aussi allée visiter le collège Gangmun.

Elles se mirent à gravir la colline ensemble. Comment s'appelait-elle déjà… Mme Eom ? Contrairement à son attitude distante de la veille, cette dame lui jetait sans cesse des petits coups d'œil et lui souriait chaleureusement.

— Ça va ? Tu as bien dormi ?

— Oui.

Son regard insistant et étrange rendait Ha-yeong nerveuse. Comme si elle avait deviné les pensées de l'adolescente, Mme Eom déclara :

— Comme le temps passe vite ! La dernière fois que je t'ai vue, tu étais un tout petit bébé.

Ha-yeong, tressaillant de surprise, s'arrêta.

— Qu'est-ce que vous voulez dire ?

— Ton père ne te l'a pas dit ? Que tu étais déjà venue ici ?

— Comment ?

Ha-yeong avait l'impression qu'on venait de jeter son corps au fond d'un gouffre. Ses pensées se brouillèrent.

Je savais bien qu'il y avait quelque chose de bizarre, se dit-elle.

Elle comprenait mieux cette sensation de déjà-vu qui la possédait depuis la veille. Dès qu'elle avait vu cette maison, elle s'était sentie à l'aise, comme si les lieux lui étaient familiers.

Elle était déjà venue ici. Avec sa mère.

7

Craignant d'arriver trop tard, Eun-su courait à toutes jambes vers l'école.

Elle avait bien fait de s'être arrangée avec Seong-ho. Sans ça, elle n'aurait jamais su que Ji-hun passerait au gymnase aujourd'hui.

Depuis ce fameux jour, il avait ignoré tous ses appels et messages. L'inquiétude avait laissé place à la colère. Elle le trouvait injuste.

C'était bien lui qui conduisait ! À cause de l'accident, Eun-su avait eu le tibia fracturé. Il avait fallu lui ouvrir la jambe pour poser des vis. Seong-ho et Mi-na, assis derrière, s'en étaient tirés avec de légères contusions.

Quelques jours après son opération, Mi-na et Seong-ho lui avaient rendu visite à l'hôpital. Dès qu'elle avait aperçu ce dernier, Eun-su lui avait demandé des nouvelles de Ji-hun. Seong-ho avait fait la moue. Ce devait être plus grave que ce qu'elle avait imaginé.

— Il a l'épaule cassée, on a dû l'opérer. On lui a posé des vis.

— Il n'est pas trop blessé, hein ? Il ne me répond pas, j'étais super inquiète ! Regarde ! Moi aussi, on m'a posé des vis !

— Ce n'est pas pareil.

— Pourquoi ?

— Tu ne fais pas de sport, toi. Ji-hun… ne pourra peut-être plus faire de compétition.

— Hé, Eun-su, c'est une fille ! s'était emportée Mi-na, prenant parti pour son amie. Tu sais à quel point c'est grave pour nous d'avoir une cicatrice sur la jambe ? Elle ne pourra peut-être plus jamais porter de jupe de sa vie !

Eun-su n'avait pas su quoi répondre. Seong-ho avait laissé échapper un soupir d'exaspération.

— Une jupe, c'est si important ? J'ai dit que Ji-hun ne pourra plus faire de compétition, au moins pour un bon moment, tu comprends ce que ça veut dire ?

— C'est ma faute s'il est blessé ? C'est pour ça qu'il ne me répond pas ?

Seong-ho avait baissé la tête, perdu dans ses pensées, puis l'avait relevée pour regarder Eun-su bien en face :

— Je n'en sais rien, moi. En tout cas, il m'a dit de te dire ça : « Ne me contacte plus jamais. » Bon, moi, je vous laisse.

Ne plus le contacter ? Ji-hun a dit ça ? Les paroles de Seong-ho l'avaient fait souffrir plus encore que sa jambe. Des larmes dévalaient le long de ses joues.

Mi-na avait empoigné Seong-ho par le col alors qu'il s'était déjà retourné pour partir.

— Tu n'as rien d'autre à dire ? Tu n'as pas vu sa jambe ? Qui tenait le volant ? C'est Ji-hun qui doit s'excuser.

— Lâche-moi. Moi aussi, j'ai mal aux bras et à la hanche.

— Regarde-moi ce connard. Tu viens ici juste pour dire ça ?

— Tu crois que je suis venu par envie ? Ji-hun m'a forcé.

— Putain d'enfoiré.

— Mi-na, laisse-le partir, était intervenue Eun-su.

Discuter plus longtemps n'aurait fait qu'empirer les choses. Seong-ho avait haussé les épaules puis jeté un coup d'œil vers la jambe d'Eun-su avant d'esquisser une grimace.

Seong-ho parti, Mi-na s'était assise sur le bord du lit et avait attrapé la main de son amie.

— Ça va ?

Eun-su l'avait repoussée et avait tourné la tête vers la fenêtre.

— Tu veux bien partir ? J'ai envie d'être seule.

Mi-na avait hésité un instant puis avait vidé les lieux.

Enfin seule, le regard rivé dehors, Eun-su s'était rendu compte qu'elle avait oublié de demander quelque chose d'important à son amie. Elle avait oublié à cause de Seong-ho. Elle avait remis la chose à plus tard. Pour l'instant, il y avait plus urgent.

Après avoir écouté Seong-ho, Eun-su avait été envahie par un profond sentiment d'injustice. Mais, en y repensant, elle comprenait Ji-hun. Il devait avoir parlé sous le coup de la colère.

Le judo, c'était toute sa vie. Il ne manquait jamais un entraînement, faisait toujours attention de ne pas se blesser. Elle savait très bien combien la prochaine compétition était importante pour lui. L'issue de celle-ci devait déterminer dans quel lycée il pourrait aller. Il lui disait souvent que s'il pouvait entrer dans un bon lycée, il n'aurait plus à s'en faire jusqu'à la fin de l'université. Plus Eun-su y pensait, plus elle se faisait du souci pour lui.

Elle voulait le voir, lui parler de vive voix. Mais avec son plâtre et ses vis dans la jambe, elle était bloquée. Elle ne pouvait même pas aller aux toilettes toute seule. Il fallait d'abord qu'elle arrive à marcher. Elle aviserait ensuite. Entre-temps, Ji-hun se serait probablement apaisé.

Une semaine plus tard, elle pouvait se déplacer avec des béquilles.

Elle se mit sans attendre à la recherche de la chambre de Ji-hun. On avait d'abord refusé de la renseigner à l'accueil, arguant de la protection de la vie privée des patients. Elle avait ensuite téléphoné à Mi-na, la forçant à appeler quelqu'un de l'équipe de judo.

Elle avait hésité un long moment devant la chambre. Quelle mine devait-elle prendre ? était-elle en train de se demander quand la porte s'était ouverte, laissant apparaître la mère de Ji-hun. Le visage de cette dernière s'était crispé.

— Je… je suis venue voir Ji-hun.

Une voix avait jailli de la chambre avant même que la mère n'ait le temps de répondre.

— Pas besoin ! Barre-toi !

Une voix puissante, qu'on imaginait difficilement appartenir à quelqu'un d'alité. Eun-su s'était figée de surprise. Elle ne l'avait jamais entendu aussi furieux.

Rouge de honte, elle avait vaguement salué la mère de Ji-hun, puis était retournée dans sa chambre. Elle ne pouvait pas s'arrêter de pleurer. Elle avait passé des heures à sangloter, étendue sur son lit, le regard rivé au mur. Quelque chose clochait. Elle avait appelé Seong-ho. Elle voulait savoir à quel point la blessure de Ji-hun était sérieuse.

— Vaut mieux que tu le laisses tranquille. Je t'avais bien dit de ne pas le contacter. Pourquoi t'es allée le voir ?

— À quel point c'est grave ? Ne t'occupe pas du reste.

— …

Ce silence l'avait alarmée.

— Il pourra refaire du judo ? Ils vont le guérir, pas vrai ?

— Il se pourrait bien que Ji-hun ne puisse plus jamais faire ce qu'il aime le plus au monde et ce qu'il fait le mieux.

Eun-su avait secoué la tête sans s'en rendre compte. Non. Ce n'est pas possible ! Moi aussi, j'ai une fracture, mais ils m'ont dit que je marcherai normalement dans trois mois. On devait bien l'opérer encore une fois pour enlever les vis, mais on lui avait affirmé qu'à son âge, elle n'aurait pas de séquelles. Elle pourrait même courir à nouveau.

— Il y a la blessure, mais en plus il pourrait avoir des problèmes avec les flics.

— Quoi ?

— Ji-hun n'avait pas de permis. Tu sais ce qui est le plus dur pour lui ? C'est qu'il est complètement grillé auprès de son père.

Seong-ho avait parlé d'une voix ferme. Eun-su avait eu l'impression de recevoir un coup de poignard en plein cœur. Elle savait combien Ji-hun craignait son père. Que le fils d'un conseiller municipal, n'ayant même pas le permis, soit impliqué dans un accident de la route, cela ne pouvait que poser des problèmes. Elle ne savait pas ce que les gens racontaient sur l'affaire, mais il était évident que son père était en mauvaise posture. Seong-ho lui avait conseillé de ne plus l'appeler pour le moment. Elle avait raccroché sans rien dire.

À l'hôpital, les jours passaient et se ressemblaient sans qu'Eun-su puisse faire grand-chose. Parfois, elle rôdait devant la chambre de Ji-hun, ne trouvant pas le courage d'entrer.

Peu après, Ji-hun avait été transféré à Séoul pour y être opéré de l'épaule. Eun-su avait été désespérée en entendant dire que ce genre d'opération était impraticable à l'hôpital de Gangneung. Elle passait ses journées sur son lit, à se demander comment les choses avaient pu tourner ainsi.

S'ils n'étaient pas allés chercher Yu-ri ce soir-là, peut-être ne se serait-il rien passé ? Si elle s'était contentée de prendre son argent, peut-être n'auraient-ils pas eu d'accident ? Elle ne parvenait pas à comprendre où elle s'était trompée.

Peut-être que sa mère avait raison : ils n'avaient simplement pas eu de chance.

Elle n'avait pas frappé plus fort que d'habitude. Pourtant, Yu-ri était morte. S'était-elle attiré le mauvais œil à ce moment-là ?

Elle s'était rappelé le chat noir qu'ils avaient vu en allant jeter le corps. Pour éviter l'animal, Ji-hun avait dû donner un violent coup de volant. Cela avait-il été un avertissement ?

Faites attention. Si vous voulez survivre à cette nuit, faites vraiment attention !

La collision avait été brutale.

Sur le chemin du retour, après avoir abandonné le corps de Yu-ri, Ji-hun était d'une humeur massacrante.

Avant l'incident, il comptait se rendre à Sokcho pour s'amuser, mais les plans avaient changé. Ji-hun avait soudainement annoncé qu'il voulait rentrer et avait pris la route de Gangneung.

Avec l'obscurité, et à cause du virage, il n'avait pas vu le camion arriver. Ce dernier roulait les phares éteints. Le conducteur, probablement ivre, était à contresens. Ji-hun avait braqué à fond pour l'éviter.

La voiture avait brutalement percuté la glissière de ciment. Assise sur le siège du passager, les jambes croisées, sans ceinture de sécurité, Eun-su avait été projetée vers l'avant, heurtant de plein fouet la boîte à gants. Elle avait perdu la tête, oublié jusqu'à l'existence de ses camarades. Sentant une vive douleur à la jambe, elle avait hurlé, se tordant de douleur :

— Aaaah ! Ma jambe !

Ce n'est qu'en entendant Ji-hun gémir qu'elle avait repris ses esprits. Ouvrant les yeux, elle s'était tournée vers lui. Son front était couvert de sang, il se tenait l'épaule.

— Ji… Ji-hun !

Mi-na avait ouvert avec peine la porte arrière pour s'extraire du véhicule. Voyant le sang sur le visage de Ji-hun, elle s'était mise à trépigner, impuissante. Une main sur la hanche, Seong-ho avait appelé les secours.

Il avait ensuite essayé de sortir Ji-hun de la voiture. La portière ne voulait pas s'ouvrir à cause de l'état de la carrosserie. Il y était finalement parvenu avec l'aide de Mi-na.

Tout en hurlant de douleur, Ji-hun avait réussi à s'extirper de la voiture. Une fois étendu sur la route, il n'avait plus pu bouger. Eun-su était sortie en s'appuyant sur

Mi-na. Elle s'était écroulée dès que son pied avait touché le sol. Une douleur terrible lui avait arraché un cri.

La sirène de l'ambulance s'était fait entendre au loin. Tournant la tête dans cette direction, Seong-ho avait réfléchi un moment avant de disparaître en courant dans l'obscurité.

— Hé, mais tu vas où ? Hé !

Mi-na, stupéfaite, avait déversé un torrent d'injures. Eun-su, entendant l'ambulance se rapprocher de plus en plus, avait remarqué que le coffre de la voiture était ouvert. Sentant que quelque chose clochait, elle avait relevé la tête pour en observer l'intérieur et avait aperçu le sac de Yu-ri. Elle était abasourdie. Pourquoi ne l'avaient-ils pas jeté ?

— Mi-na, attrape ce sac, et pars vite !

— Quoi ? Moi aussi, je dois aller à l'hôpital. J'ai mal au bras et au genou.

— Écoute-moi. Avant que les flics arrivent. Faut se débarrasser du sac.

Mi-na avait enfin compris.

— Il n'y avait que moi et Ji-hun dans cette bagnole, compris ?

Mi-na avait hoché la tête avant de s'emparer du sac et de disparaître à son tour dans l'obscurité.

Eun-su avait ensuite tenté de ramper vers Ji-hun. Une douleur terrible, comme si sa chair était lacérée, l'avait clouée au sol. Elle avait fondu en larmes.

L'ambulance était arrivée dans un vacarme étourdissant. Éblouie par les phares, elle avait fermé les yeux.

Eun-su arriva en courant devant le gymnase. Elle s'arrêta net. Elle hésita un instant, puis, faisant semblant de boiter, pénétra à l'intérieur. Elle espérait qu'ainsi Ji-hun ne hurlerait pas comme la dernière fois à l'hôpital.

Elle l'aperçut debout devant les casiers en compagnie de Seong-ho. Tout autour, les membres de l'équipe de judo avaient une mine lugubre. Eun-su s'approcha en claudiquant.

Ji-hun était en train de fourrer son kimono, un jogging et une serviette dans son sac de sport. Il vidait son casier. Eun-su se figea sur place.

Elle avait entendu dire qu'il avait suivi une rééducation à Séoul après son opération. Cela l'avait rassurée. Elle était convaincue qu'avec ça Ji-hun pourrait refaire du sport comme avant. Ce n'était qu'une question de temps. Quand Seong-ho lui avait annoncé que Ji-hun allait passer au gymnase aujourd'hui, elle avait cru que sa rééducation était terminée.

Elle avait envie de tourner les talons et de s'enfuir.

Son casier vide, Ji-hun observa un instant une photo sur la porte avant de l'arracher. Elle avait été prise le jour de sa médaille lors des championnats nationaux. Il la jeta négligemment dans son sac.

— À partir de maintenant, Jun-gi sera le capitaine.

— Mais il y a Seong-ho !

— Non. Nous, il ne nous reste plus que six mois avant qu'on quitte le collège. C'est toi qui seras responsable maintenant. Tu vas bien t'en tirer, non ?

— Mais tu viendras aux entraînements, pas vrai ?

— Non, il faut que je rattrape mes cours en retard.

Masquant son émotion, il donna une tape sur l'épaule de chacun des membres de l'équipe. Il se retourna et aperçut Eun-su. Cette dernière, voyant son expression féroce, ne trouva pas la force de s'approcher.

Ji-hun passa à côté d'elle et sortit du gymnase comme s'il ne l'avait pas vue. Elle se précipita à sa poursuite. Tant pis pour sa ruse.

— Hé ! Ji-hun ! Arrête-toi !

Il marchait vite, comme s'il ne l'entendait pas. Rassemblant toutes ses forces, Eun-su se mit à courir pour se jeter en travers de sa route.

— Stop, je t'ai dit ! Tu ne veux pas m'écouter ?

Il s'immobilisa et fixa un instant Eun-su du regard, les sourcils froncés, avant de dire d'un ton sec :

— Vas-y, parle.

— Qu'est-ce qui se passe ? Tu vas vraiment arrêter le sport ?

— Ce n'est pas que j'arrête. C'est que je ne peux plus en faire.

— Ne t'énerve pas contre moi. Moi aussi, je suis malheureuse !

— Malheureuse ? Qu'est-ce que je devrais dire, alors ? Le judo, c'était toute ma vie. Mon rêve, c'était d'intégrer l'équipe nationale. Tout est foutu, à cause de toi !

— C'est toi qui conduisais ! Regarde un peu ma jambe ! rétorqua Eun-su en relevant légèrement sa jupe.

Elle n'en avait plus mis depuis son accident. Aujourd'hui, pourtant, elle l'avait fait, persuadée qu'elle aurait besoin de dévoiler ses blessures. Elles avaient déjà bien cicatrisé mais, depuis qu'on lui avait retiré les vis, de longues marques de suture, semblables à des vers, s'étiraient affreusement le long de sa jambe.

Une lueur glaciale traversa le visage de Ji-hun. Il transperça Eun-su du regard, avant de grommeler :

— À partir de maintenant, on ne se connaît plus.

Il la repoussa violemment et disparut par la porte principale de l'école.

Eun-su avait tant à lui dire ! Combien elle avait eu peur pour lui, combien elle priait la nuit, jurant de ne plus jamais rien faire de mal s'il pouvait de nouveau faire du sport.

Les bras ballants, elle resta un moment interdite, semblable à un épouvantail. Relevant la tête, elle regarda Ji-hun s'éloigner. Elle était furieuse qu'il se soit montré si dur avec elle. Elle mordait ses lèvres de colère.

Non, se dit-elle, tout ça, c'est à cause de cette pute ! Foutue connasse ! Comment elle a pu crever avec juste quelques coups de pied ? Tout est sa faute !

Eun-su regarda autour d'elle. Elle avait envie d'attraper quelque chose, de le balancer par terre, de le piétiner, de le casser. Elle était folle de rage et ne trouvait rien pour épancher sa colère. S'empoignant les cheveux à pleines mains, elle hurla de toutes ses forces.

8

Seon-gyeong n'avait qu'une idée en tête.

Comment parler du couteau de Ha-yeong à son mari ? Cette arme l'avait bien plus effrayée que le tumulte causé par la chauve-souris. Elle attendait une occasion pour aborder le sujet avec l'adolescente.

Cette dernière passait ses matinées dans la montagne et ses après-midi enfermée dans sa chambre à l'étage. Ces derniers jours, Seon-gyeong avait toqué plusieurs fois à sa porte mais Ha-yeong avait toujours refusé de lui ouvrir, prétextant qu'elle était en train de lire ou de faire la sieste. Seon-gyeong ne pouvait pas se résoudre à entrer de force. Elle s'était finalement décidée à lui parler à travers la porte :

— Ha-yeong, je voudrais qu'on discute. Tu veux bien m'ouvrir ?

— …

Pas le moindre bruit. Elle avait tenté sa chance plusieurs fois mais s'était butée au même silence.

Elle ne parvenait pas à cerner sa belle-fille. Quand elle avait l'impression qu'elles s'étaient rapprochées, un mur de glace se dressait soudain entre elles. Cette atmosphère glaciale se dissipait de nouveau et Ha-yeong venait lui parler d'elle-même. L'adolescente discutait un instant avant de se murer dans le silence.

Seon-gyeong s'inquiétait de plus en plus. Que pouvait bien faire Ha-yeong dans sa chambre ? Elle tremblait de peur, imaginant sa belle-fille, son couteau tranchant à la main.

Elle avait téléphoné à Hui-ju. Elle lui avait raconté leur déménagement mais, très vite, la conversation avait dérivé sur Ha-yeong.

— Et si elle était juste effrayée ? Qu'elle avait attrapé le couteau pour se protéger ?

— Tout de même, ce n'est pas… bizarre ? Qu'une gamine de seize ans se trimballe avec une arme pareille ?

« Bizarre. » Elle n'avait pas trouvé d'autre terme. Des mots tels que « agressive », « barbare », « sauvage » lui tournaient dans la tête. Peut-être avait-elle un préjugé sur la question à cause de son travail. Mais quand elle se rappelait Ha-yeong brandissant son arme vers la chauve-souris, elle avait été comme confirmée dans son intuition : cette enfant était pleine d'une violence latente.

— S'il n'y avait aucune raison pour qu'elle possède une telle arme, il faudrait bien évidemment chercher à savoir pourquoi. Mais dans le cas de Ha-yeong, c'est limpide. Elle s'inquiète pour sa sécurité depuis l'affaire avec Lee Byeong-do.

— C'est vrai, mais…

— Dis-moi. Ce ne serait pas toi la plus angoissée ? On dirait que tu n'as pas vraiment peur du couteau, mais de la gamine qui le tient.

— En fait…

Seon-gyeong n'avait rien trouvé d'autre à dire. Comme d'habitude, Hui-ju avait visé juste.

— Quand j'avais Ha-yeong en entretien, elle bloquait toujours devant un souvenir. Chaque fois que je demandais de quoi il s'agissait, elle se mettait à trembler, affirmant que c'était trop pénible. Est-ce que… ton angoisse n'aurait pas un lien avec ça ? Tu sais de quoi il s'agit ?

Seon-gyeong avait eu envie de tout lui raconter. Elle s'était retenue avec peine. Tout avouer à Hui-ju l'aurait certes soulagée, mais ne l'aurait pas aidée à résoudre son problème. Leur conversation en était restée là.

Mais aujourd'hui, Seon-gyeong avait pris la résolution d'aborder le sujet avec son mari.

Son mari arriva aux alentours de vingt et une heures. Il lui annonça avoir déjà dîné avec ses collègues qui lui avaient préparé un pot de bienvenue.

— Ton premier jour s'est bien passé ? l'interrogea Seon-gyeong, curieuse.

— Rien de spécial, c'est comme tous les autres hôpitaux, dit-il en attrapant une canette de bière dans le frigo pour la vider d'un trait. Il n'y a pas de service de chauffeur ici. Je n'ai pas pu boire une seule goutte d'alcool.

— Tu aurais pu laisser ta voiture et prendre un taxi ?

— … C'est vrai. Je n'ai pas pensé à ça…, répondit-il sombrement.

Quelque chose le préoccupait.

Il attrapa une nouvelle canette et s'installa à la table à manger. Il ne parlait presque jamais de son travail, disant qu'il n'y avait rien de bon pour eux à ramener des soucis à la maison. Quand, au détour d'une conversation, le sujet venait sur le tapis, il s'arrangeait pour passer à autre chose. Seon-gyeong n'était pas du genre à tirer les vers du nez de quelqu'un. Elle ne savait donc presque rien des activités de son mari. Toutefois, c'était son premier jour à l'hôpital et, contrairement à ce matin, il semblait morose. Cela l'inquiétait.

— Tout va bien ? Tu as l'air de mauvaise humeur.

Elle lui prépara un en-cas pour accompagner sa bière et vint s'asseoir en face de lui.

Il poussa un soupir. C'était évident : quelque chose ne tournait pas rond.

— Je suis toujours aussi déterminé, mais c'est pas du tout comme je l'avais imaginé. Enfin… je ne m'attendais pas à trouver un Da Vinci Xi.

— Un quoi ?

— C'est un robot chirurgical. Pas la peine d'en dire plus, tu ne comprendrais rien.

Elle savait qu'on utilisait des robots pour les opérations. Le mari de Hui-ju travaillant dans une société qui importait ces machines, elle se souvenait d'avoir entendu parler de ça. Bien sûr, le nom lui était complètement sorti de la tête.

— Comment t'expliquer ? C'est comme si on donnait un couteau en plastique à un grand chef qui n'a travaillé qu'avec les meilleures lames toute sa vie.

Il était de toute évidence déçu par ses nouvelles conditions de travail.

— Tu sais à quel point cette machine est précise ? Elle ne laisse quasiment aucune cicatrice, la récupération est beaucoup plus rapide. Dire qu'il faut maintenant que je travaille avec ce que j'utilisais il y a dix ans ! En venant ici, je voulais exercer comme médecin, pas comme conseiller ! Je n'ai aucune envie de dire à mes patients qu'ils doivent aller à Séoul pour se faire soigner.

Seon-gyeong ne savait pas quoi répondre. Son mari n'avait pas l'air d'avoir réfléchi à ce genre de choses avant de partir.

— Tu aurais dû être plus mesuré. Tu n'avais pas besoin de quitter ton travail et de déménager ici…

Elle eut un pincement au cœur en le voyant si misérable, les épaules basses. Ce qu'elle craignait était finalement arrivé. Elle avait envie de lui dire qu'ils n'auraient pas dû déménager à l'improviste. Il avait foncé sans s'accorder une minute de réflexion. Elle était navrée pour lui.

— Ça veut dire quoi, ça ? répliqua-t-il d'un ton glacial.

Relevant la tête, sans s'en rendre compte, elle serra nerveusement le poing devant l'expression de son mari.

— Tu insinues que j'ai pris une mauvaise décision ?

— J'ai juste dit ça car tu as l'air contrarié !

— On dirait que tu regrettes d'être venue ici.

— Mais pas du…

Il écrasa tout à coup sa canette entre ses mains. De la bière coula sur son poing. Seon-gyeong se figea sur place.

— Tout ça, c'est pour toi ! On n'est pas venus ici parce que tu es enceinte ? J'ai tout balancé pour toi et c'est comme ça que tu me remercies ? Tu m'en veux d'avoir été attentionné ?

— Ce n'est pas ça du tout. Tu sais bien ce que j'ai voulu dire.

— Pourquoi tu es si égoïste ? J'avais cru que tu me

dirais au moins merci. Pourquoi j'ai déménagé ? J'aurais dû être plus mesuré ? Je fais juste de mon mieux pour toi et notre bébé !

Il haussait de plus en plus le ton. Seon-gyeong était confuse.

— Chéri…

— Comment tu peux me dire ça ? Tu me déçois tellement ! lâcha-t-il finalement avant de se lever et de se diriger vers la salle de bains

Seon-gyeong avait l'impression d'avoir essuyé une tempête. La colère subite de son mari la laissait interdite. Elle comprenait qu'il soit de mauvaise humeur à cause de son travail, mais elle ne pouvait pas accepter qu'il la juge responsable de leur déménagement. Sa grossesse était bien la raison de leur départ, mais elle n'avait rien choisi. Elle n'avait même pas imaginé que son mari puisse quitter son poste. Il parlait pourtant comme si tout était sa faute. Elle savait qu'il avait pris ces décisions pour elle et leur futur enfant. Mais s'ils en avaient discuté, s'ils avaient envisagé ensemble toutes les possibilités, il ne se serait peut-être pas retrouvé dans cette situation, à travailler dans un hôpital de seconde zone.

Elle trouvait injuste qu'il lui mette tout sur le dos. D'un autre côté, une réplique de son mari lui tournait dans la tête : « J'aurais dû être plus mesuré ? Je fais juste de mon mieux pour toi et notre bébé ! »

Il avait pris sa remarque comme une attaque.

Seon-gyeong comprit qu'elle avait commis une erreur. Il était déjà de mauvaise humeur, et elle avait en plus froissé son amour-propre. Pourquoi avait-elle dit ça ? Elle savait pourtant très bien qu'il sortait de ses gonds quand on touchait à son talon d'Achille. La mâchoire serrée, elle se demanda comment lui redonner le sourire.

Elle entendit l'eau couler dans la douche. Elle ramassa les canettes vides et essuya la table. Quand son mari sortit de la salle de bains, elle s'approcha aussitôt pour lui tendre une serviette. Il ne lui jeta pas même un regard et entra dans son bureau.

Elle poussa un léger soupir avant de lui emboîter le pas. Autant que possible, elle voulait apaiser sa colère rapidement. Il n'y avait rien de bon à le laisser dans cet état. Il fallait qu'elle s'excuse d'abord. Autrement, elle craignait que cette atmosphère glaciale ne dure plusieurs jours. Il valait mieux régler cette situation au plus vite.

Son mari, assis sur une chaise à côté du bureau, se séchait les cheveux sous la lampe allumée. Ignorant toujours la présence de sa femme, il attrapa un livre.

Elle s'approcha doucement puis, avec précaution, lui prit la serviette des mains pour l'aider à se sécher. Elle se mit à frictionner sa nuque et ses épaules. Les yeux fermés, il lui confia son corps en silence.

— Désolée. J'ai fait une erreur. Je n'aurais pas dû dire ça.

— …

— Je te suis reconnaissante d'avoir changé d'hôpital pour moi. J'ai dit ça car tu étais triste et ça me faisait de la peine.

Elle sentit la tension dans le cou de son mari se relâcher un peu.

— Détends-toi. Cette maison me plaît beaucoup. Tu le sais bien, non ?

Il l'attrapa par le poignet. Se laissant guider, elle se retrouva debout devant lui. Les grosses mains de son mari se posèrent sur son ventre gonflé.

— Ne me contrarie plus. Si j'ai pris cette décision, c'est pour toi et notre bébé, je te l'ai déjà dit.

— Je sais.

— Tu te sens comment ? Ça va ?

— Un peu lourde, j'ai des courbatures… Ne t'inquiète pas. Si je ne me surmène pas, ça devrait aller.

— Si c'est trop dur pour toi, tu veux que je demande à Mme Eom de venir plus souvent ?

— C'est suffisant pour le moment.

Depuis leur déménagement, Mme Eom venait l'aider deux fois par semaine, le lundi et le jeudi. Elle arrivait toujours avec des courses et commençait par préparer des *banchan*[1]. Elle nettoyait ensuite l'intérieur et l'extérieur de la maison et s'occupait même du potager. C'était largement assez, personne dans la maison n'étant désordonné.

Pour Seon-gyeong, une seule fois aurait largement suffi. Son mari avait cependant insisté. Lui rappelant que son corps deviendrait de plus en plus pesant, il lui avait demandé de ne pas trop en faire et de déléguer les tâches ménagères à la sexagénaire.

— Ha-yeong ? Elle dort ?

Seon-gyeong sentit ses muscles se tendre. Percevant la nervosité de sa femme, il leva la tête vers elle.

— Il y a un problème ?

— Ce n'est pas grand-chose…

1. Mets variés (légumes, fruits de mer…) servis à table dans de petites coupelles à partager et qui accompagnent le plat principal.

Voyant qu'elle ne se décidait pas à parler, le visage de son mari se ferma de nouveau.

— Qu'est-ce qu'il y a ? C'est grave ?

— Ha-yeong… Elle a un couteau.

Son mari la scruta du regard, comme s'il ne comprenait pas où elle voulait en venir.

— Elle a un couteau ? Et donc ?

— C'est peut-être moi qui exagère mais… je suis mal à l'aise à l'idée qu'elle se promène avec un truc pareil.

Perdu dans ses pensées, il observa Seon-gyeong.

— Pourquoi ça te met mal à l'aise ?

— Comment ?

Elle se trouvait sans voix devant cette question inattendue.

— C'est juste un truc normal. Toi aussi, tu utilises des couteaux. Il y en a cinq, rien que dans la cuisine. Je dois me faire du souci ?

Elle était prise de court. Tout en elle voulait le contredire, mais elle ne trouvait aucune faille dans sa logique.

À bien y réfléchir, il n'avait pas tort. Un couteau était un outil ordinaire. Mais celui de Ha-yeong ressemblait plutôt à ceux que les pêcheurs utilisaient pour découper le poisson ou encore aux armes que Seon-gyeong avait l'habitude de voir sur des scènes de crime.

— Dis-moi, pourquoi tu cherches tant à créer des problèmes ?

— Comment ? Qu'est-ce que…

— Il y a quelques années, tu as raconté qu'elle avait essayé de t'empoisonner. Vous êtes même allées voir une psy à cause de ça. Et tu continues avec ces délires ?

— … Des délires ?

— Il y a quatre ans, elle t'a soi-disant filé du poison. Maintenant tu m'expliques qu'elle se trimballe avec une arme redoutable. Qu'est-ce que tu t'imagines sur cette gamine ?

Il repoussa Seon-gyeong et se mit à aller et venir dans la pièce. Il déversa tout à coup un torrent de paroles inattendu.

— Je n'ai rien dit pendant tout ce temps. Même si tu débitais des trucs insensés, je m'efforçais de comprendre, je me disais que c'était parce que tu avais été traumatisée. Mais j'ai beau y penser, ça n'a aucun sens. Pourquoi est-ce que tu… essaies de faire passer Ha-yeong pour une enfant horrible ? Elle ne t'a pas sauvé la vie ? Pourquoi tu parles d'elle comme si elle allait t'assassiner ? Pourquoi ?

Seon-gyeong écoutait son mari fulminer, ébahie. Elle ne parvenait pas à se concentrer.

— Sinon, comment expliquer ton attitude ? Je ne voulais pas l'admettre, mais peut-être que tu as été obligée de l'accepter car c'est ma fille, alors qu'au fond de toi tu la détestes. C'est ça ? Vous ne parlez jamais toutes les deux. Elle n'a d'yeux que pour toi, mais toi, tu l'évites. Si ça se trouve, tu la maltraites quand je ne suis pas là !

— Pardon ?

— Tu la hais tant que ça ? Peut-être que maintenant que tu vas avoir ton enfant à toi, tu ne supportes plus de la voir ?

— Comment… Comment tu peux dire ça ?

— Mais bon sang ! Pourquoi t'es toujours sur son dos ?

— Tu n'étais pas là, tu ne peux pas savoir ! Si seulement tu avais vu ses yeux ! On aurait dit qu'elle était prête à tout avec ce couteau entre les mains.

Il s'arrêta de marcher et jeta un regard noir vers Seon-gyeong. Il semblait exaspéré. Il la dévisagea en silence, avant de secouer la tête et de dire à voix basse :

— Tu vas encore m'expliquer qu'elle a essayé de te tuer ?

— Je... je te demande juste une chose.

— Quoi ? Quelle chose ? Que je lui confisque son couteau ?

— ...

— Et après ? Faudra que je lui enlève quoi ? Tu te rends compte des folies que tu débites ? Tu n'es pas la Seon-gyeong que je connais. Qu'est-ce qui te passe par la tête, bon sang ?

Après avoir traversé la colère puis la déception, sa voix avait retrouvé son calme. Il attrapa la main de Seon-gyeong, visiblement inquiet. Elle pouvait sentir son pouls qui s'était emballé sous l'effet de l'alcool.

— La grossesse peut rendre nerveuse. Je comprends aussi que tu sois stressée par le déménagement, et parce que tu te retrouves dans un endroit inconnu. Mais tu n'as pas l'impression que ce que tu racontes est aberrant ? Réfléchis à tête reposée, pense à tout ça. Pourquoi est-ce que tu dis toutes ces choses ?

Son mari avait déjà tranché la question. Il ne changerait plus d'avis, peu importe ce qu'elle pouvait dire. Il l'accuserait toujours d'avoir tort.

Seon-gyeong suffoquait. Plus elle discutait avec lui, plus elle avait le sentiment que quelque chose ne tournait pas rond. Elle se sentait mal à l'aise et abattue. Avait-elle vraiment un problème ?

— Je dis ça car je m'inquiète pour toi. Pour notre bébé, il faut que tu restes positive, que tu sois calme. Je n'ai pas raison ?

Il lâcha sa main pour lui attraper doucement le visage. À cause de la lumière de la lampe, elle ne pouvait pas bien distinguer ses traits. Il approcha doucement sa tête de la sienne. Ses yeux brillaient d'une lueur glacée. Seon-gyeong sentit ses poils se hérisser de terreur.

— Le problème, ce n'est pas Ha-yeong. C'est toi ! Débarrasse-toi de tes mauvaises pensées. Ne pense qu'à notre bébé.

Seon-gyeong avait l'impression que ses nerfs se rompaient un à un. Elle frissonna. Si elle soupirait maintenant, se dit-elle, un petit nuage blanc sortirait sûrement de sa bouche. Elle recula inconsciemment en balbutiant :

— D'a… d'accord. Je vais me coucher.

Elle s'échappa des mains de son mari. Elle traversa le salon d'une traite et se réfugia dans la chambre, en poussant un soupir de soulagement.

Elle était confuse. Elle avait peur. Pourquoi l'effrayait-il tant ? L'entendre dire qu'il s'inquiétait pour elle, la façon dont il l'avait regardée, ça l'avait absolument terrifiée.

Était-ce un visage de son mari qu'elle avait ignoré jusqu'alors ? On ne pouvait pas tout savoir d'une personne, même de sa famille. Elle savait bien que son mari avait une face cachée. Mais si effrayante ? Seon-gyeong était bouleversée. Elle se retourna un long moment dans son lit avant de trouver le sommeil.

9

Ha-yeong sortait se promener presque tous les jours. Son visage était cuivré par le soleil tant elle passait ses journées dehors. Seon-gyeong était soulagée. Elle préférait la savoir en vadrouille que la voir rester à la maison sans rien faire.

Était-ce la fatigue du déménagement ? Sa grossesse ? Seon-gyeong dormait beaucoup. Elle se réveillait tard le matin et souvent, après le déjeuner, elle piquait du nez aussitôt qu'elle ouvrait un livre. Quand elle l'avait confié à son mari, celui-ci lui avait répondu de rester au lit autant qu'elle voudrait. Il se débrouillait désormais seul pour le petit déjeuner.

Ce matin-là, il était neuf heures passées quand elle émergea.

Elle fit le tour de la maison et s'aperçut que Ha-yeong était déjà sortie. Elle était seule. Elle se servit un verre de jus de fruits qu'elle sirota en contemplant le jardin par la baie vitrée du salon. Les rayons du soleil d'été s'étoilaient dans les frondaisons des arbres. La journée allait être chaude.

Seon-gyeong entra dans son bureau. Les documents qu'elle avait examinés la veille étaient toujours sur la table : elle préparait un article pour une revue scientifique. Cependant, quelque chose au fond d'elle doutait qu'elle soit capable d'en venir à bout. Elle peinait à se mettre à la tâche, à retrouver sa conviction d'antan. Elle se sentait faible et n'avait pas le cœur à l'ouvrage.

Au cours de ses entretiens avec Hui-ju, elle était longuement revenue sur ce qu'elle avait traversé.

La terreur qu'avait gravée cette nuit dans son esprit la tourmentait. Son amie l'exhortait à faire face à ses souvenirs, mais se rappeler cet affreux cauchemar était plus facile à dire qu'à faire.

Seon-gyeong savait pertinemment qu'elle n'avait rien à craindre d'un souvenir. Pourtant, chaque fois qu'elle fouillait sa mémoire, ses forces la quittaient ; elle renonçait à affronter cette fameuse nuit. Elle sentait que depuis le drame, un des piliers qui l'avaient soutenue jusqu'alors s'était effondré. Elle s'était servie de sa santé comme prétexte pour ne plus rencontrer les gens. Elle n'assistait plus aux conférences, avait quitté son poste d'enseignante. Tout le monde voulait la voir. Elle, elle n'avait qu'une envie : qu'on l'oublie. Son mari lui avait ordonné d'attendre que sa santé soit rétablie avant de reprendre le travail.

On lui avait annoncé sa grossesse alors qu'elle commençait tout juste à se remettre de la tragédie et à envisager de reprendre sérieusement son activité. Elle était navrée. D'un autre côté, elle était soulagée. Elle comptait boucler cet article puis se mettre au vert pour un moment. Elle voulait se consacrer entièrement à sa grossesse ainsi qu'à son bébé.

Assise devant son bureau, elle caressa son ventre par habitude.

Elle pouvait sentir son corps changer un peu plus chaque jour. Elle dormait plus tard, son ventre grossissait. Si elle restait assise trop longtemps, elle avait des courbatures dans le dos. Elle avait réglé une alarme sur son téléphone pour sonner toutes les heures. Même plongée dans ses recherches, à son signal, elle se levait pour marcher un peu.

Ayant grandi en ville, elle s'était demandé si elle serait capable de vivre dans un endroit aussi isolé. En vérité, elle était plus que satisfaite. Deux semaines ne s'étaient pas écoulées, mais elle approuvait déjà la décision de son mari. Elle était heureuse de ne pas avoir besoin d'allumer la climatisation malgré la chaleur du mois d'août. La pelouse du jardin était brûlée par le soleil mais il faisait frais à l'ombre des arbres. Il n'y avait pas de bâtiments pour cracher de l'air chaud comme en ville. La maison se trouvant sur un terrain dégagé, il suffisait d'ouvrir la fenêtre pour que le vent l'envahisse.

Elle venait d'attraper un des papiers sur son bureau quand elle entendit le bruit d'une voiture. Il était trop tôt pour que son mari rentre du travail et, ne connaissant personne ici, elle ne voyait pas qui pouvait lui rendre visite. Curieuse, elle tendit la tête par la fenêtre.

Une petite voiture grise s'était arrêtée devant la maison. Une dame en descendit aussitôt et franchit sans hésiter le portail. La quarantaine, elle portait une robe ivoire éclatante ornée de fleurs rouges.

Seon-gyeong se leva. La femme avait dû l'apercevoir car elle agita son éventail dans sa direction.

— Bonjour ! lança-t-elle d'une voix claire et enjouée, comme si elle s'adressait à une vieille amie.

Seon-gyeong se sentit instantanément mal à l'aise. Cette voix qui avait secoué l'atmosphère paisible de la maison lui fit pressentir qu'elle pouvait dire adieu à son article. La visiteuse avait l'air d'être un véritable moulin à paroles. Seon-gyeong éprouva l'envie de la renvoyer sur-le-champ, avant même qu'elle n'ouvre la bouche.

— Vous étiez en train de lire ? interrogea la dame par la fenêtre. J'en étais sûre ! On dirait que je vais enfin avoir quelqu'un à qui parler !

— Un instant, l'interrompit Seon-gyeong.

Elle se dirigea vers l'entrée. Elle ouvrit la porte et fit quelques pas dans le jardin. Elle sentit son visage brûler sous les rayons du soleil. Elle porta une main en visière sur son front pour mieux observer la visiteuse.

— C'est pourquoi ?

— Je suis venue dire bonjour à ma nouvelle voisine ! La mère de Min-gi n'est pas là ?

— Vous voulez dire Mme Eom ?

— Oui, elle a deux fils : Min-gi et Dong-gi. L'aîné est sérieux et travailleur, le second est un petit fauteur de troubles. Il a plus de trente ans, mais à cause de ses dettes il est encore obligé de mendier à sa mère.

Des paroles bien indiscrètes pour une première rencontre.

— Vous êtes venue voir Mme Eom ? Elle ne travaille ici que deux fois par semaine. Et ce n'est pas aujourd'hui.

— Je la vois tous les jours, pourquoi je viendrais ici pour elle ? Je suis juste venue me présenter à ma nouvelle voisine. Et en profiter pour vous apprendre des choses sur la vie à la campagne. On entre ?

Sans même attendre la réponse, elle s'avança vers

l'entrée. C'était une voisine… Seon-gyeong ne pouvait pas la mettre impitoyablement à la porte. À contrecœur, elle la suivit à l'intérieur. Sans s'arrêter de parler, la dame allait et venait, visitant la maison de fond en comble, inspectant les meubles.

— Voilà ! Une maison, c'est fait pour être habité ! Quand c'était vide, on avait l'impression que ça allait s'écrouler d'un instant à l'autre. Regardez-moi ce changement !

— Excusez-moi… Vous êtes ?

— Ah ! Où ai-je la tête ? Je ne me suis pas présentée ! C'est tout moi, ça !

Elle ouvrit son portefeuille pour en sortir une carte de visite. Une inscription en gros caractères gothiques la recouvrait : « An Yun-hui, cours particuliers de piano ».

— Vous pouvez m'appeler Mme An, comme tout le monde.

Seon-gyeong tenta de lui faire comprendre qu'elle était occupée. Sa voisine la regarda bien en face, en claquant la langue comme pour corriger une enfant :

— Ici, ce n'est pas Séoul. Vous comprenez ? Ici, on sait tous combien de cuillères il y a dans la maison voisine, ou ce que ses habitants ont mangé à midi. Cela vous sera plus qu'utile d'écouter ce que j'ai à vous dire. Ils attendent tous. Les gens du quartier. Vous avez bien vu les maisons quand vous montez jusque chez vous ?

— Ils attendent ?

— Quand on est nouveau dans un quartier, il faut se présenter ! Ils ont attendu une semaine ! Dix jours ! Toujours pas de nouvelles. À ce rythme, ils vont vous avoir dans le nez ! On voit bien que vous ne connaissez pas la faune locale ! Une fois qu'ils vous ont dans le collimateur, c'est fini.

Seon-gyeong comprit enfin la raison de sa visite.

Elle avait déjà lu un article au sujet des tensions existant entre les citadins et les natifs de la campagne. Elle ne voyait pas trop comment se présenter mais, puisqu'elle était nouvelle ici, elle se dit qu'elle devrait au moins faire semblant de se plier aux règles locales.

— C'est vrai. J'aurais pu leur apporter du *tteok*[1]. On a trop attendu. Je consulterai Mme Eom pour savoir quelle est la meilleure façon de m'y prendre.

En entendant ce nom, le visage de la femme changea d'expression.

— Mais non, pourquoi l'embêter avec ça ?

Comme un fait exprès, un gargouillement jaillit du ventre de Seon-gyeong à ce moment-là. Elle n'avait avalé qu'un jus de fruits depuis son réveil. Elle comptait sauter sur ce prétexte pour se débarrasser de cette femme, mais avant même qu'elle n'ouvre la bouche, sa voisine lui lança :

— Vous n'avez pas encore mangé ? Parfait ! Il se trouve que j'ai faim, moi aussi ! Suivez-moi.

— Comment ? Où ça ?

— Vous allez cuisiner avec cette chaleur ? Toute seule ? Je connais un très bon resto. Faites-moi confiance, suivez-moi ! répondit-elle en l'attrapant par le bras pour sortir.

— Une… une seconde !

---

1. Gâteau de riz, sucré ou salé, que l'on mange traditionnellement à l'occasion de festivités ou que l'on partage avec parents et voisins.

— On m'a dit que vous étiez enceinte ? Il faut bien manger ! Vous avez déjà été en ville ?

Était-elle du genre à fourrer son nez partout ? Était-ce de la sollicitude ? Seon-gyeong n'arrivait pas à cerner cette femme. Elle se sentait prise au piège.

— On va prendre ma voiture. Vous ne connaissez pas encore la route. Allez, vite, changez-vous et en route !

Elle sortit aussitôt. Seon-gyeong la regarda s'éloigner, estomaquée par tant de sans-gêne.

Elle rejoignait cette tête de mule dans le jardin avec la ferme intention de décliner son invitation, lorsqu'elle tomba nez à nez avec Ha-yeong qui revenait de sa promenade. L'adolescente observa les deux adultes, jaugeant la situation.

— C'est donc toi, la demoiselle de la maison ! Je suis aussi venue te voir.

Ha-yeong dévisageait l'inconnue sans un mot. La voisine dégaina son portefeuille pour en sortir une nouvelle carte de visite.

— Tu as déjà appris le piano ? Viens me voir ! On ne s'amuse bien dans la vie que quand on sait jouer d'un instrument. Tu vas aller au collège Gangmun, pas vrai ? Comme ma fille ! J'ai beaucoup d'élèves là-bas. Tu pourras te faire plein d'amies.

À peine cette femme eut-elle mentionné le mot piano que Ha-yeong perdit tout intérêt. Elle scruta un instant la carte de visite qu'elle lui tendait puis rentra dans la maison sans rien dire. Cette fermeté plut à Seon-gyeong. Si elle avait pu en faire autant plus tôt, elle ne se serait pas retrouvée dans cette épineuse situation.

— Eh bien ! C'est le portrait craché de sa mère !

Sur le point de lui demander de la laisser tranquille,

Seon-gyeong tendit l'oreille à l'évocation de la mère de Ha-yeong.

Cela n'avait rien d'étrange. Cette maison étant une résidence secondaire de son mari, il avait déjà dû venir ici avec son ex-femme. Seon-gyeong se dit qu'après tout il ne serait pas si vain de passer un peu de temps avec cette voisine à la langue bien pendue. Elle pourrait en apprendre beaucoup en un rien de temps.

La professeure de piano fit démarrer la voiture et alluma la climatisation. L'air de l'habitacle était brûlant. Elle se mit à agiter la portière pour faire entrer un peu de fraîcheur.

— Montez vite ! Ça va se rafraîchir.

— Une minute. Je me change et j'arrive.

Seon-gyeong se dépêcha de rentrer pour enfiler des vêtements plus appropriés et ressortit aussitôt. Elle s'installa à la place du passager et inspecta l'habitacle. Un chapelet bouddhiste ainsi qu'une amulette de chance pendaient au rétroviseur ; posée sur la boîte à gants, une danseuse hawaïenne remuait la tête.

— Vous avez attaché votre ceinture ? Alors en route !

Tout en fredonnant, Mme An tourna le volant et se mit à descendre l'allée.

— Où allons-nous ?

— À Jumunjin, bien entendu ! C'est la ville la plus proche et, contrairement aux apparences, beaucoup de bons restaurants et des cafés charmants sont en train d'ouvrir. Tiens, j'y pense, je ne vous ai pas demandé votre nom !

— Seon-gyeong. Lee Seon-gyeong.

— Qu'est-ce que vous voudriez manger ? Vous avez encore des nausées ?

Seon-gyeong avait parfaitement entendu la question mais, la voiture venant de rejoindre la route côtière, le spectacle de la mer accapara toute son attention.

Elle la voyait tous les jours depuis son jardin. La contempler d'aussi près lui donnait un sentiment différent. Le soleil se reflétait sur les flots, les vagues se brisaient en écume blanche sur les rochers. C'était si rafraîchissant !

Oubliant la climatisation, Seon-gyeong ouvrit sa fenêtre et, profitant du vent, observa les vagues qui s'écrasaient sur la plage. Cela faisait plus de deux semaines qu'elle vivait ici mais elle n'avait encore jamais vu la mer d'aussi près.

— On dirait une enfant ! Regardez un peu et fermez la fenêtre. Sinon le sable rentre, lança Mme An en riant.

Seon-gyeong répondit avec un sourire gêné :

— C'est la première fois que je vois la mer d'aussi près. Je m'étais pourtant promis d'aller m'y promener une fois nos affaires déballées…

— Ce n'est pas une mauvaise chose !

— Comment ça ?

— Il faut seulement la voir de temps en temps si vous voulez vraiment l'apprécier. La première fois, on se dit : « Ah ! Que c'est beau ! » Mais quand on la voit tous les jours, du matin au soir, vous croyez qu'on éprouve encore quelque chose ?

Seon-gyeong commençait à transpirer à cause du vent chaud venant du large. Elle se dépêcha de fermer la fenêtre puis se contenta d'écouter sa voisine.

— Le resto où l'on va est très connu des gens du quartier.

Mme An gara sa voiture près de l'entrée du marché

de Jumunjin. Un air chaud montait de l'asphalte. Elle traversa la route hors des clous et se dirigea vers un restaurant. Voyant qu'il s'agissait de poissons grillés, Seon-gyeong resta figée sur place. Elle se rappela l'odeur du poisson le jour de leur arrivée ici. Elle craignait de vomir sur-le-champ et ne se décidait pas à bouger.

Mme An ouvrit la porte puis se retourna :

— Eh bien ? Vous venez ou non ?

— Je me sens un peu barbouillée.

— Essayez voir, au moins une fois ! insista la professeure de piano avant d'entrer.

Seon-gyeong, toujours plantée sur la route brûlante, hésita un instant avant de se décider. L'air frais de la climatisation et l'odeur du poisson grillé l'enveloppèrent instantanément. Elle se boucha le nez, par réflexe.

— On ne pourrait pas aller ailleurs ? Je crois que je vais vomir.

— Vous avez le ventre retourné ?

— Pas encore, mais avec l'odeur…

— On vit près de la mer, comment voulez-vous éviter l'odeur du poisson ? Deux poissons du jour, s'il vous plaît !

Les lieux comptaient une dizaine de tables et, parmi elles, une seule était libre. Comme l'avait annoncé Mme An, les clients semblaient tous être des locaux. Celle-ci se dirigea vers la table libre pour s'y installer quand la patronne apparut, des verres et une bouteille d'eau à la main.

— C'est réservé ici. Allez dans la petite salle.

En habituée des lieux, Mme An attrapa les verres et la bouteille et entra dans une pièce, un peu à l'écart. L'endroit, déjà étroit, contenait une armoire et un portemanteau. Au milieu trônait une petite table autour de laquelle pouvaient tout juste s'asseoir trois à quatre personnes.

— On aurait dû appeler avant de venir !

Seon-gyeong regrettait d'avoir suivi cette femme et de se retrouver dans cet endroit si inconfortable. Que lui était-il passé par la tête ? La mère de Ha-yeong l'intriguait-elle donc tant ?

— Vous vous sentez mieux ?

Seon-gyeong se rendit compte que son estomac s'était calmé.

Elle inspecta la pièce. Le papier peint maculé de taches semblait raconter l'histoire du restaurant. Sur l'armoire, un cadre dévoilait la photo de la patronne entrevue un peu plus tôt. À ses côtés se tenait une adolescente en uniforme scolaire.

— C'est la fille de la patronne ? demanda Seon-gyeong.

Mme An regarda un instant la photo puis, jetant un coup d'œil discret vers la cuisine, avança la tête pour murmurer :

— Elle a fugué. Ça fait déjà trois mois.

— Hein ? Elle a l'air tellement jeune ?

— Jeune ? Elle est en dernière année de collège ! Je ne sais pas ce qu'ils ont dans le crâne, les gamins de nos jours. Dire qu'une petite qui allait bien sagement à l'école est capable de fuguer du jour au lendemain, et de ne laisser rien d'autre qu'une note derrière elle. Si c'était ma fille, j'aurais tout fait pour la retrouver !

— Et comment tu la retrouverais, alors qu'il n'y a aucun moyen de savoir où elle est ? lança la patronne en arrivant dans la pièce, un plateau à la main.

Sa voix fit sursauter la cancanière mais celle-ci reprit tout de suite son aplomb. Elle déclara en souriant aimablement :

— C'est ce que je disais ! Faut bien savoir où elle est pour la ramener ! Toujours pas de nouvelles ?

— Tu crois qu'elle va m'appeler ? Elle s'est barrée avec le fric du loyer !

— Mais le monde est si dangereux ! Tu essaies de trouver des renseignements, pas vrai ?

— Fiche-moi la paix. Je ne ferai rien. Et quand elle rentrera, je ferai comme si elle n'existait pas.

Mme An se tut enfin devant le visage fermé de la patronne. Parler plus longtemps n'aurait fait qu'énerver davantage cette dernière qui semblait furieuse contre sa fille.

La patronne déposa des *banchan* sur la table avant de retourner dans la cuisine.

— Elle a beau parler ainsi, on raconte qu'elle a été jusqu'à consulter une voyante pour lui demander des nouvelles de sa fille.

— Les mamans sont toutes pareilles, non ?

— Cette gosse… Comment elle a pu faire ça à sa mère qui travaille jour et nuit ? De quoi elle pouvait bien manquer, pour s'enfuir ainsi ?

Mme An claqua la langue d'exaspération puis commença à piocher dans les coupelles.

Seon-gyeong regarda de nouveau la collégienne sur la photo. Pourquoi avait-elle fugué ?

Au cabinet de Hui-ju, elle avait croisé plusieurs adolescents. Son amie lui parlait parfois d'eux et de leurs problèmes.

Elle lui avait expliqué que les jeunes de l'âge de

Ha-yeong vivaient dans un monde totalement différent de celui des adultes. Un monde fait d'imprudence, de naïveté, d'impulsion, d'émotion. Seon-gyeong n'arrivait pas à détacher ses yeux de la photo. Peut-être parce que cette gamine avait le même âge que Ha-yeong.

La patronne revint avec les poissons grillés, portant son énorme plateau à bout de bras. Les plats posés sur la table, Seon-gyeong se retint instinctivement de respirer. Elle n'était pas aussi dégoûtée que prévu. Elle inspira une bouffée d'air. Les poissons grillés, à la peau bien croustillante, éveillèrent son appétit.

Baguettes en main, Mme An s'affairait à retirer les arêtes.

— Essayez au moins une fois, vous verrez !

Seon-gyeong attrapa doucement ses couverts et se mit à manger. Le riz était doux et délicieux. Le *kimchi* était parfaitement salé pour aiguiser l'appétit. Mais le meilleur, c'était le poisson. Dès la première bouchée, un goût savoureux lui caressa les papilles. La chair était ferme et douce. Cela ne sentait pas du tout la mer. Elle commençait à comprendre pourquoi cette femme l'avait amenée ici.

La faim s'empara d'elle tout à coup. Elle engloutit sans réfléchir. Quand elle reprit ses esprits, tous les plats étaient vides. Cela faisait un moment qu'elle n'avait pas fait un vrai repas. Cette même nourriture qui lui avait retourné l'estomac semblait désormais lui convenir à merveille.

— C'est bizarre. Quand mon mari m'en a acheté, j'ai eu la nausée.

— Le poisson, quand c'est froid c'est pas bon ! Il faut le manger dès qu'il est grillé.

Difficile de lui donner tort. Après ce bon repas, Seon-gyeong était de bien meilleure humeur. Elle paya l'addition. Mme An se remit à bavarder avec ferveur, puis désigna un café des environs et se proposa de l'inviter. Comme si elle n'attendait que ça, Seon-gyeong s'engouffra derrière elle dans le café. L'établissement semblait récent, à en croire l'intérieur rutilant.

— Gangneung, c'est connu pour sa rue des cafés. Il y a beaucoup trop de monde. En suivant le même modèle, des commerçants ont commencé à s'installer ici. Moi, je pense que c'est une erreur.

Pour elle, Jumunjin était différent de Gangneung. Les gens venaient ici parce qu'ils étaient friands des poissons et des fruits de mer qu'ils pouvaient acheter directement au port. Elle continua ensuite à deviser sur tout un tas de sujets sans intérêt. Seon-gyeong se décida enfin à l'interroger sur ce qui avait piqué sa curiosité :

— Au fait, vous connaissiez la mère de Ha-yeong ?

— Comment ? répliqua Mme An, une lueur d'inquiétude traversant son visage.

— Plus tôt, quand vous avez vu Ha-yeong, vous avez dit que c'était le portrait craché de sa mère.

— Je ne la connaissais pas vraiment. Je l'ai vue une fois ou deux, l'été, de loin.

— Ah, vraiment ?

— Ça vous plaît la vie ici ? Vous devez vous ennuyer après Séoul, non ?

Mme An, qui jusqu'à présent bavardait de tout, et avec profusion, changea subitement de sujet. Seon-gyeong eut l'impression qu'elle lui cachait quelque chose.

Elle s'apprêtait à l'interroger de nouveau mais se

ravisa. Il était évident que cette femme ne parlerait pas facilement de la mère de Ha-yeong.

Pourquoi cette dame si bavarde avait-elle eu l'air si inquiète, tout à coup ? S'était-il passé quelque chose ? Avait-elle une raison particulière de ne pas tout lui dire ?

La conversation tournait en rond. Seon-gyeong ne savait plus quoi dire.

En se levant, Mme An lui annonça que les enfants allaient bientôt arriver pour leur leçon de piano, et qu'elle allait la ramener chez elle. Seon-gyeong tenta de refuser mais dut se résoudre à embarquer avec elle. À vrai dire, elle aurait pu prendre le bus, mais la pente qui menait à sa maison n'était pas une mince affaire. Avec sa grossesse, marcher sous ce soleil de plomb n'était clairement pas une bonne idée.

Mme An n'ouvrit pas la bouche de tout le trajet, comme si elle avait perdu sa langue. Elle semblait absorbée dans ses réflexions. Après avoir déposé Seon-gyeong, elle fit demi-tour et immobilisa sa voiture. Seon-gyeong, qui attendait qu'elle redémarre pour rentrer dans la maison, était curieuse de savoir pourquoi elle restait là. Baissant la tête, elle jeta un coup d'œil dans l'habitacle.

Mme An ouvrit la fenêtre puis déclara, après avoir hésité un instant :

— Si vous voulez en savoir plus sur la maman de Ha-yeong, demandez à Mme Eom.

— Comment ?

— C'était elle qui la connaissait le mieux.

Elle prononça ces mots comme si elle lui révélait un secret. Gênée, Seon-gyeong ne sut pas quoi répondre. Elle ne reprit ses esprits qu'en voyant la voiture s'en aller.

Elle essaya de deviner ce qui se cachait derrière ces paroles. Elle n'avait pas imaginé qu'un tel mystère puisse entourer la mère de Ha-yeong. Seon-gyeong voulait simplement savoir quel genre de personne elle avait été. Elle aurait voulu connaître l'opinion d'un tiers.

Demander à Mme Eom ? Seon-gyeong avait l'impression d'être sur le point d'ouvrir la boîte de Pandore. Qu'allait-elle donc découvrir si elle succombait à sa curiosité ?

À bien y réfléchir, Seon-gyeong ne se sentit aucunement l'envie d'ouvrir cette boîte.

10

Après quinze jours à la recherche des chauves-souris, l'excitation avait laissé place à la lassitude.

Ha-yeong avait passé au peigne fin la colline derrière la maison, s'engageant même hors des sentiers. Elle n'avait repéré aucun endroit susceptible d'abriter ces animaux. Elle commençait à croire que celle qu'elle avait vue venait de beaucoup plus loin.

Observant la cime des montagnes, elle se demandait si elle devait pousser ses explorations jusque là-bas. L'ombre épaisse, la forêt dense la faisaient hésiter ; ce n'était pas son territoire. Elle n'était pas assez obsédée par les chauves-souris pour s'aventurer aussi loin. Toute cette histoire n'était peut-être qu'un prétexte pour fuir la maison.

Coincée depuis deux jours dans sa chambre à cause de la pluie, Ha-yeong suffoquait ; elle avait besoin d'action. Aller à l'école aurait sûrement été moins ennuyeux mais il restait encore une semaine avant la rentrée.

Après sa visite au collège Gangmun, elle avait mené des recherches sur internet.

Le site web de l'établissement était sommaire. Hormis les communiqués importants, il n'avait pas été mis à jour depuis plusieurs mois. Il y avait aussi quelques photos d'événements scolaires. Rien d'original à signaler. Un peu léger pour un site officiel.

Malgré tout, elle avait trouvé quelques informations utiles. Il y avait en tout trois cent quatre élèves. Autrement dit, une centaine d'entre eux devaient être en dernière année. Apparemment, ils étaient répartis en quatre classes. Ha-yeong intégrerait l'une d'entre elles. Elle n'avait rien trouvé d'autre d'intéressant.

À Séoul, elle n'avait jamais consulté la page de son école. La classe une fois constituée, le professeur principal créait un groupe de discussion sur KakaoTalk et communiquait via ce canal.

Ha-yeong était maintenant coupée de tout.

Elle avait quitté le groupe de son ancienne classe et n'avait pas encore été affiliée à un nouveau. Depuis qu'elle ne recevait plus les dizaines de messages que s'échangeaient ses anciens camarades, son téléphone portable demeurait silencieux. Elle n'avait jamais participé aux discussions mais avait passé des heures à les lire. Elle n'avait plus rien pour tuer le temps.

Elle se mit au lit, se promettant de sauter dans un bus pour Gangneung s'il pleuvait toujours le lendemain. Elle passa une nuit agitée, rythmée par la pluie.

Dès qu'elle ouvrit les yeux, elle jeta un coup d'œil par la fenêtre. Elle s'habilla aussitôt. Il s'était enfin arrêté de pleuvoir. La pluie n'avait laissé derrière elle qu'un peu de brouillard. Ce n'était pas un problème pour se promener.

Elle descendit au rez-de-chaussée et tomba sur Seongyeong qui sortait de sa chambre. Elle détourna le regard et commençait déjà à s'éloigner quand sa belle-mère l'interpella :

— La route est encore glissante, ça va aller ?

« C'est mieux que de rester ici. » Ces mots restèrent bloqués dans sa gorge. Elle sortit sans répondre. Malgré l'été, l'air frais laissé par la pluie la fit hésiter. Elle pensa aller chercher un imperméable dans sa chambre mais l'idée de croiser de nouveau Seon-gyeong la retint. Elle se mit en route vers la colline.

Marchant sans interruption, son corps se réchauffa vite. Les oiseaux, excités par la fin du mauvais temps, s'en donnaient à cœur joie.

Ha-yeong prit une profonde inspiration. Elle pouvait sentir l'air frais de la forêt s'engouffrer dans ses poumons.

Elle marcha une dizaine de minutes sur le sentier puis décida d'explorer une nouvelle zone. Posant le pied hors du chemin, elle glissa sur des feuilles mortes et se mit à dévaler la pente. Elle essaya de se rattraper aux arbres, sans succès. Les branches qu'elle parvenait à saisir se brisaient dans un bruit sec.

Elle glissa un moment puis, soudain, flotta un court instant dans les airs, avant de s'écraser au sol.

Elle fut d'abord incapable de se relever. Son dos la faisait souffrir. Elle sentit une douleur pesante lui remonter dans la poitrine. Se sentant un peu mieux, elle remua prudemment ses chevilles, ses jambes, ses bras. Elle ne semblait pas être blessée. Elle était tombée sur un épais tapis de feuilles mortes.

Un bruit étrange capta son attention. Elle se releva doucement et observa les alentours. Les arbres dégouttaient encore de pluie. Non. Ce n'était pas ça. C'était plutôt le bruit de gouttes d'eau tombant dans une pièce vide. Elle repéra une large bouche d'ombre dissimulée derrière des rochers et des racines d'arbres entrelacées. Impossible d'en distinguer l'intérieur.

Ha-yeong hésita un instant. Entrer là-dedans n'était pas une bonne idée. Un drame pouvait arriver au moindre faux pas. Sa chute récente n'était pas étrangère à son hésitation.

Elle observa longuement l'entrée plongée dans les ténèbres. Si elle étendait les bras, il lui manquait une trentaine de centimètres pour toucher les parois. Elle avait lu quelque part que l'envergure des bras correspondait à la taille d'un individu. L'entrée devait donc mesurer environ deux mètres. Elle était masquée par la végétation et les rochers environnants. Elle avait eu de la chance de la découvrir.

Ha-yeong alluma la lampe torche de son téléphone. L'endroit était trop étroit pour parler de grotte. De longues lézardes s'étiraient le long de la roche.

La curiosité est la mère de la témérité.

Enfermée pendant des jours dans sa chambre, Ha-yeong avait besoin d'une stimulation intense. Éclairant devant elle, elle pénétra lentement à l'intérieur.

Plus elle avançait, plus elle sentait l'air se rafraîchir. Des gouttes d'eau lui tombaient sur la tête. Levant la lampe, elle observa la voûte et tendit la main pour toucher la roche, qui s'effrita entre ses doigts. Que de l'eau coule par les fissures n'était pas bon signe.

Les plus petites brèches peuvent causer l'effondrement des édifices les plus solides. Si l'endroit s'écroulait, elle se retrouverait bloquée. Personne ne pourrait la retrouver. Elle en avait la chair de poule rien que d'y penser. Un vent glacial soufflait du fond, venait lui tâter la peau comme un esprit maléfique.

Un bruit se fit entendre ; elle se figea sur place pour tendre l'oreille. Des petits cris aigus, accompagnés de bruissements. Des chauves-souris ! Son esprit s'affûta aussitôt.

Ha-yeong dégaina son couteau qu'elle déplia sans attendre. Elle dirigea la lampe pour éclairer le sol devant elle. Elle se remit en mouvement, le plus silencieusement possible. Elle sentit subitement quelque chose de visqueux, de la taille d'un avant-bras, lui effleurer le pied. Surprise, elle laissa tomber son téléphone. Elle brandit son couteau dans les airs, prête à frapper. Elle ramassa son portable et éclaira tout autour d'elle. Un serpent. D'environ un mètre de long, juste devant elle.

La gueule ouverte, dévoilant des crochets acérés, il semblait prêt à fondre sur elle. Prudente, Ha-yeong lança un premier coup de couteau. Elle sentit la lame frôler le corps du reptile. Elle avait lu quelque part que les nerfs des serpents étaient concentrés dans leur tête.

Ha-yeong posa son arme et ramassa une pierre.

Le serpent furieux se rapprochait déjà. Elle abattit la pierre sur la tête du reptile. Le maintenant immobilisé, elle attrapa son couteau et se mit à lui lacérer aveuglément le corps. Le serpent se tortillait, ses organes se répandaient sur le sol. Toujours vivant, il s'enroula autour du bras de Ha-yeong. Était-ce du sang ? Elle sentit le contact désagréable d'un liquide visqueux sur sa peau. Cette maudite bête ne la laisserait pas tranquille à moins d'être morte.

Elle se mit à lui marteler le crâne à coups de pierre. Ce n'est qu'une fois la tête réduite en bouillie que le serpent arrêta de bouger.

Elle reprit haleine puis ramassa son téléphone pour

observer le cadavre de l'animal. De couleur cendre, il ne ressemblait pas à une vipère. Il serait sûrement encore vivant s'il n'avait pas effleuré sa jambe. Elle attrapa le corps en lambeaux du serpent pour le jeter dans l'obscurité.

Ha-yeong se lava les mains dans une flaque. Elle inspecta ensuite ses bras à la recherche d'une trace de morsure. Elle était indemne. Elle sentit son adrénaline retomber. Savoir ce que recelaient ces ténèbres ne l'intéressait plus. Elle n'avait même plus envie de continuer d'avancer. Elle tourna les talons pour sortir.

Elle s'empêtra les pieds dans quelque chose et manqua de tomber. Reculant instinctivement contre la paroi rocheuse, elle scruta le sol.

Un sac. Elle s'était pris les pieds dans les sangles. Un sac, ici ? L'idée que ce n'était qu'un déchet lui traversa l'esprit. Pourtant, il n'y avait pas d'autres ordures en vue. Elle eut un mauvais pressentiment.

Elle l'observa un instant avant de s'en emparer. Il était lourd. Elle hésita, puis se dépêcha de sortir, le sac à la main.

Une fois dehors, elle se retourna. Quelqu'un avait dû jeter intentionnellement ce sac au fond de cette caverne. Ce n'était pas un endroit de passage. Personne ne serait venu jusqu'ici simplement pour jeter ses ordures. Quelqu'un avait dû venir avec l'idée bien arrêtée de cacher ce sac.

Pourquoi ?

La réponse était simple. Car il y avait une bonne raison de le cacher aux gens.

Ha-yeong se mit en route pour rejoindre le sentier de randonnée. À cause de sa chute, elle ne savait pas trop où elle se trouvait, mais elle ne s'inquiétait pas. Ces deux dernières semaines, elle avait tellement exploré les environs qu'elle n'aurait pas de mal à retrouver le chemin de la maison.

En effet, au bout de cinq minutes, elle repéra un pin qu'elle avait déjà vu.

Des randonneurs y avaient attaché une corde rouge en guise de repère. Cela devait faire un moment car la couleur était extrêmement délavée.

Quand elle l'avait découverte, elle avait fait un nœud à l'extrémité de la corde pour marquer son passage. Arrivée au niveau du pin, elle put apercevoir le sentier. Désormais, rentrer à la maison serait un jeu d'enfant.

Elle fit une pause pour ouvrir le sac.

Un petit lapin en tissu blanc, couvert de taches, pendait à la fermeture Éclair. À l'intérieur il y avait quelques vêtements, un cahier, une trousse de toilette et un portefeuille.

Elle inspecta d'abord le portefeuille.

Une carte d'étudiant, une photo d'identité, une carte de crédit, une carte de bibliothèque, des cartes de fidélité. Pas d'argent.

Elle attrapa la carte d'étudiant. Lee Yu-ri. Collège Gangmun. À en croire la date, c'était une élève de dernière année. Tout comme Ha-yeong.

La photo l'absorba un long moment.

Le regard rieur, Yu-ri semblait se retenir d'exploser de rire. Ce cliché datant sûrement de la fin du primaire contrastait fortement avec la photo d'identité.

Yu-ri avait un visage sans expression. Ces années de collège avaient-elles pompé toute sa vitalité ? Ha-yeong ne savait pas ce qu'il avait pu se passer mais ce sac abandonné dans une grotte et ce visage triste piquèrent sa curiosité.

Impossible que cette Yu-ri ait abandonné elle-même son sac. Elle n'aurait jamais laissé derrière elle quelque chose d'aussi important que son portefeuille. Quelqu'un de son entourage avait dû lui voler ses affaires et les cacher ici. Quelqu'un de son âge. Un adulte n'aurait eu aucun intérêt à convoiter le sac d'une collégienne.

À ce point de ses réflexions, Ha-yeong remit le portefeuille dans le sac qu'elle referma.

Il restait une semaine avant la rentrée des classes. Elle devrait donc patienter avant d'en apprendre plus sur cette Yu-ri. Elle décida de ramener le sac chez elle. Elle comptait bien passer sa dernière semaine de vacances à résoudre ce mystère : comment s'était-il retrouvé dans cette grotte ?

Ha-yeong tournait depuis un moment autour de Mme Eom qui préparait le déjeuner. Après avoir mis la table, elle coula un regard vers la vieille dame et lui demanda :

— Je peux vous poser une question ?

Ayant passé toute la matinée à vadrouiller, Ha-yeong mourait de faim. En humant depuis l'étage l'odeur de viande et de légumes grillés, elle n'avait pas résisté à l'envie de descendre pour regarder Mme Eom cuisiner.

Dès qu'elle l'avait vue, le sac lui avait traversé l'esprit. Elle s'était dit que cette dame, ayant vécu toute sa vie ici, devait connaître tous les gamins des environs.

Transvasant des œufs au plat dans une assiette, la vieille dame tourna la tête vers Ha-yeong.

Seon-gyeong s'était rendue à son examen gynécologique mensuel et ne mangerait pas à la maison. Elle avait demandé à Mme Eom de préparer le déjeuner de sa belle-fille.

— Vous connaissez le collège Gangmun ?

— Bien entendu. Tous mes fils sont allés là-bas. Comme la plupart des gens du quartier.

— Est-ce que vous connaissez une fille qui s'appelle Lee Yu-ri ?

Le visage de Mme Eom se crispa. Elle regarda Ha-yeong droit dans les yeux :

— Comment tu connais ce nom ?

Voyant sa réaction, Ha-yeong flaira quelque chose de louche. Elle répondit du tac au tac :

— La dernière fois, quand je suis allée visiter l'école, j'ai entendu des élèves parler d'elle.

Le visage de la sexagénaire s'adoucit un peu. Elle posa les œufs au plat sur la table.

— C'est vrai qu'eux aussi doivent s'inquiéter.

— Il s'est passé quelque chose ?

— C'était quand déjà ? Il y a environ trois mois, elle a fugué.

Une fugue ? Ha-yeong comprenait mieux pourquoi le sac contenait des vêtements. Mais pourquoi ce sac se trouvait-il au fin fond d'une forêt ? Ça ne collait pas. Yu-ri aurait fugué mais son sac serait resté derrière elle ?

— C'était quel genre de fille ?

Mme Eom secoua la tête :

— Je ne la connais pas assez pour te répondre. Je sais quel âge elle a, où elle allait à l'école, pas plus. On se saluait quand on se croisait.

Ha-yeong était déçue du peu d'informations récoltées.

— Dépêche-toi de manger, ça va refroidir.

L'adolescente se mit à table. Elle n'avait qu'une idée en tête : comment le sac d'une gamine en fugue s'était-il retrouvé en pleine forêt ?

Elle expédia le déjeuner et retourna dans sa chambre. Elle attrapa le sac de Yu-ri qu'elle avait caché dans le grenier. Elle ne l'avait inspecté que sommairement, et comptait mener une fouille plus minutieuse.

Elle commença par en sortir tous les vêtements. Un jean, un jogging, deux T-shirts, des sous-vêtements et des chaussettes. En somme, le nécessaire pour un court voyage. Ha-yeong n'était pas une spécialiste en la matière, mais pour une fugue cela lui paraissait bien maigre. Pareil pour la trousse de toilette. Juste du maquillage de base, un peigne et un miroir.

Elle repéra une sorte de fermeture éclair secrète à l'arrière du sac. La poche contenait quelque chose de dur qu'elle sortit aussitôt. Un agenda à motifs de fleurs.

L'ouvrant doucement, elle tomba sur une photo glissée dans la couverture intérieure. Yu-ri en uniforme de collège tenait le bras d'une femme d'âge mûr devant un restaurant. Ha-yeong reconnut l'endroit.

L'enseigne n'était qu'à moitié visible mais le menu à l'entrée ne laissait pas de place au doute. Maquereau, thazard, cardeau, etc. C'était le restaurant dans lequel elle s'était rendue avec son père le jour de leur arrivée.

Elle observa le visage de la femme aux côtés de Yu-ri. Par réflexe, elle tenta d'agrandir la photo, comme si elle était sur son téléphone. Le visage était un peu flou, mais elle pouvait en distinguer les traits.

Était-ce la patronne du restaurant ? Ha-yeong ne se souvenait plus à quoi elle ressemblait. Cela faisait déjà deux semaines. Trop absorbée par la nourriture, elle n'avait pas pu l'observer en détail. Elle se promit de découvrir quels liens entretenait Yu-ri avec ce restaurant.

Elle observa la photo un long moment pour la graver dans sa mémoire, puis la retourna sans y penser. Un cœur rouge accompagnait une note inscrite au stylo à bille : « Avec maman ». À en croire la date, cette photo avait été prise l'année dernière.

Elle la replaça dans le rabat de la couverture puis tourna la première page. Il s'agissait d'un journal intime.

Certains jours, il n'était question que du temps, avec une ou deux phrases résumant sa journée. D'autres occupaient plusieurs pages où elle étalait longuement ses sentiments. Certains jours étaient marqués par un petit autocollant de fleur, d'autres d'un gros point noir dessiné rageusement au stylo, presque au point d'en déchirer la feuille.

Ha-yeong ne tenait pas de journal.

Arrivés au collège, les enfants se mettaient souvent à tenir un journal de leur propre chef. Mais Ha-yeong, en commençant ses séances avec Hui-ju, avait été sommée de déballer tout ce qu'elle aurait voulu garder pour elle. Elle avait résisté. Son secret s'était enfoncé de plus en plus profondément en elle.

Ha-yeong ne tenait pas de journal.

Pour elle, les journaux intimes étaient une ruse des adultes pour mettre la main sur les secrets de leurs enfants. Si ces derniers étaient trop jeunes pour écrire, ils les faisaient dessiner. Ils leur faisaient croire que c'était une bonne habitude. Ce lavage de cerveau durait plusieurs années. Les parents lisaient les secrets de leurs enfants pendant qu'ils étaient à l'école. Ces derniers avaient beau le savoir, ils écrivaient quand même. Ils n'écrivaient donc que ce qui pouvait plaire à leurs parents.

Ce n'est pas la faute des enfants si leurs journaux intimes sont si stéréotypés. Sachant pertinemment que n'importe qui peut le lire, comment un gamin pourrait-il écrire ce qu'il a sur le cœur ? C'est une lourde erreur de croire qu'on peut apprendre quelque chose sur son enfant en lisant son journal.

« Je veux mourir. » Ce genre de phrases terrifie les parents. Pourtant, cela ne signifie rien d'autre que : « Achète-moi une Barbie. » C'est simplement une autre manière de quémander de l'attention.

Un secret n'est dévoilé que si son détenteur en a envie. Si l'enfant veut cacher quelque chose, il ne l'écrira jamais dans son journal.

Ha-yeong ne tenait pas de journal.

De toute façon, il n'y avait pas de journée dont elle aurait voulu garder une trace. Ce qu'elle avait gravé dans sa mémoire lui suffisait. Des souvenirs qu'elle aurait voulu effacer avec une gomme ou déchirer en morceaux. Elle n'en avait jamais rien écrit nulle part.

Yu-ri, elle, avait gardé une trace de tous ses souvenirs atroces. Ha-yeong passa la journée plongée dans son journal. Quand elle releva la tête, il faisait déjà nuit.

Ce journal n'était pas de ceux destinés à être lus. Il suffisait d'en parcourir quelques pages pour en être convaincu.

C'était un petit choc pour Ha-yeong. On pouvait donc écrire ce qu'on avait sur le cœur ? Ce journal semblait être l'unique interlocuteur de cette Yu-ri.

Une phrase attira particulièrement son attention. Elle la relut plusieurs fois, allant même jusqu'à la marmonner :

« Je veux tous vous buter. Tous ! »

Refermant le carnet, Ha-yeong n'avait plus qu'une chose en tête.

Pourvu que la rentrée arrive vite !

III

11

Seon-gyeong attendait sa belle-fille devant la porte d'entrée.

Quelques jours plus tôt, elle avait reçu un coup de fil de la nouvelle école de Ha-yeong. On lui avait demandé d'apporter les documents nécessaires à la finalisation de son inscription.

Le déménagement terminé, il y avait eu, pour la première fois depuis longtemps, une réunion de famille. Il avait en effet fallu choisir le collège de la jeune fille.

Son père lui avait conseillé de s'inscrire dans un des collèges du centre-ville de Gangneung. Pour lui, c'était le choix le plus judicieux pour son avenir. Ha-yeong s'y était opposée. Elle voulait aller dans l'établissement le plus proche de la maison : le collège Gangmun.

— Gangneung est un meilleur choix. Tu dois penser à l'université, avait insisté son père.

— Dans ce cas, on aurait mieux fait de rester à Séoul, avait rétorqué l'adolescente en le regardant bien en face, comme pour lui signifier qu'elle lui en voulait encore.

Interloqué, il avait dévisagé sa fille un moment, puis avait répondu avec un sourire forcé :

— Mais en vrai, c'est qui la plus contente de ce déménagement ?

Ha-yeong, croquant dans une tranche de pastèque et le fixant toujours, avait gardé le silence. La tension était palpable. Seon-gyeong avait dû intervenir : donnant un léger coup de coude à son mari, elle avait poussé l'assiette de fruits devant lui.

Celui-ci avait enfin détaché les yeux de sa fille pour regarder sa femme. Tout en avalant un grain de raisin, il avait demandé :

— Qu'est-ce que tu en penses, toi ?

Il cherchait son soutien. Seon-gyeong était plutôt d'accord avec sa belle-fille.

D'abord, à ses yeux, entre Gangneung et Gangmun, il n'y avait pas de grande différence. Avec ça, vingt minutes de transport lui semblaient plus désagréables que devoir marcher trente minutes. Il fallait prendre en compte le temps à attendre le bus, la fatigue du trajet qu'elle devrait accomplir matin et soir. Tout bien considéré, Gangmun lui avait paru être un meilleur choix. Et par-dessus tout, Seon-gyeong souhaitait respecter la décision de Ha-yeong.

— Et si on la laissait choisir ?

L'expression de son mari avait brutalement changé. Il avait eu l'air surpris par cette réponse.

— Je ne comprends pas. On dirait que vous ne pensez pas à l'avenir, avait-il bougonné. Ha-yeong réagit comme ça car elle est encore jeune, mais toi, tu devrais être plus raisonnable et prendre sa scolarité au sérieux.

Seon-gyeong avait été blessée par ce ton réprobateur.

— Tu es en train de dire que je prends cette histoire à la légère ? avait-elle répliqué.

— Pourquoi tu racontes n'importe quoi, alors ? Toi aussi, tu sais très bien que le choix est évident.

Voyant qu'elle ne se décidait pas à se ranger à son avis, son mari avait continué à la blâmer.

Depuis quelque temps, il n'arrivait plus à contenir sa colère. Dès qu'on remettait en question une de ses décisions, il explosait. Il élevait le ton contre quiconque s'opposait à lui.

Seon-gyeong craignait que ses relations avec sa fille, qui s'étaient un peu améliorées ces derniers temps, ne s'enveniment de nouveau. Ha-yeong était restée étrangement impassible.

— Allez, soyons raisonnables ! La classe de troisième, c'est une période très importante. Va à Gangneung. On va faire la liste des meilleures écoles de la ville et tu vas en choisir une, d'accord ?

Manifestement il avait, depuis le début, l'intention d'imposer son choix. Depuis leur déménagement, il était de plus en plus borné. Seon-gyeong le trouvait étouffant. Il y avait aussi, dans son attitude, quelque chose d'autre qui la tracassait, mais elle n'arrivait pas à savoir quoi.

Il s'était levé. Ha-yeong lui avait demandé, en le regardant bien en face :

— Il y a une raison pour laquelle tu ne veux pas que j'aille à Gangmun ?

— Pardon ?

— Je trouve bizarre que tu t'énerves autant. Tu sais très bien que, où que j'aille ici, il n'y a pas de grande différence.

— Tu te trompes. En allant au collège à Gangneung, tu auras ensuite plus de choix pour le lycée…

— Mais… Gangmun, ce n'était pas ton école ? l'avait interrompu Ha-yeong. C'est Mme Eom qui me l'a dit. En fait, elle m'a dit beaucoup de choses sur toi…

— Et… et alors ?

Il avait brusquement changé d'attitude. Il s'était dégonflé comme une baudruche et était resté silencieux. Étrange… Seon-gyeong n'avait jamais vu son mari dans cet état.

— J'irai à Gangmun. C'est ma décision. De toute façon, il ne me reste plus qu'un semestre, avait continué Ha-yeong, imperturbable.

Seon-gyeong avait trouvé le flegme de Ha-yeong admirable. Le rapport de force entre le père et la fille venait de s'inverser. Du jamais vu.

Ayant calmement exposé son avis, l'adolescente avait attendu la réponse de son père. C'était elle qui avait agi en adulte. Son père, incapable de trouver un argument, avait disparu dans son bureau en hurlant :

— Fais ce que tu veux ! Mais tu vas le regretter !

Ha-yeong était restée de marbre. Elle avait débarrassé la table comme si rien n'était arrivé. Seon-gyeong ne l'avait jamais vue ainsi.

Quelque chose avait changé en elle. Un mois plus tôt, elle était encore incapable de retenir sa colère ; elle lançait des assiettes, criant qu'elle ne voulait pas déménager. Maintenant, elle était calme, confiante. Qu'est-ce qui lui était arrivé ?

Peut-être que ses promenades matinales, dans la colline, sous le soleil brûlant, lui faisaient du bien. Elle affichait un nouveau visage, commençait à montrer un désir de se prendre en main.

Ha-yeong avait donc postulé pour le collège Gangmun.

L'établissement avait encore des places vacantes. En province, la population comptait de moins en moins de jeunes. Quelques années auparavant, l'école totalisait environ cent cinquante élèves dans chaque promotion. Aujourd'hui, ils n'étaient plus que cent.

Ha-yeong sortit enfin de sa chambre et descendit l'escalier. Avec sa queue-de-cheval et sa peau bronzée, elle était radieuse.

Sur le perron, Seon-gyeong manqua de tomber. Par chance, Ha-yeong eut le réflexe de la rattraper par le bras.

— Tu n'as rien ?

— Non, non, ça va.

Seon-gyeong toucha son ventre. Il était maintenant bien arrondi. Même avec une ample chemise, il était devenu difficile de cacher sa grossesse. Sans compter que sa poitrine aussi avait grossi. Elle sentait son corps changer de jour en jour.

— Qu'est-ce qu'il se passe ? Tu as mal ?

— Non, non.

Seon-gyeong, sous le coup de l'émotion, avait eu l'impression que son cœur s'était arrêté : elle venait de sentir le bébé bouger pour la première fois. Une sensation étrange, indescriptible. Voilà pourquoi elle avait chancelé. Heureuse, elle se dit qu'elle et son bébé s'étaient enfin dit bonjour.

Ha-yeong la regardait d'un air inquiet.

— Ça ne va pas ? Si tu es trop fatiguée, reste à la maison. Je peux y aller toute seule.

— Non, c'est le bébé. Il m'a donné un coup de pied. Ça m'a surprise, c'est tout.

Ha-yeong coulissa son regard vers le ventre de sa belle-mère.

— Le bébé… Il est grand comment ?

— Il a environ cinq mois, donc il fait à peu près ça, répondit Seon-gyeong en ouvrant la main.

Au dernier examen, il mesurait treize centimètres. Quelques jours s'étaient écoulés, depuis il devait être un peu plus grand. Ha-yeong contempla la main de sa belle-mère, comme si le bébé y était incrusté.

— … À quoi il pense, d'après toi ? Ou il n'est peut-être pas encore capable de penser ? demanda Ha-yeong, le visage un peu triste.

Seon-gyeong se rappela les paroles de Hui-ju.

« Ha-yeong pourrait facilement se sentir exclue. Il est fréquent que l'aîné d'une famille joue de sales tours quand un nouvel enfant débarque. »

Ha-yeong était-elle jalouse ? Seon-gyeong se crispa.

— Dépêchons-nous. Il fait chaud, lança Ha-yeong en se dirigeant vers la porte.

Seon-gyeong lui emboîta le pas, embarrassée.

Comment cette gamine de seize ans voyait-elle l'arrivée du bébé ? Seon-gyeong n'osait pas lui poser la question. Des images d'assiettes qui volent, qui se fracassent contre le mur de la cuisine, lui traversèrent l'esprit.

Non, elle était juste énervée à cause du déménagement, se dit Seon-gyeong en secouant la tête.

Tu sais très bien que ce n'est pas ça. Tu as bien vu ses yeux ce jour-là ! lança aussitôt une autre voix dans sa tête.

Un frisson lui parcourut l'échine. Elle se rappelait les yeux de Ha-yeong fixant son ventre, des yeux si froids, si effrayants ! Ils étaient gravés dans sa mémoire.

Seon-gyeong tenta de se ressaisir. L'accouchement n'aurait lieu que dans quelques mois. D'ici là, elle trouverait un moyen de canaliser la jalousie de Ha-yeong, de lui faire accepter le bébé. Elle se promit de discuter davantage avec sa belle-fille.

Ha-yeong s'arrêta devant la voiture et se retourna vers Seon-gyeong. Celle-ci, reprenant ses esprits, la rejoignit d'un pas preste.

La voiture était garée sous les arbres. Malgré tout, à cause du soleil brûlant, une atmosphère étouffante régnait dans l'habitacle. En s'installant sur le siège en cuir, Seon-gyeong sentit la chaleur lui mordre les fesses. Ce n'était pas désagréable, c'était un peu comme plonger son corps dans un bain chaud.

Ha-yeong suffoquait. Elle alluma sans attendre la climatisation. Voyant Seon-gyeong orienter les grilles d'aération vers elle, elle préféra l'éteindre aussitôt.

— Pourquoi ? Tu n'as pas chaud ? Tu peux la laisser allumée.

— Mais l'air froid, ce n'est pas bon pour ton ventre, pas vrai ?

Ha-yeong abaissa la fenêtre tout en essuyant la sueur qui perlait déjà sur son front.

Il faut que j'arrête d'avoir peur pour rien, tenta de se rassurer Seon-gyeong. Elle comptait bien se débarrasser des idées préconçues qu'elle avait sur sa belle-fille.

La voiture dévala la colline pour débouler sur la route qui longeait la côte. Seon-gyeong, plus détendue, lança la conversation :

— Tu vas pouvoir avoir l'école que tu voulais. Je suis contente pour toi ! Ton père est allé là-bas lui aussi, tu disais ? C'est pour ça que tu l'as choisie ?

— Non, c'est juste par curiosité.

— Par curiosité ?

— Je suis passée devant plusieurs fois en sortant me promener.

— Je vois. Ce n'est donc pas ta première visite, on dirait !

Ha-yeong posa le coude sur la fenêtre et y appuya sa tête. Seon-gyeong lui jeta un coup d'œil. Voyant l'adolescente contempler la mer d'un air pensif, elle comprit la raison de son entêtement. Elle s'était déjà familiarisée avec ce collège et ses environs. Pas étonnant qu'elle préfère celui-ci à un autre dont elle n'avait entendu que le nom !

Seon-gyeong se tut et se concentra sur sa conduite.

Quelques minutes plus tard, elles arrivaient à l'école. Après avoir garé la voiture dans le parking, elles pénétrèrent dans l'établissement. La salle des professeurs, située au rez-de-chaussée du bâtiment principal, n'était pas difficile à trouver.

Dès leur entrée, une enseignante, la cinquantaine, se leva. On aurait dit qu'elle les attendait. Perspicace, elle leur lança pour les accueillir :

— Bonjour, vous êtes ici pour le changement d'établissement, c'est bien ça ?

— Oui, on m'a demandé de venir pour qu'on lui attribue une classe.

— Je suis la sous-directrice. Vous avez les documents ?

Seon-gyeong sortit les papiers de son sac. Rusée, Ha-yeong prit un air docile pour donner une bonne impression. Elle dit bonjour en s'inclinant.

— Qu'elle est jolie ! s'exclama l'enseignante.

C'était sincère ; elle semblait vraiment impressionnée par la beauté de Ha-yeong. Chaque fois qu'elle assistait à ce genre de scène, Seon-gyeong voyait sa belle-fille d'un autre œil. La beauté de celle-ci attirait les regards. Ha-yeong paraissait intimidée par ces réactions.

— Attendez ici un instant, s'il vous plaît.

Après avoir vérifié les documents, la sous-directrice fit signe à une autre femme de la main.

Une dame, en robe bleu foncé, s'approcha. Elle paraissait avoir environ le même âge que Seon-gyeong. Ses cheveux attachés très serrés, ses lunettes avec une monture en argent lui donnaient un air collet monté.

— Je vous présente Mme Roh Hui-jeong. C'est la professeure principale de troisième 2. Ha-yeong sera dans sa classe.

— Bonjour, enchantée.

— Enchantée.

— Je vois que vous n'habitez pas très loin de l'école. Ha-yeong viendra à pied ? demanda Mme Roh en jetant un œil sur les documents.

— Oui, répondit Ha-yeong.

L'enseignante hocha la tête.

— Attendez une minute. Je vais vous apporter les livres et l'adresse du magasin où vous pourrez acheter l'uniforme de l'établissement… Ah ! Mais elle ne le portera que pour un seul semestre ! C'est du gâchis… Si vous voulez, je peux voir si on a en stock des uniformes d'anciennes élèves.

— Non merci. On va en acheter un neuf, répondit Seon-gyeong sans hésitation.

Elle n'avait aucune envie que sa belle-fille se promène avec des vêtements vieux de trois ans, portés par on ne sait qui. Elle préférait dépenser un peu d'argent, peu importait que Ha-yeong n'utilise cet uniforme que durant quelques mois.

En attendant le retour de Mme Roh, Seon-gyeong et Ha-yeong s'installèrent dans un coin.

— Je me souviens de mon inscription dans ma nouvelle école, à Séoul. Tu m'avais accompagnée ce jour-là aussi, murmura Ha-yeong en balayant la salle du regard.

Seon-gyeong s'en souvenait très bien. Cinq ans plus tôt, Ha-yeong était encore une écolière. L'année prochaine, elle entrerait au lycée.

Mme Roh revint avec les livres.

— Achetez d'abord l'uniforme d'été pour la rentrée. Pour celui d'hiver, l'école organisera un achat groupé. Ou bien vous pourrez vous en procurer un individuellement, si vous préférez, expliqua-t-elle.

— Merci.

Seon-gyeong et Ha-yeong se levèrent pour partir. Mme Roh les retint, tout en dégainant son portable :

— S'il vous plaît ! J'ai besoin d'une photo de Ha-yeong !

— Pardon ? balbutia l'adolescente, surprise par la requête de l'enseignante.

— C'est pour l'envoyer à tes camarades. Nous avons ouvert une conversation de groupe avec la classe. Ce serait mieux de te présenter avant la rentrée, non ? Donne-moi ton numéro de téléphone. Je vais t'inviter dans la discussion. Comme ça, tu pourras aussi recevoir les notifications de l'école.

— Je n'ai pas envie qu'on me prenne en photo.

Mme Roh fut déconcertée par cette réaction.

— De toute façon, ils me verront à la rentrée. Dans mon école, à Séoul, on ne postait jamais de photos sur les groupes de discussion. Une photo, c'est trop personnel, insista Ha-yeong.

— Ah… Mais je voulais juste que vous vous présentiez les uns aux autres… C'est tout…

Mme Roh, confuse, se tourna vers Seon-gyeong comme pour chercher du secours. Celle-ci trouvait qu'elle n'avait pas son mot à dire. D'ailleurs, elle comprenait très bien le point de vue de Ha-yeong.

— La rentrée est imminente. Pourquoi ne pas la laisser se présenter elle-même devant la classe ? À vrai dire, cette histoire de photo me dérange un peu, moi aussi.

Elle ne voyait pas de meilleur compromis possible. L'enseignante semblait l'avoir mal pris mais ne dit pas un mot. Ha-yeong lui donna son numéro puis quitta la salle en compagnie de Seon-gyeong.

La porte refermée, elles entendirent aussitôt les enseignants s'agiter. Ha-yeong s'arrêta, retenant sa belle-mère par le bras.

— Telle mère, telle fille ! Elles sont chiantes ! « Oh, ça va, je vais acheter le nouvel uniforme… Non, pas de photos », bla-bla-bla… Hui-jeong va avoir du boulot ce semestre, on dirait ! commenta une voix inconnue.

— Bon sang, pourquoi elle se retrouve dans ma classe ? se lamenta Mme Roh.

— Parce que tu as le moins d'élèves ! Au fait, tu n'as toujours pas de nouvelles de Yu-ri ? Si ça continue, son absentéisme va lui coûter cher !

— Si elle ne vient pas le jour de la rentrée, elle sera renvoyée. Je l'ai appelée plusieurs fois mais elle ne répond pas.

Yu-ri ? Ce nom disait quelque chose à Seon-gyeong. C'était celui de la collégienne qu'elle avait vue en photo au restaurant de poisson grillé ! Elle fréquentait donc cette école ?

Seon-gyeong et Ha-yeong se mirent d'accord pour se rendre sur-le-champ au magasin d'uniformes. La rentrée aurait lieu dans une semaine. Il valait mieux commencer les préparatifs dès maintenant.

— Il est déjà midi. Si on appelait ton père et qu'on déjeunait plus tard tous ensemble ? proposa Seon-gyeong en montant dans la voiture, histoire de changer d'atmosphère.

Ha-yeong ne répondit rien. Si elle ne disait pas non, cela voulait dire qu'elle était d'accord. Tout ce temps passé n'a donc pas été inutile, se dit Seon-gyeong, remarquant avec plaisir qu'elles se comprenaient de mieux en mieux.

Son mari ne décrocha pas. Elle n'insista pas, se disant qu'il était probablement en consultation.

Elle mit le contact de la voiture et entra l'adresse du magasin dans son navigateur. Il n'était qu'à un kilomètre du collège. Son mari la rappela tandis que Ha-yeong essayait des uniformes.

— Qu'est-ce qu'il y a ?

— Tu étais en consultation ? On est allées à l'école pour savoir dans quelle classe Ha-yeong sera à la rentrée. On a eu l'idée de déjeuner tous ensemble. On peut venir à ton cabinet ?

— Zut ! J'ai un rendez-vous là maintenant. Je ne vais pas pouvoir manger avec vous, désolé.

— Ah, bon… Tant pis ! On se voit à la maison !

Au moment où elle raccrochait, Ha-yeong sortait de la cabine d'essayage. La chemise blanche et la jupe à carreaux bleue lui donnaient un look rafraîchissant. Vu qu'elle ne les porterait que pour un semestre, elles avaient choisi des vêtements parfaitement ajustés à sa taille.

— Ça va ? Ce n'est pas trop serré ?

— Je vais prendre ça. C'était papa au téléphone ?

— Oui, mais il m'a dit qu'il avait un rendez-vous.

— Ce n'est pas grave. On n'a qu'à aller manger toutes les deux, répondit Ha-yeong d'un ton léger tout en se regardant dans le miroir.

— De quoi tu as envie ?

Après un moment de réflexion, Ha-yeong se retourna vers sa belle-mère. Elle avait l'air d'avoir une idée.

— De poisson grillé !

Mais, se ravisant, elle ajouta :

— Si tu as encore la nausée, on peut manger autre chose.

— Non, ça me va très bien. J'en veux moi aussi !

La conversation des enseignants qu'elle avait surprise dans la salle des professeurs avait rappelé à Seon-gyeong la mère de Yu-ri. Celle-ci faisait semblant de ne pas se soucier de sa fille, mais il ne faisait aucun doute qu'elle ne devait penser qu'à elle malgré ses journées chargées.

— Je veux aller au restaurant comme ça.

L'idée que sa nouvelle tenue puisse sentir la friture ou finir tachée ne semblait pas l'inquiéter. Déterminée, Ha-yeong alla récupérer ses vêtements dans la cabine puis les glissa dans un sac.

Le restaurant était moins bondé que la dernière fois. Peut-être était-il encore un peu tôt pour déjeuner…

Ou bien était-ce à cause de la chaleur, terrible à en faire fondre l'asphalte. En tout cas, Seon-gyeong et Ha-yeong n'eurent aucune difficulté à trouver une table libre.

Quand elles entrèrent, la mère de Yu-ri s'arrêta net avant de filer dans la cuisine. Elle ressortit aussitôt pour poser devant elles une bouteille d'eau et deux verres. Leurs regards se tournèrent naturellement vers la patronne.

— Deux poissons grillés, s'il vous plaît.

La mère de Yu-ri se précipita de nouveau dans la cuisine. Au lieu d'engager la conversation, Seon-gyeong et Ha-yeong se contentèrent de la regarder cuisiner.

Seon-gyeong pensa à ce qu'elle avait entendu à l'école. Cette femme continuait donc à travailler tout en sachant que sa fille risquait d'être renvoyée ! Comme si de rien n'était. Chaque famille malheureuse cache un secret, mais le visage de cette femme ne laissait rien transparaître. Pourquoi Yu-ri était-elle partie ? Seon-gyeong était curieuse de le savoir.

En posant une cuillère et une paire de baguettes devant Ha-yeong, elle soupçonna celle-ci de s'intéresser à la collégienne disparue. En effet, Ha-yeong ne quittait pas la mère de Yu-ri du regard. Était-ce pour cela qu'elle avait voulu venir ici ?

Les plats servis, la patronne revint pour tendre un tablier à Ha-yeong.

— Tiens, couvre ton uniforme avec ça.

— Merci.

La mère de Yu-ri attrapa un torchon et commença à frotter les tables libres.

Soudain, comme si elle venait de se souvenir de

quelque chose, Ha-yeong demanda à Seon-gyeong en la fixant droit dans les yeux :

— Cet uniforme, je n'en aurai besoin que pour deux mois. Pareil pour celui d'hiver. Pourquoi tu as insisté pour en acheter un neuf ? Moi, ça ne me gênait pas d'en récupérer un d'occasion.

C'était une question inattendue. Son entêtement avait surpris sa belle-fille. En fait, lorsque Mme Roh avait parlé d'uniformes de seconde main, Seon-gyeong s'était sentie blessée. Sûrement à cause de son enfance.

La question de Ha-yeong lui avait rappelé sa mère. Une scène en particulier.

Les souvenirs qu'elle gardait de sa mère n'étaient pas toujours agréables. Même le temps ne parvenait pas à les embellir. Seon-gyeong ne doutait pas que, si sa maman était toujours en vie, elle lui en voudrait toujours et ne cesserait de mettre le sujet sur le tapis.

— Je suis fille unique. Quand on est petit, on grandit vite et rapidement on doit changer de vêtements. Ma mère ne voulait pas m'acheter de vêtements neufs. Alors j'héritais des robes de mes cousines, des pantalons de mes voisines… que je léguais à mon tour à d'autres enfants. Je trouvais ça normal quand j'étais petite. Tous les enfants autour de moi faisaient pareil. Mais à sept ans, le jour du Nouvel An, je suis allée chez ma tante en *hanbok*[1], et il s'est avéré qu'il avait d'abord appartenu à ma cousine.

Le problème, c'est que cette dernière s'était mise en colère en voyant Seon-gyeong porter ses anciens habits. Elle lui avait ordonné de les enlever sur-le-champ,

1. Costume traditionnel coréen.

même s'ils étaient déjà trop petits pour elle. Confuse et humiliée, Seon-gyeong avait fondu en larmes. Sa tante avait grondé sa fille mais celle-ci, folle de rage, était allée chercher une paire de ciseaux, puis avait lacéré le *hanbok*. Elles s'étaient bagarrées. Dans la mêlée, Seon-gyeong avait reçu un coup de ciseaux. Elle avait dû être transportée aux urgences.

Après cet accident, Seon-gyeong avait déclaré à sa mère qu'elle ne porterait plus jamais de vêtements usagés. Elle n'en achèterait plus que des neufs, quitte à les prendre trop grands pour pouvoir les porter plus longtemps.

— C'est ridicule. En t'en parlant, je me rends compte que j'étais vraiment bornée.

— Ta mère… elle te manque ?

— Oui, parfois. Et toi ?

— Non. Jamais.

La conversation devenue morose avait gâché le goût du poisson.

Sur le chemin du retour, Seon-gyeong pensait toujours à ce qu'avait dit Ha-yeong. À l'entendre dire que sa mère ne lui avait jamais manqué, Seon-gyeong pouvait imaginer ce qu'elle avait dû endurer. Mais elle savait qu'entre ce qu'elle imaginait et ce qu'il s'était réellement passé, l'écart pouvait être immense. Elle aurait voulu savoir à quel point étaient profondes les ombres qui habitaient le cœur de Ha-yeong.

Cette bagarre avec sa cousine, déjà vieille de trente ans, Seon-gyeong pouvait encore en sentir les traces en elle. À quel point Ha-yeong était-elle traumatisée, après dix ans de vie commune avec sa mère ? Seon-gyeong n'était pas en mesure de le dire. L'adolescente coulait désormais des jours paisibles, mais Seon-gyeong craignait que son cœur ne soit un champ de mines, prêtes à exploser à tout moment.

De retour à la maison, la jeune femme, épuisée, s'écroula dans son lit sans même se doucher. Ou plutôt, elle s'enfuit dans le sommeil. Elle ne voulait pas passer la nuit, torturée par une angoisse inexplicable, à penser à Ha-yeong. Elle s'endormit comme un bébé. Pour la première fois depuis longtemps, elle rêva de sa mère. Celle-ci caressait tout doucement son ventre, un sourire chaleureux aux lèvres.

Une larme coula sur l'oreiller.

12

Le service du soir se termina tôt.

Le poisson grillé était un plat saisonnier mais en été, surtout lors des fortes chaleurs, les clients préféraient les plats froids tels que le *naengmyeon*[1], ou le *mulhoe*[2].

Les derniers clients partis, Mi-jin ferma à clé la porte du restaurant et s'affala sur une chaise, le regard vide. À force de rester debout devant les fourneaux, elle avait l'impression d'avoir grillé en même temps que les poissons. L'été était particulièrement chaud cette année. Elle avait tellement transpiré qu'elle pouvait sentir le sel craquer sur sa peau moite. Elle n'avait qu'une envie : rentrer vite, prendre une douche fraîche et aller se coucher. Mais son corps refusait de lui obéir. Exténué, il semblait comme fondu par la fatigue.

Depuis l'appel qu'elle avait reçu dans l'après-midi, elle se sentait au bout du rouleau. Elle s'était soudain rendu compte que cela faisait plus de trois mois que sa fille avait fugué.

---

1. Soupe de nouilles de sarrasin qui se déguste froide.
2. Soupe de poisson servie également froide.

« Encore une journée d'absence et Yu-ri risque d'être renvoyée. Vous n'avez vraiment aucun moyen de la prévenir ? »

Mi-jin avait eu envie de raccrocher au nez de son interlocuteur. Si j'avais pu la contacter, vous ne croyez pas que je l'aurais déjà fait ? avait-elle voulu hurler.

« Quelle idiote ! » avait-elle lâché, abasourdie, le jour où elle avait appris la fugue de sa fille.

Ce matin-là, en allant chercher une bouteille d'eau dans le réfrigérateur, elle avait découvert un mot sur la table à manger. « Maman, apparemment, tu te fiches de moi et tu n'as pas besoin de moi. Je vais disparaître alors. Sans moi, tu seras plus heureuse. » Elle avait d'abord été agacée.

« Cette crétine… Elle est vraiment comme moi ! »

Seize ans. Mi-jin aussi avait fugué à cet âge. C'était en hiver, quand elle était en troisième.

C'était à cause de son père. Il était devenu obsédé par le Gangwon Land, un casino qui avait ouvert ses portes près de chez eux. Accro aux jeux, il était allé jusqu'à vendre son magasin de poisson séché. Pire encore, depuis sa faillite, il battait régulièrement son épouse et sa fille. Mi-jin avait préféré s'enfuir plutôt que de succomber sous les coups de son père.

Elle avait pu respirer, au moins durant quelque temps. Le soulagement d'avoir échappé à son père compensait largement l'angoisse de se retrouver dans un endroit inconnu. L'avenir était incertain mais, au moins, elle n'avait pas eu de soucis pour trouver où dormir. Durant quelques jours, elle avait d'abord passé la nuit dans un *PC bang*[1] avant de trouver refuge dans un *jjimjilbang*[2]. Avec ses cheveux frisés, elle faisait plus vieille que son âge ; personne ne lui avait demandé sa carte d'identité.

Elle avait fini par être engagée par le patron du *jjimjilbang*. En échange du nettoyage des salles de bains et du sauna, elle était logée et nourrie. Pendant la journée, elle pouvait sortir pour aller au cinéma ou faire du shopping. Fière de pouvoir gagner sa vie, en l'espace de quelques jours, elle avait pris confiance en elle. Mais la bienveillance du monde avait tourné court.

La violence n'existait pas que chez elle. Mi-jin dormait dans la salle de repos réservée au personnel ; une pièce vétuste et séparée de la salle de massage sportif par un simple rideau. N'importe qui pouvait entrer.

Un jour, alors qu'elle dormait, exténuée par le ménage, quelqu'un était entré et l'avait tripotée. Sentant une main se glisser entre ses cuisses, elle s'était réveillée en sursaut. Elle avait hurlé. C'était le cuisinier de l'établissement. Le patron était arrivé en courant. Contre toute attente, il s'était emporté contre Mi-jin. Il l'avait accusée d'être une débauchée : comment osait-elle faire ce genre de choses alors qu'il y avait des clients à côté ? Mi-jin n'en avait pas cru ses oreilles.

Tremblante de rage, elle avait attendu jusqu'au lever du jour. Elle avait alors vidé les lieux sans attendre. Elle n'avait nulle part où aller.

---

1. Cybercafé spécialisé dans les jeux vidéo en ligne, ouvert 24/24 et 7/7.

2. Bain public.

Le Nouvel An approchant, sa mère lui manquait beaucoup. Elle s'était aussi rappelé son père, si travailleur avant de devenir accro aux jeux. Peut-être était-il revenu à la raison depuis sa fugue ? C'était possible. Peut-être même qu'il s'inquiétait pour elle, qu'il pleurait en attendant son retour. Mais ce qui préoccupait surtout Mi-jin, c'était de penser que sa mère devait supporter toute seule son père.

Elle avait appelé chez elle. Elle avait eu peur que son père décroche mais, heureusement, elle était tombée sur sa mère. « Allô ? » Mi-jin avait fondu en larmes. « Maman… », avait-elle prononcé péniblement, sans rien pouvoir ajouter de plus. Ses larmes coulaient sans cesse. « Ce n'est pas grave… Rentre vite… » À ces mots, Mi-jin avait sauté dans un bus sans hésiter.

Elle avait cru que Yu-ri rentrerait après quelques jours. Tout comme elle.

Sa fille était débrouillarde. Mi-jin était plus vexée qu'angoissée par sa fugue. Elle ne manquait de rien, n'avait pas non plus de père violent. De quoi se plaignait-elle ? Mi-jin ne comprenait pas ce qui avait pu lui passer par la tête.

Comment Yu-ri avait-elle pu être aussi immature ? Ne travaillait-elle pas jour et nuit pour l'élever ? Et toute seule ! Mi-jin avait laissé échapper un profond soupir. OK, fais ce que tu veux ! s'était-elle dit. Mais, quand tu reviendras, tu n'auras pas intérêt à pleurnicher !

Ce matin-là, après avoir appris la fugue de sa fille, Mi-jin avait expédié son petit déjeuner. Elle avait ensuite décidé d'aller faire des courses. Au moment de sortir, elle avait découvert que son portefeuille était vide. Il manquait sept cent mille wons. C'était le loyer du restaurant ! Mi-jin avait compris que sa fille ne rentrerait pas le lendemain.

Elle avait dégainé son portable. Yu-ri n'avait pas répondu. Hors d'elle, Mi-jin avait la tête en feu : « La garce ! Tu touches à mon pognon maintenant ? Tu vas voir ce qui t'attend ! »

S'efforçant de garder son calme, Mi-jin avait de nouveau composé le numéro de sa fille. Cette fois-ci, même plus de signal. Yu-ri avait dû éteindre son téléphone après avoir vérifié qui l'appelait. Le message était clair : elle ne voulait pas lui parler.

Mi-jin avait arpenté sa chambre de long en large, essayant de se calmer. Elle avait beau réfléchir, elle ne voyait pas où Yu-ri avait pu trouver refuge. Sa fille ne connaissait rien d'autre que la maison, l'école ou le restaurant.

En partant au travail, Mi-jin avait appelé Dan-bi, la meilleure amie de Yu-ri depuis la primaire. Celle-ci n'était au courant de rien.

Au restaurant, ce jour-là, Mi-jin n'avait eu que sa fille en tête. D'abord furieuse de voir que Yu-ri était partie avec l'argent du loyer, elle s'était finalement calmée. Au moins, s'était-elle dit, ça l'aidera à trouver un endroit où dormir ! Elle fera ce qu'elle voudra pendant quelques jours puis elle rentrera quand elle aura tout dépensé.

Une semaine avait passé sans que Mi-jin reçoive aucune nouvelle. L'école l'avait appelée plusieurs fois. Le téléphone de sa fille était toujours éteint. Mi-jin avait commencé à paniquer. Sa fille n'était pas une dure à cuire. Elle pouvait fuguer sur un coup de tête, mais elle n'était pas assez solide pour survivre dans la rue aussi longtemps ! Mi-jin avait relu le mot de Yu-ri. Ce n'est encore qu'une gamine, qu'est-ce qui a pu la pousser à partir comme ça ? s'était-elle demandé. Elle avait beau le lire et le relire, elle ne parvenait pas à comprendre.

Pouvait-on fuguer parce qu'on se sentait délaissée par une mère qui travaillait nuit et jour pour nourrir sa famille ? Pour Mi-jin, c'était incompréhensible. D'ailleurs, quand elle rentrait le soir, Yu-ri, inquiète pour elle, était aux petits soins. Elle lui massait les épaules, lui promettant qu'elle gagnerait beaucoup d'argent et qu'elle lui achèterait un beau café.

— Pourquoi un café ?

— Comme ça, tu n'auras qu'à préparer du café. Ce sera tout en self-service ! Toi, tu pourras rester assise toute la journée.

Ce beau jour viendrait-il ? Au moins, ces mots mettaient un peu de baume au cœur de Mi-jin. Pas de doute, Yu-ri l'aimait ! Où était donc passée sa fille si adorable ? Cette charmante enfant qui lui posait un patch antidouleur sur le poignet tout en la plaignant d'endurer de si terribles corvées.

Dan-bi s'était renseignée autour d'elle. Malheureusement, son enquête n'avait pas porté ses fruits.

Quinze jours plus tard, Mi-jin s'était finalement décidée à aller voir la police. Elle avait hésité jusque-là, de peur que les rumeurs courent dans le quartier, mais la crainte de ne jamais retrouver sa fille avait été la plus grande. La police n'avait pas été très réceptive. Elle refusait d'intervenir tant que Yu-ri n'était pas portée disparue. Elle avait d'autres chats à fouetter que courir après des adolescents en fugue.

— Comment voulez-vous qu'on la retrouve ? Elle

est partie de son plein gré ! avait répondu l'inspecteur Gweon, un fidèle client du restaurant, que Mi-jin avait supplié de se pencher sur son cas.

Il avait été catégorique : il n'avait aucun moyen de l'aider. Vu qu'elle a laissé une lettre, vous devriez attendre qu'elle revienne, lui avait-il conseillé. Mi-jin n'avait pas baissé les bras. Elle lui avait demandé de la retrouver en la localisant grâce à son portable. Elle s'était heurtée à un nouveau refus. Cette technologie était réservée aux cas les plus graves.

— Ne vous inquiétez pas trop. Les enfants en fugue rentrent toujours chez eux ou finissent par contacter leurs parents. Prenez votre mal en patience.

Mi-jin, ne sachant plus quoi faire, était allée voir une voyante. Celle-ci avait éclaté en sanglots dès qu'elle avait appris la date et l'heure de naissance de Yu-ri. Mi-jin en était restée sans voix.

— Elle a beaucoup souffert, la pauvre enfant. Mon Dieu… Elle est dans une détresse affreuse. Et personne ne lui vient en aide ! Elle se sent si seule !

Mi-jin n'était pas venue pour entendre des lamentations. Elle voulait savoir quand sa fille reviendrait.

— Elle reviendra, c'est sûr. Après les vacances d'été. Elle reviendra mais… Ce n'est pas bon ! Je vois une tempête !

Au moins, Mi-jin avait été rassurée d'apprendre que Yu-ri rentrerait dans quelques mois. Son cœur s'était un peu apaisé. C'est bien fait pour toi ! s'était-elle dit en se renfrognant. Comme ça, tu vas apprendre que le monde n'est pas facile !

Mais elle n'avait pas l'esprit tranquille. Parfois, après avoir bu, elle envoyait des messages à Yu-ri. Elle savait que sa fille ne répondrait pas à ses appels. Voilà pourquoi, quand elle lui manquait trop, elle lui écrivait des textos. Comme si elle tenait un journal, comme une ivrogne épanchant son cœur sous l'effet de l'alcool.

« Pff… t'es heureuse sans moi ? Ça te plaît de ne pas aller à l'école ? Pourquoi tu me fais tant de peine ? »

« Pourquoi tu me fais ça ? Dis-le-moi ! »

« Yu-ri, envoie-moi un message, s'il te plaît. Je ne dors plus. »

« Yu-ri, je te demande pardon. Je suis désolée de ne pas avoir compris ce que tu ressentais. J'étais trop occupée à gagner de l'argent. Si tu avais des ennuis, pourquoi tu ne m'as jamais rien dit ? Désormais je t'écouterai d'une oreille plus attentive. S'il te plaît. Juste un message. Pour me dire que tu vas bien. »

Elle ne recevait jamais de réponse.

Et voilà que ce midi, une élève avec l'uniforme du collège Gangmun était venue au restaurant. Ses vêtements propres, sans un pli, lui avaient rappelé Yu-ri dont l'uniforme était suspendu, inerte, dans sa chambre vide. Si elle avait été là, peut-être que ces deux filles auraient pu devenir amies…

Mi-jin avait donné un tablier à l'adolescente. La jeune fille, sagement assise dans son uniforme impeccable, avait mangé avec élégance. Mi-jin n'avait plus que Yu-ri en tête. Mangeait-elle à sa faim ? Les souvenirs déferlaient en elle comme des vagues. Elle s'était sentie à bout de forces. Elle ne pouvait plus se concentrer sur son travail.

Aujourd'hui, décidément, ce n'était pas son jour. L'appel qu'elle avait reçu de l'école l'avait achevée.

Elle avait voulu tout laisser en plan et rentrer chez elle pour fouiller la chambre de Yu-ri de fond en comble. Après tout, peut-être avait-elle laissé échapper un indice qui lui aurait permis de la contacter ? Elle ne pouvait toutefois pas fermer le restaurant aussi tôt.

Il y avait des réservations. Elle avait besoin d'argent. Il fallait payer le loyer si elle voulait vivre avec Yu-ri. Elle avait continué à travailler, machinalement. Son esprit était ailleurs. Elle avait tout fait de travers : elle avait apporté une bouteille de *makgeolli*[1] à la table qui avait commandé une canette de soda ; elle s'était trompée dans les additions. Elle avait serré les dents, s'était efforcée de tenir jusqu'à la fin du service. Les derniers clients partis, elle était au bout du rouleau.

Mi-jin se leva de sa chaise, pensant qu'il faudrait peut-être retourner voir l'inspecteur Gweon. Non, plutôt la voyante. Elle lui demanderait pourquoi sa fille n'était toujours pas rentrée alors que les vacances d'été touchaient à leur fin.

Elle passa un coup de torchon sur son plan de travail, remit les chaises en ordre, plia les tabliers abandonnés par les clients. Elle remarqua tout à coup quelque chose sur le sol : une photo.

Mi-jin la ramassa. Sa main tremblait. Sur la photo, Yu-ri souriait à pleines dents.

D'où sortait-elle ? Depuis quand était-elle là ? Elle ne l'avait pas vue en faisant le ménage ce matin, ni durant le service du soir. Elle ne se souvenait même pas de quand elle datait. À force de la regarder, un souvenir émergea peu à peu.

---

1. Alcool de riz doux, plutôt sucré.

La photo avait été prise l'année dernière, devant le restaurant, lors de l'anniversaire de Yu-ri. Sa fille était venue la voir pour lui demander de lui acheter quelque chose. Lui avait-elle donné un peu d'argent ? Sûrement, vu comment Yu-ri souriait, les bras croisés.

Des larmes coulèrent sur le visage fatigué de Mi-jin. Elle les essuya du revers de la main. Elle retourna la photo et tomba sur une inscription.

Mi-jin lut les phrases une à une, lentement.

Elle éclata en sanglots. Les larmes et la douleur qu'elle avait refoulées jusqu'alors se déversèrent d'un coup. Elle se sentait coupable et impuissante. Elle s'effondra sur le sol, pleurant comme une bête, la tête enfouie entre ses bras.

Pardon, pardon, Yu-ri… je suis une mère indigne, ne cessait-elle de répéter.

Au dos de la photo était écrit :

« Maman n'a même pas remarqué la blessure que j'ai sur le front depuis trois jours.

Je suis devant elle, mais elle ne me voit pas.

Je n'existe pas à ses yeux.

Avec maman ♥ »

13

Le jour de la rentrée, Ha-yeong alla d'abord voir Mme Roh, sa professeure principale.

Cette dernière l'avait appelée la veille pour lui demander de la retrouver dans la salle des professeurs. Elle jugeait plus convenable de la conduire elle-même dans la classe et de la présenter aux élèves.

Quand Ha-yeong entra dans la salle, Mme Roh leva les yeux des papiers qu'elle était en train de ranger et la salua gaiement. Contrairement à l'autre jour, où elle avait cassé du sucre sur son dos, elle s'adressa à elle avec un sourire radieux :

— Comment tu te sens aujourd'hui ? Pas trop nerveuse ? Ne t'inquiète pas. Ici, les élèves sont tous très gentils !

Elle était exagérément aimable.

Perspicace, Ha-yeong devina que son enseignante en avait appris un peu plus sur elle. Elle en eut tout de suite la confirmation :

— J'ai vu le dossier de ton ancienne école. Tu étais la meilleure élève de l'établissement. Tu m'épates !

Ha-yeong posa son regard sur le bureau de Mme Roh.

Son livret scolaire y gisait grand ouvert. Ses pensées s'agitèrent. Tout ce que j'ai fait à l'école y est inscrit. Je me demande ce que mes profs ont pu y mettre ? Est-ce qu'ils me connaissaient vraiment ? Tout ce qu'on peut savoir avec ça, ce sont mes notes, mes absences ou mes activités parascolaires.

— Je n'ai jamais vu un bulletin aussi brillant ! Tu étais combien au classement national ? Cinquantième, c'est ça ?

— Au dernier semestre, j'étais cinquante-quatrième.

— Ah oui ! Cinquante-quatrième ! Mon Dieu. Tu fais partie des meilleurs des meilleurs ! Que tu travailles bien !

Mme Roh semblait impressionnée.

Ha-yeong possédait un QI bien supérieur à la moyenne. Elle avait très vite compris comment un enfant de son âge pouvait tirer son épingle du jeu au collège. Contrairement au primaire, les meilleurs élèves étaient privilégiés. Pour elle, étudier ne posait pas de problème. Sa mémoire était excellente, elle avait une bonne capacité de concentration.

Elle était prête à tout pour gagner le respect de son père. Avoir de bonnes notes était le meilleur moyen pour qu'il s'intéresse à elle. Ainsi, depuis son entrée au collège, elle avait presque toujours caracolé à la première place de son école. Très vite, c'était devenu une chose entendue. Son père ne la félicitait plus comme avant.

Devant la porte de la classe, Mme Roh se retourna vers Ha-yeong avec un grand sourire. Elle ouvrit la porte et entra en grande pompe, comme une actrice montant sur scène.

Son apparition ne troubla pas les élèves qui continuèrent à bavarder. Mais quand Ha-yeong entra, la classe plongea dans la stupeur. Les garçons poussèrent de grands cris tandis que les filles la dévisageaient en se donnant des coups de coude.

Ha-yeong observa les vingt-quatre élèves assis devant elle. Elle remarqua au dernier rang un garçon plus grand que les autres. C'était Ji-hun. Les autres membres du club de judo n'étaient pas là. Ils devaient être dans une autre classe.

— Silence ! Vous avez passé de bonnes vacances ? J'imagine que vous devez être excités de revenir à l'école !

Ils répondirent tous en même temps. Frappant son bureau de la paume de la main, Mme Roh exigea leur attention.

— Comme vous le voyez, nous accueillons une nouvelle élève. Tu veux bien te présenter ?

Ha-yeong ouvrit la bouche, regardant droit devant elle :

— Je m'appelle Yun Ha-yeong.

Elle se contenta de donner son nom. Toute la classe ainsi que Mme Roh attendaient la suite. Ha-yeong n'avait aucune envie de rester là, exposée aux regards des autres. Elle devança Mme Roh, qui s'apprêtait à lui poser des questions :

— Je m'assois où ?

— Ah… oui ! Voyons voir… Tu vois la place vide, là-bas ?

— C'est la place de Yu-ri, remarqua la fille qui occupait le bureau d'à côté.

— Euh… Yu-ri… Ha-yeong occupera sa place en attendant ! Allez, va t'asseoir.

Mme Roh n'ajouta rien de plus. Elle jugeait inutile d'expliquer aux élèves le possible renvoi de Yu-ri.

Ha-yeong traversa la salle sous les regards curieux. Comme lors de chaque rentrée, elle sentait la tension et l'excitation monter en elle. Elle avait l'impression d'être une exploratrice pénétrant dans la jungle. Il lui fallait dresser ses antennes au plus vite si elle voulait survivre dans ce nouvel écosystème. Et identifier le plus vite possible…

… qui était la reine des abeilles. Ou qui prétendait au trône.

Ha-yeong aimait la période de la rentrée : c'était un nouveau commencement. La chaîne alimentaire se réorganisait, un nouvel échiquier voyait le jour. Très vite, les élèves retrouvaient leur comportement habituel. Ils reformaient des groupes avec des camarades similaires à leurs anciens amis. Ils savaient qu'en faisant partie d'une bande, en y restant fidèles, ils pourraient terminer l'année sans encombre.

Ha-yeong s'était toujours efforcée de rester à part autant que possible, se contentant d'une position d'observatrice.

Elle remplissait pourtant toutes les conditions pour devenir la reine des abeilles : elle était belle et avait d'excellentes notes. Elle n'avait simplement aucune envie de prendre la tête de la classe et de régner sur ses camarades. Elle voulait garder une certaine distance avec eux. Elle restait donc à l'écart, semblable à une spectatrice indifférente. Elle veillait cependant à ne pas trop s'éloigner pour ne pas finir totalement exclue du groupe.

Certaines élèves ne goûtaient guère son attitude. Ha-yeong avait beau ne pas être la reine des abeilles, son charisme écrasant les agaçait. Celles qui voulaient devenir les leaders s'attaquaient parfois à elle, persuadées qu'elles devaient la vaincre pour être reconnues comme chefs. Elles finissaient toujours par comprendre : elles ne pouvaient pas battre Ha-yeong.

Devant la place vide, Ha-yeong remarqua un sac posé sur la chaise. Elle le fixa du regard, sans esquisser le moindre geste. Sa voisine le souleva à contrecœur pour le poser par terre. Elle jeta un regard noir à Ha-yeong par-dessus ses grosses lunettes. Visiblement, elle n'était pas contente qu'une inconnue prenne la place de son amie.

N'avait-elle pas protesté, un instant plus tôt ?

Avant de s'asseoir, Ha-yeong observa sa place de plus près.

La table était couverte de gribouillis : des injures terribles et des dessins incompréhensibles étaient gravés au cutter ou griffonnés au stylo-bille.

Ha-yeong sortit une lingette de son sac et se mit à nettoyer sa table ainsi que sa chaise. Elle pouvait sentir au bout de ses doigts les creux taillés dans le bois. Prendre la place de Yu-ri lui procurait une sensation étrange. Pour elle, la découverte de ce sac dans la grotte était un véritable signe du destin.

Enfin assise, Ha-yeong jeta un regard circulaire sur la classe. Certains la saluèrent des yeux, d'autres, totalement indifférents, détournèrent la tête.

Elle voyait maintenant ce que Yu-ri avait vu. Ha-yeong se rappela les noms qu'elle avait lus dans son journal intime.

Qui était-ce ? Qui avait frappé Yu-ri jusqu'à ce que ses jambes soient couvertes de bleus ? Qui avait enfoncé sa tête dans la cuvette des cabinets ? Ils affichaient tous un sourire amical mais Ha-yeong savait combien ils pouvaient être cruels.

Mme Roh avait affirmé que les élèves étaient tous très gentils. Aurait-elle la même opinion en lisant le journal de Yu-ri ?

Ha-yeong tourna la tête et croisa le regard de sa voisine.

— Tu t'appelles comment ?

— Dan-bi. Ju Dan-bi.

— C'est joli !

Flattée, Dan-bi esquissa un petit sourire qui s'estompa aussitôt. Elle rajusta ses lunettes, puis répondit à Ha-yeong en prenant un air grave :

— Cette place est déjà occupée.

— Je sais. Tu l'as dit tout à l'heure.

La mâchoire serrée, Dan-bi fixait sa nouvelle voisine. Elle avait l'air de la jauger, de se demander si elles pourraient devenir amies. L'appel terminé, Mme Roh retourna dans la salle des professeurs. Les filles de la classe se précipitèrent vers Ha-yeong pour la bombarder de questions :

— Tu viens d'où ?

— De Séoul.

— Qu'est-ce que je vous disais ! s'exclama l'une d'elles.

Le seul mot de Séoul avait suffi à attiser leur curiosité.

— Pourquoi tu es venue vivre en province ?

— Ce n'était pas ma décision.

— Tu habites où ?

N'écoutant que d'une oreille, Ha-yeong sortit sa trousse de son sac.

— C'est donc ta famille qui vient d'emménager dans cette maison ! J'ai entendu dire qu'il y avait une fille de notre âge.

Une autre fille, assise derrière, intervint à son tour :

— Ma mère m'a parlé de toi. Tu as rencontré Mme An, pas vrai ? La prof de piano ? C'est ma mère !

— Ta mère est allée chez elle ?

— C'est un gros bonnet, ta mère, hein ?

— Tu vas suivre les cours de piano ?

Les filles papotaient entre elles en gloussant. Sans aucun doute, toutes leurs familles se connaissaient bien.

— Je m'appelle Mi-na. Lee Mi-na. Si tu as besoin de quelque chose, demande !

C'était la fille qui avait évoqué sa mère. Ha-yeong la regarda. Elle ne ressemblait en rien à sa maman.

Le regard toujours fixé sur Mi-na, Ha-yeong déplaça lentement son doigt sur un dessin de poisson gravé sur la table. L'image d'une plaie causée par un coup de couteau lui traversa l'esprit.

— Yu-ri… elle est où ?

— Quoi ?

Le visage de Mi-na se crispa. Toutes les filles autour arrêtèrent de parler. Un silence de plomb s'était installé. Elles devaient être au courant de ce qui était arrivé à leur camarade.

Le regard de Mi-na glissa vers les premiers rangs.

Ha-yeong le suivit et s'arrêta sur le dos d'une fille. Cette dernière ne semblait pas s'intéresser à ce qui se passait autour d'elle.

Les yeux de Mi-na revinrent se poser sur Ha-yeong. Contrairement à tout à l'heure, sa voix tremblait :

— Co… comment tu connais Yu-ri ?

— On a dit tout à l'heure que c'était sa place ici. Elle est partie où ? Pourquoi elle n'est pas là ?

Le visage de Mi-na se relâcha. Ha-yeong n'avait pas besoin de lui poser plus de questions. L'expression de son interlocutrice parlait pour elle. Mi-na était un des noms qui revenaient le plus souvent dans le journal de Yu-ri. Il n'y avait plus aucun doute : cette fille avait joué un rôle dans la disparition de Yu-ri.

La sonnerie annonçant le début des cours retentit. Les élèves regagnèrent leur place. Baissant la tête, Dan-bi murmura quelque chose à Ha-yeong :

— Fais gaffe avec Mi-na. T'as plutôt intérêt à garder tes distances avec elle.

Ha-yeong regarda sa voisine qui se mit à sortir son cahier comme si elle n'avait rien dit.

— Pourquoi ?

— Tu verras.

— Et toi ?

Dan-bi se tourna vers Ha-yeong, les yeux écarquillés.

— Moi ? Quoi ?

— Tu es sympa, toi ?

La question embarrassa Dan-bi. On ne lui avait jamais demandé une chose pareille. Sans attendre sa réponse, Ha-yeong enchaîna :

— Yu-ri… Ce n'était pas le souffre-douleur de la classe ?

— Comment tu sais ?

Même sans son journal, Ha-yeong aurait pu deviner que Yu-ri avait été persécutée. Il suffisait de voir sa table. Toutes ces insultes atroces et cruelles, Yu-ri avait dû les entendre chaque jour, et en souffrir terriblement.

— Tiens, ta table à toi est impeccable, dit-elle à Dan-bi.

Ha-yeong repassa le doigt sur les inscriptions gravées sur son bureau. Elle éprouvait un sentiment bien différent qu'en lisant le journal de Yu-ri. Ses souffrances lui paraissaient plus concrètes.

Dan-bi blêmit en voyant Ha-yeong caresser les gribouillis de sa table.

— Vous étiez de bonnes amies ?

Dan-bi détourna le regard. La tête baissée, elle se mit à se ronger les ongles.

La porte s'ouvrit, laissant place au professeur de maths. Ha-yeong, jusqu'alors penchée vers Dan-bi, se redressa et s'assit bien droite pour suivre le cours.

À Séoul, elle avait déjà vu des enfants victimes de harcèlement. Ils en devenaient la cible pour la simple raison qu'ils étaient lents, maladroits ou excentriques. Au début, ce n'était jamais collectif. Un des élèves jetait une pierre vers un autre, histoire de tester sa réaction. Les autres observaient, attentifs. La réaction de l'élève déterminait s'ils allaient le laisser tranquille ou non.

Le mécanisme était toujours le même : quelques enfants ciblaient un élève particulier et le provoquaient, comme pour jouer. Les autres finissaient par rejoindre la danse. La situation allait parfois trop loin, entraînant alors d'horribles conséquences.

Ha-yeong touchait maintenant sa chaise. Celle sur laquelle Yu-ri avait un jour été assise. Ayant déjà vu sa photo, elle pouvait facilement l'imaginer. Voilà donc le paysage qu'elle contemplait ! Ce tableau noir et le dos de ses camarades !

Ha-yeong se demanda subitement pourquoi elle

s'intéressait autant à cette fille. En temps normal, le sac qu'elle avait trouvé dans la grotte, elle l'aurait fouillé puis vite abandonné. Mais, pour une raison étrange, le journal de Yu-ri avait titillé sa curiosité. Ha-yeong avait besoin de comprendre pourquoi. Il lui fallait juste un peu plus de temps.

Elle ouvrit son livre puis regarda le professeur inscrire des problèmes au tableau. Après avoir écrit le quatrième, il se retourna vers ses élèves :

— Voilà les problèmes pour aujourd'hui. Quand vous avez fini, levez la main.

Pour Ha-yeong, c'était un jeu d'enfant. À Séoul, elle en était déjà à étudier le programme de mathématiques du lycée.

Contrairement à elle, les autres élèves bloquaient. Certains recopiaient simplement les problèmes sur leur cahier, d'autres, tentant de les résoudre, se grattaient désespérément la tête. Devant ces réactions, le professeur les réprimanda en claquant la langue :

— Vous n'allez pas me dire que vous avez glandé tout l'été ! On a vu tout ça juste avant les vacances ! Il ne vous reste plus qu'un semestre avant le lycée. Vous comptez lâcher les maths ? Va falloir mettre un gros coup de collier si vous voulez entrer au lycée !

Les élèves poussèrent de grands soupirs d'exaspération. Le prof remarqua alors un nouveau visage.

— C'est toi, la nouvelle ? Tu as fini ? Tu veux venir au tableau et nous montrer la solution ?

Toutes les têtes se tournèrent vers Ha-yeong. Les élèves étaient ravis qu'on leur donne l'occasion de la jauger.

La jeune fille traça les solutions d'un trait au tableau

puis regagna sa place. Les élèves ne la regardaient déjà plus du même œil.

— Juste le premier problème, ça aurait suffi…, lui dit l'enseignant, impressionné par sa rapidité.

Après avoir vérifié les réponses, il se tourna vers Ha-yeong :

— Ici, tu aurais dû expliquer plus en détail.

— J'ai juste appliqué la formule. Il faut vraiment tout détailler ?

— Dans les mathématiques, c'est le cheminement qui compte.

— Mais dans l'examen d'entrée à l'université, il n'y a que des QCM.

La classe poussa un cri d'admiration et applaudit Ha-yeong. Tous les élèves attendaient la réaction de leur professeur.

— C'est vrai, mais j'ai du mal à croire que tu as résolu tout ça de tête.

Cette remarque finit de convaincre les élèves.

Ils admiraient la nouvelle et la considéraient avec un certain respect. Ces quatre problèmes de mathématiques avaient suffi à lui faire gagner la reconnaissance de la classe. Les bonnes notes en imposaient autant aux enfants qu'aux adultes.

Le prof hésita un instant puis se mit à expliquer en détail comment Ha-yeong avait résolu les problèmes. Les élèves arrêtèrent de la dévisager et commencèrent à noter les explications avec application.

Ha-yeong sentit qu'on l'observait. Elle se retourna et croisa le regard de Ji-hun. Il n'écoutait pas le professeur et n'écrivait rien non plus. Il avait les yeux rivés sur elle. Son regard n'exprimait ni admiration ni méfiance. Il l'interrogeait seulement : « T'es qui, toi ? » Pas impressionnée du tout, Ha-yeong soutint son regard.

Dan-bi, relevant la tête de son cahier, remarqua cet hostile échange de regards.

Ji-hun détourna les yeux le premier. Dan-bi murmura quelque chose à Ha-yeong, s'efforçant de prendre une voix gaie, comme si elle avait trouvé la scène amusante :

— C'est le délégué de classe. Park Ji-hun. C'est aussi le représentant des élèves de l'école.

— Je sais.

— Ah bon ? répondit Dan-bi presque à voix haute.

Plusieurs élèves lui lancèrent un regard réprobateur. Gênée, Dan-bi baissa la tête mais la releva aussitôt pour dire à Ha-yeong :

— Ne t'intéresse pas à lui. Il est en couple avec Kim Eun-su. Si tu lui parles, elle ne te lâchera pas.

— C'est qui ça, Kim Eun-su ?

Dan-bi pointa une élève de son stylo-bille. C'était celle que Mi-na avait regardée plus tôt. Eun-su. Le journal de Yu-ri était couvert de ce nom. Ha-yeong tenta de se rappeler ce qui était écrit sur son compte.

Oui ! La reine des abeilles ! C'était la reine de cette classe !

En quelques jours, les élèves s'étaient habitués à la présence de Ha-yeong. Ils semblaient avoir déjà oublié l'existence de Yu-ri.

Ils n'arrêtaient pas de venir lui parler. Ha-yeong avait eu tort de croire que leur curiosité ne durerait pas longtemps. Elle ignorait comment ils l'avaient appris, mais tout le monde savait qu'elle avait été la meilleure élève de son ancienne école, qu'elle faisait même partie des meilleurs du pays. Ils voulaient tout savoir d'elle. Comment révisait-elle ses leçons ? Qu'est-ce qu'elle faisait à la maison ? Quels types d'activités pratiquait-elle ? Ha-yeong se contentait de répondre de manière évasive. Ce qui l'intéressait avant tout, c'était de comprendre la hiérarchie de la classe.

Elle avait déjà échangé plusieurs fois des regards avec Eun-su, une guerre des nerfs étrange avait éclaté entre elles. Eun-su se moquait ouvertement des élèves qui venaient harceler Ha-yeong de questions. La plupart du temps elle ignorait son existence, mais Ha-yeong avait parfaitement compris son manège. La reine avait déployé tous ses radars, envoyé tous ses espions afin de rassembler un maximum d'informations sur elle.

Eun-su passait en effet son temps à guetter sa nouvelle rivale, comme une bête rôdant autour de sa proie avant de l'attaquer. Ha-yeong comptait attendre qu'elle fasse le premier pas.

Un jour, à l'heure du déjeuner, afin de se dérober aux regards, Ha-yeong s'était réfugiée sur le terrain de sport.

Elle observait les élèves jouer au foot ou courir sous le soleil aveuglant. Elle emprunta la piste de course et arriva devant un escalier.

Elle gravit les marches et découvrit des endroits qu'on ne pouvait pas voir du terrain de sport. Sur la gauche, il y avait un court de tennis que l'ombre des arbres protégeait de la chaleur. Juste à côté se trouvaient des bancs en bois ainsi qu'un petit entrepôt. L'entrée du terrain de tennis était fermée à clé. Vu son état impeccable, il ne devait servir que durant les heures de cours ou être réservé aux enseignants.

Sur la droite, près des équipements pour le sport de

plein air, il y avait un petit jardin charmant aménagé dans un style européen. Sous les arbres bien taillés, des fleurs sauvages côtoyaient des hortensias bleus et rouges. L'été touchant à sa fin, ces derniers étaient en train de faner. Leurs pétales s'accumulaient sur le sol comme des flocons de neige.

La tranquillité des lieux plut tout de suite à Ha-yeong. Alors qu'elle se dirigeait vers les fleurs, elle vit quelqu'un monter les marches. C'était Ji-hun.

Il sembla surpris de tomber sur elle ici. Ayant d'abord pris la direction de l'entrepôt, il hésita un instant puis avança vers Ha-yeong. C'était inattendu. Jusqu'à présent, comme à dessein, le garçon ne lui avait jamais adressé la parole.

— … Désolé pour la dernière fois.

— Désolé de quoi ?

— De t'avoir traitée de voleuse.

— Ah…

Ha-yeong avait déjà oublié cet incident. Certes, Ji-hun l'avait agacée, mais ce n'était rien comparé à Seong-ho.

Elle accepta assez froidement ses excuses et lui dit que tout était oublié. Ji-hun restait toujours planté là, avec l'air d'avoir quelque chose d'autre à lui dire. Ha-yeong ouvrit la bouche la première :

— J'ai vu ta photo dans le hall d'entrée. Tu dois être super bon au judo si tu participes aux championnats nationaux ?

— Bah… maintenant, ça ne me regarde plus.

— Comment ça ?

Ji-hun hésita avant de parler. Il se frotta le front.

— Le judo… je n'en fais plus.

— Pourquoi ?

— … Je me suis blessé à l'épaule, expliqua-t-il d'une voix triste.

En fait, ce n'est qu'un gamin dans un corps d'homme, se dit Ha-yeong. Elle voulait qu'il s'en aille, histoire qu'elle puisse profiter de cet abri paisible, loin de ses camarades de classe. La présence du jeune homme commençait franchement à l'agacer.

Elle était sur le point de lui demander de partir quand elle remarqua Mi-na et Eun-su qui gravissaient les marches à leur tour. Les paroles de Dan-bi lui revinrent tout de suite à l'esprit.

« Ne t'intéresse pas à lui. Il est en couple avec Kim Eun-su. Si tu lui parles, elle ne te lâchera pas. »

Eun-su se crispa en les découvrant ici en train de bavarder. Cela n'échappa pas à Ha-yeong qui fut aussitôt prise par l'envie de la taquiner. Faisant semblant de ne pas l'avoir vue, elle s'adressa à Ji-hun en souriant :

— Si t'es vraiment désolé, j'ai une faveur à te demander.

— Hein ? Laquelle ?

— Après les cours, tu veux bien me faire visiter le quartier ? Je ne connais pas vraiment les environs.

Plus Eun-su approchait, plus Ha-yeong se délectait de l'expression de son visage.

Elle resta de marbre sous le regard noir que lui jeta Eun-su par-dessus l'épaule de Ji-hun. Pour la provoquer un peu plus, Ha-yeong avança d'un pas vers ce dernier. Elle lui chuchota quelque chose à l'oreille, comme s'il s'agissait d'un précieux secret. Ji-hun se raidit tout à coup, rouge jusqu'aux oreilles.

— Alors, c'est oui ? Si tu le fais, je te pardonnerai !

— Vous faites quoi ici ? leur lança Mi-na, mal à l'aise.

Surpris, Ji-hun recula. Agacée par sa réaction, Eun-su les crucifia tour à tour du regard. Elle était pourpre de colère. Ha-yeong ne put s'empêcher de sourire.

L'air de rien, Ha-yeong se dirigea vers les hortensias, puis dit :

— Je visitais l'école. C'est calme ici, j'aime bien.

Eun-su l'ignora et s'approcha de Ji-hun.

— Il faut qu'on parle.

— Je n'ai rien à te dire, répondit l'adolescent en se dirigeant vers le terrain de tennis.

— Regardez ça ! Comme ces hortensias ont une drôle de couleur ! s'exclama Ha-yeong.

Le petit groupe se tourna vers elle. Eun-su, irritée par cette intervention brutale, ne prit pas la peine de cacher son agacement.

— Seules ces fleurs sont rouges, alors que tout autour, tout est bleu, continua Ha-yeong.

— C'est la première fois que tu vois des hortensias ? Qu'est-ce qu'il y a d'incroyable ? répondit aigrement Eun-su.

— On raconte que les hortensias bleus changent de couleur quand il y a un cadavre enterré dessous.

— Que… qu'est-ce que tu racontes ? balbutia Mi-na en jetant un regard vers Eun-su et Ji-hun.

Le visage de Eun-su se décomposa tout à fait. Ji-hun, immobile, fixait Ha-yeong du regard.

— Vous savez pourquoi ? C'est parce que la décomposition du cadavre altère la composition de la terre. Voilà pourquoi les hortensias changent de couleur. Je ne me rappelle plus où je l'ai lu, mais il paraît qu'on se sert de ces fleurs pour retrouver les cadavres enterrés par des criminels.

— T'es bizarre, toi… Pourquoi tu racontes des choses pareilles ? demanda Mi-na en s'éloignant du parterre.

— Vous ne trouvez pas ça extraordinaire ? De résoudre un meurtre grâce à une fleur ? Après tout, on dit bien que rien ne reste jamais secret dans le monde, pas vrai ?

Les trois adolescents écoutaient Ha-yeong sans dire un mot. Celle-ci éclata de rire puis continua :

— Ha ha… Je me demande s'il y a un truc là-dessous ! Je suis curieuse !

Aussitôt dit, Ha-yeong se dirigea vers les marches, laissant le petit groupe stupéfait. Elle mourait d'envie de se retourner, de voir les regards qu'ils s'échangeaient, mais elle tint bon.

Dans son ancienne école aussi, il y avait des hortensias. C'était son ancien prof de bio qui lui avait raconté cette histoire. Elle avait trouvé ça captivant.

« Mais en fait, elles rougissent aussi quand elles se fanent. Donc, ce n'est pas la peine de creuser chaque fois que tu en vois une rouge ! » avait-il ajouté pour conclure.

Ha-yeong avait toutefois cru bon de leur cacher cette précision.

Le sol du jardin était couvert de pétales rouges. Ha-yeong se moquait bien de savoir s'il y avait un cadavre là-dessous. Elle avait simplement voulu voir la réaction de ses camarades.

Ces élèves, dont les noms couvraient les pages du journal de Yu-ri, devaient avoir un lien avec sa disparition. Elle n'avait pas manqué de remarquer leurs regards apeurés. Elle n'avait plus aucun doute.

Ha-yeong avait l'impression d'être une chasseuse guidant ses proies vers un piège.

Comment réagiraient-elles une fois acculées au pied du mur ?

14

Le bus s'arrêta devant l'école. En descendant, Dan-bi vérifia l'heure sur son portable. Elle n'était pas en retard. Elle glissa son téléphone dans sa poche puis releva la tête. Elle sursauta en remarquant Eun-su et Mi-na de l'autre côté de la rue. Elles n'avaient aucune raison de traîner ici à cette heure. Dan-bi était sûre qu'elles l'attendaient.

Leurs regards se croisèrent. Les deux adolescentes lui firent signe de traverser la route. Dan-bi ravala sa salive. Pourquoi veulent-elles me voir ? se demanda-t-elle.

— Suis-nous.

Eun-su et Mi-na se mirent à marcher sans attendre sa réponse. Dan-bi leur emboîta le pas, comme tirée par une corde invisible.

Elles se dirigèrent vers la colline derrière le collège. L'endroit étant jalonné d'arbres, il suffisait de monter un peu pour être à l'abri des regards. Si Eun-su et Mi-na prenaient cette direction, ce n'était pas bon signe.

Dan-bi se demandait ce qu'elle avait bien pu faire pour les agacer. Elles s'arrêtèrent enfin. Mi-na se retourna et lui lança :

— Tu es devenue super pote avec la nouvelle, on dirait !

Cette remarque laissa Dan-bi sans voix. Voilà qui était inattendu. Ha-yeong avait intégré le collège depuis plus d'un mois mais Eun-su et Mi-na l'appelaient encore « la nouvelle ». Peut-être voulaient-elles rappeler à leurs camarades que ce n'était qu'une étrangère ?

Cette question intrigua Dan-bi. Elle savait qu'Eun-su et Mi-na s'intéressaient à Ha-yeong. Curieusement, elles ne lui adressaient jamais la parole et se contentaient de rôder autour d'elle. Dan-bi en avait conclu qu'elle n'avait pas à s'inquiéter pour Ha-yeong.

Mais peut-être avait-elle eu tort. Eun-su et Mi-na mijotaient-elles quelque chose contre Ha-yeong ?

En réalité, Ha-yeong était aussi bizarre que ces deux filles. Dan-bi la soupçonnait de tout faire pour provoquer Eun-su.

Ha-yeong s'était montrée très intéressée par la relation de cette dernière avec Ji-hun. De toute évidence, elle aussi observait Eun-su.

— Vous parlez de quoi ? demanda Dan-bi.

— C'est moi qui pose les questions. Réponds ! On te voit murmurer avec elle tout au long de la journée !

— Rien d'important.

Eun-su avait gardé le silence jusque-là. Elle ramassa une branche et se mit à tourner autour de Dan-bi.

— Tu ferais mieux de tout déballer pendant qu'on est sympas. On ne voudrait pas s'énerver dès le matin.

— Je n'ai pas dit grand-chose. Je vous le jur…

Dan-bi n'eut pas le temps de terminer sa phrase. Eun-su venait de lui enfoncer la branche dans le ventre.

— Tu n'as rien dit ? Vous êtes toujours collées ensemble ! Tu te fous de nous ou quoi ?

Dan-bi se replia sur elle-même, poussant son sac devant elle pour se protéger.

— Je lui ai juste parlé des profs et des élèves. C'est tout.

— Des élèves ? De qui t'as causé ?

Elles savent que j'ai mal parlé dans leur dos ? C'est pour ça qu'elles sont si en colère ? se demanda Dan-bi. Hormis Ha-yeong, elle n'avait rien dit à personne. Cela ne pouvait donc être qu'elle qui avait cafardé. Mais c'était peu probable. Dan-bi ne pouvait rien dire tant qu'elle ne savait pas de quoi elles parlaient. Tout en observant Eun-su, elle questionna :

— Qu'est-ce que je vous ai fait ? Je n'en ai vraiment aucune idée.

Eun-su explosa. Elle se rua vers Dan-bi, colla son visage contre le sien.

— Putain… Si tu n'as rien dit, comment elle connaît Yu-ri ?

Dan-bi ne comprenait pas. Elle avait bien parlé d'elle le premier jour où Ha-yeong avait intégré l'école. D'ailleurs, cette discussion l'avait mise mal à l'aise. Depuis, elle n'avait jamais évoqué son nom. Dan-bi avait cru que l'intérêt de Ha-yeong était passager.

— Elle vous a dit quoi sur Yu-ri ?

— C'est ce qu'on te demande.

— Elle m'a demandé si elle était le souffre-douleur de la classe, rien de plus.

— Comment elle sait ça ? demanda Mi-na.

— À cause de la table, des insultes gravées dessus.

— Et ?

— Rien. Depuis, on n'en a jamais reparlé ! Qu'est-ce qu'elle vous a dit ?

La sonnerie de l'école retentit. Les cours allaient commencer. Il n'y avait plus de temps à perdre. Nerveuse, Dan-bi regardait tour à tour l'heure et Eun-su.

— Si on reste ici, on va être en retard ! implora-t-elle.

Eun-su lui jeta un regard noir puis l'autorisa à partir.

Dan-bi se mit à courir sans se retourner. Les garces ! Elle était furieuse à l'idée qu'elle pourrait arriver en retard.

Elle déboula entre le gymnase et la cantine à une vitesse folle, puis pénétra dans le bâtiment principal. À bout de souffle, elle atteignit la salle de classe juste à temps. Dès qu'elle s'assit, le professeur commença à faire l'appel. Elle poussa un ouf de soulagement.

Reprenant son souffle, Dan-bi tourna la tête. La place à côté d'elle était vide. Ha-yeong n'était pas encore arrivée. À la demande de cette dernière, la vieille table sale avait été remplacée. Dan-bi était curieuse de savoir pourquoi Eun-su et Mi-na l'avaient interrogée sur Ha-yeong.

Notamment sur ce qu'elle avait raconté de Yu-ri.

Dan-bi se rappela la disparition de cette dernière. Le premier jour de son absence, Eun-su et Ji-hun n'étaient pas non plus venus à l'école. Ils avaient eu un accident de voiture et avaient été hospitalisés. Toute la classe leur avait rendu visite, mais les élèves n'avaient pas eu le droit de les voir.

Les rumeurs avaient commencé à courir à ce moment-là.

Le fait qu'ils aient eu un accident de voiture ensemble avait beaucoup fait parler. Certains élèves savaient que Ji-hun conduisait en cachette la voiture de son père. On racontait que c'était le cas cette nuit-là. Ils avaient interrogé les enseignants, mais personne n'avait voulu répondre.

Ce scandale avait tellement retourné l'école que personne n'avait fait attention à l'absence de Yu-ri.

Dan-bi était l'une des rares à l'avoir remarquée. Elle avait essayé de l'appeler et lui avait envoyé des messages mais celle-ci n'avait jamais répondu. Quelque temps plus tard, elle avait appris qu'elle avait fugué. On racontait qu'elle avait laissé un mot à sa mère.

Surprise par sa décision, Dan-bi la comprenait tout de même. Elle avait pensé à l'appeler de nouveau mais avait laissé tomber. Pendant longtemps, elles avaient été très amies. Mais depuis que Yu-ri avait été exclue de la classe, leur relation avait changé. Chaque fois que celle-ci avait été harcelée, Dan-bi avait détourné le regard. Elle avait eu peur de devenir elle aussi un souffre-douleur en lui venant en aide. Personne n'osait s'opposer à Eun-su. C'était d'ailleurs pour cette raison que Yu-ri était devenue sa cible.

Yu-ri avait voulu aider une victime d'Eun-su. Si elle avait réussi à arracher cette pauvre fille des griffes de sa tortionnaire, ce n'avait été qu'en prenant sa place. La rescapée, quant à elle, n'avait jamais tenté de défendre sa sauveuse. Les écouteurs plantés dans les oreilles, elle baissait la tête et faisait semblant de lire quand Eun-su s'en prenait à Yu-ri. Ce n'était pas la seule. Tout le monde l'avait abandonnée à son sort.

Dan-bi avait elle aussi fini par ignorer son ancienne copine. Elle détournait le regard lorsqu'elle la croisait.

« Vous étiez de bonnes amies ? »

Cette question de Ha-yeong lui avait fait l'effet d'une douche froide. Elle s'était sentie suffoquer et n'avait pas pu répondre. C'était une chose à laquelle elle ne voulait pas penser, une question qu'elle voulait éviter à tout prix. En vérité, elle avait été plutôt soulagée d'apprendre que Yu-ri avait fugué. La voir se faire supplicier presque tous les jours lui était devenu insupportable. Par-dessus tout, sa propre insensibilité l'horrifiait.

Elle avait d'abord cru que les autres élèves regretteraient Yu-ri. Contrairement à ses attentes, ils l'avaient rapidement oubliée. Presque personne ne remarquait que sa place restait vide. Dan-bi ne faisait pas exception. Il y avait des jours où elle ne pensait pas à elle. Avec l'arrivée de Ha-yeong et la nouvelle table, il ne restait plus aucune trace de la disparue.

Dan-bi s'inquiétait. Elle craignait qu'Eun-su ne fasse du mal à Ha-yeong. Depuis la disparition de Yu-ri, elle était plutôt calme. Peut-être était-elle en train de chercher sa nouvelle proie.

La phase d'observation était terminée.

Eun-su avait détesté Ha-yeong dès le premier regard. Son apparence, son arrogance, sa confiance en elle… Tout l'agaçait. La façon dont elle s'était présentée, la façon dont elle trouvait normal qu'on l'admire… Son show lors du cours de maths l'avait exaspérée, tout autant que l'attitude mielleuse de la professeure principale à son égard.

Ha-yeong regardait toujours par la fenêtre, comme si rien ne l'intéressait ; elle répondait évasivement aux questions qu'on lui posait. Mais ce qu'Eun-su ne pouvait plus supporter, c'était l'ambiance équivoque qui flottait entre elle et Ji-hun.

Eun-su connaissait le jeune homme mieux que personne. Il donnait l'air de ne pas s'intéresser à Ha-yeong, mais il était clair qu'elle attisait sa curiosité. Eun-su l'avait aperçu plusieurs fois regarder Ha-yeong, puis détourner son regard quand cette dernière tournait la tête vers lui. Il la dévorait des yeux. Eun-su ne l'avait jamais vu ainsi.

Ha-yeong semblait l'avoir remarqué elle aussi. Il aurait fallu être aveugle pour ne pas s'en apercevoir. Même Mi-na avait saisi la situation et prenait des pincettes avec Eun-su. Cela ne faisait que mettre celle-ci encore plus en colère. Si Mi-na le savait, cela voulait dire que toute la classe serait bientôt au courant !

C'est vraiment une drôle de garce, se répétait-elle.

Ha-yeong lui avait glacé le sang quand elle avait raconté cette histoire de cadavre sous les hortensias. Elle comprenait que Ha-yeong puisse s'intéresser à Yu-ri, mais pourquoi avoir abordé ce sujet bizarre ? Savait-elle quelque chose ? Eun-su aurait bien voulu en parler avec Ji-hun mais il l'évitait. Elle n'avait donc pas eu d'autre moyen que d'interroger Dan-bi. C'était elle qui discutait le plus avec la nouvelle. Si ce qu'elle avait dit était vrai, elle n'avait pas de raison de s'inquiéter.

— Depuis le début, je n'aime pas son regard, dit-elle à Mi-na.

— Moi non plus. Et tu as vu comment elle se comporte devant Ji-hun ? Il faut faire attention à elle !

Mi-na avait parlé sans réfléchir. Elle comprit qu'elle avait commis une gaffe. Elle changea de sujet :

— Tu comptes faire quoi ?

— Je vais lui pourrir la vie.

— Mais c'est la chouchoute de Mme Roh.

— Et alors ? Mme Roh ne peut pas agir sur ce qui se passe en dehors de l'école. Et puis, même si la nouvelle se blesse, elle s'en fichera complètement.

Eun-su savait que Ha-yeong rentrait seule à pied après les cours.

À cette heure, la route était quasiment déserte. C'était l'automne, les jours étaient de plus en plus courts. Elle pourrait profiter de l'obscurité.

Elle avait été trop sage depuis l'accident. Tout ce qu'elle gardait en elle à cause de Ji-hun était sur le point d'exploser. Elle avait besoin de libérer son énergie. Il lui fallait de l'action. Le frisson qu'elle ressentait quand elle frappait Yu-ri lui manquait.

Il fallait donner une leçon à cette nouvelle, histoire qu'elle comprenne qu'elle ne pouvait pas s'approcher impunément de Ji-hun. Après ça, elle n'osera même plus me regarder, se dit-elle. Je n'aurai plus à supporter ce foutu regard qui me tape sur les nerfs !

Eun-su imagina Ha-yeong, le nez en sang, en train de pleurer et de la supplier à genoux. Elle se sentit enfin mieux.

15

Le vent redouble de violence, les arbres tremblent.

La maison grince. On dirait que quelqu'un la secoue. La météo a annoncé l'arrivée d'un typhon, mais le vent souffle bien plus fort que Ha-yeong ne l'avait imaginé. Paniquée, elle se jette dans les bras de sa mère.

Celle-ci la serre contre elle, lui caresse les cheveux.

— Tu as peur ? lui demande-t-elle d'une voix douce.

Ha-yeong hoche la tête et se blottit un peu plus dans ses bras.

— Ça chatouille !

Sa mère se tortille en gloussant. Puis elle se met à chatouiller Ha-yeong sous les bras. Ha-yeong se débat, éclate de rire. La peur laisse place à la joie.

— Viens, on va se coucher.

La mère et la fille s'étendent l'une près de l'autre sur le lit. La tête sur le bras de sa maman, Ha-yeong se sent confortable, bien au chaud.

— Ferme les yeux et imagine que tu es dans un grand champ de fleurs. On va les compter ensemble.

Ha-yeong s'exécute. Elle ferme les yeux, pense à un champ de fleurs, un champ bien plus grand que leur jardin. Il y a toutes sortes de fleurs : des roses, des tulipes, des forsythias, des pissenlits, des pensées et des fleurs qui n'ont pas de nom. Elle sourit rien que d'y penser.

— Une. Tu vois quelle fleur ? demande sa mère.

— Un tournesol. Deux. Quelle fleur ?

— Une rose. Trois. Quelle fleur ?

Elles énumèrent tour à tour des noms de fleurs. Cette fois-ci, laquelle je vais appeler ? se demande Ha-yeong. Elle les observe une à une. Elles lui font toutes des signes pour être les prochaines choisies.

Des narcisses jaunes et des campanules blanches, d'abord bercés doucement par le vent, se plient maintenant sous sa force. Des pétales rouges et bleus tombent comme des flocons de neige.

Apeurée, Ha-yeong observe la chute de ces innombrables pétales. Elle veut s'enfoncer un peu plus dans la chaleur de sa mère mais ne trouve que le vide. Quelques instants plus tôt, elle était pourtant là. Maintenant, il n'y a personne. Sa maman a disparu.

— Maman !…

Ha-yeong comprend qu'elle est seule. Elle panique.

Elle s'avance mais ses pieds s'enfoncent de plus en plus dans une épaisse couche de pétales. Des hortensias. Leur couleur vire au rouge. Ha-yeong court pour s'en débarrasser mais les pétales la poursuivent.

Elle entre dans la maison et leur échappe de justesse. Elle ferme la porte et s'écroule par terre en se bouchant les oreilles.

Le vent est de plus en plus violent. La pluie fouette les vitres. Des branches frappent contre la fenêtre de sa chambre, comme les bras d'un monstre. Réveille-toi ! Réveille-toi !

— Maman !

Où est-elle passée ? se demande Ha-yeong. Sa voix est mouillée de larmes. Elle crie plus fort mais sa mère ne répond toujours pas. Ha-yeong a un mauvais pressentiment. Quelque chose d'horrible va se produire ! Son cœur s'emballe. Elle doit se dépêcher de retrouver sa maman. Prenant son courage à deux mains, elle ouvre la porte. La foudre éclate soudain. Elle ferme les yeux, éblouie par l'éclair.

Quand Ha-yeong rouvrit les yeux, elle était dans son lit.

À cause du tonnerre assourdissant, de la lumière blanche aveuglante, elle ne comprit pas tout de suite où elle se trouvait. Elle se croyait encore dans son rêve. Reprenant ses esprits, elle scruta la pièce. La fenêtre battue par la pluie semblait sur le point de voler en éclats. C'est à cause de tous ces bruits que j'ai fait ce rêve ?

Ha-yeong se leva et se dirigea vers la fenêtre pour s'assurer qu'elle était bien fermée. Un vieux souvenir, appelé par la pluie et le vent, lui remonta doucement à l'esprit.

« Une. Tu vois quelle fleur ? »

Quel âge avait-elle alors ? Elle s'allongeait souvent auprès de sa mère et récitait avec elle des noms de fleurs pour s'endormir. C'est vrai, se dit-elle. C'était dans cette chambre ! Grâce à ce rêve, tout resurgit enfin. Elle comprit comment elle avait si facilement trouvé le grenier juste après le déménagement. Elle connaissait cette chambre !

L'air glacial la fit frissonner.

Je me souviens maintenant. Ce jour-là aussi, il y avait du vent.

Ha-yeong, complètement réveillée, jeta un œil dans le jardin. Tout en fouillant sa mémoire, tentant de se rappeler ce qu'elle avait vécu ici, elle descendit machinalement au rez-de-chaussée.

Ce jour-là, quand elle s'était réveillée, sa mère n'était plus là. La fenêtre claquait, des bruits bizarres provenaient du grenier. Sa maman lui avait expliqué que c'étaient des planches qui craquaient. Pour Ha-yeong, ces bruits ressemblaient plutôt à des murmures. Comme si quelqu'un lui chuchotait à l'oreille. Effrayée, Ha-yeong était partie à la recherche de sa mère. Elle descendait l'escalier lorsqu'elle s'était brusquement arrêtée, voyant ses parents se disputer violemment.

Son père avait empoigné les cheveux de sa mère. Celle-ci se débattait désespérément. Il l'avait saisie par les bras pour l'immobiliser. Elle lui avait lancé un coup de coude dans le ventre et avait réussi à se libérer. Elle avait attrapé un vase et le lui avait lancé à la figure. Il l'avait de nouveau agrippée par les bras et l'avait giflée avec force. Sous la violence du choc, sa mère avait titubé mais avait tout de suite repris ses esprits. Elle avait mordu son bras de toutes ses forces, s'était enfuie vers la porte d'entrée. Son père, hurlant de douleur, s'était lancé à sa poursuite.

Ha-yeong les avait observés en cachette. En larmes, elle avait rejoint le salon, puis s'était dirigée vers la porte d'entrée. Des éclats de verre sur le sol s'étaient enfoncés dans la plante de ses pieds. Elle n'avait rien senti. Elle était sortie, le visage couvert de larmes. Elle n'avait qu'une idée en tête : retenir son père. À tout prix ! Sinon maman va mourir !

Au milieu du salon, Ha-yeong se rappela ce qu'elle avait vu au même endroit, quand elle avait cinq ans. Était-ce un rêve ? Était-ce la réalité ? Que s'était-il vraiment passé ? Elle franchit la porte d'entrée, comme onze ans auparavant.

Le vent secouait furieusement les branches qui semblaient pouvoir se rompre à tout moment. Le bruissement terrible des feuilles la terrifiait. Ha-yeong avait regardé autour d'elle. L'obscurité l'empêchait de voir où étaient ses parents. Elle avait ravalé ses larmes. Tous ses sens en alerte, elle avait scruté les environs.

Elle avait entendu des cris terribles et avait avancé dans cette direction mais, à cause de ses pieds blessés, elle avait du mal à marcher.

— Je vais te tuer !

La voix de sa mère semblait toute proche.

— Fais-le si tu peux ! avait rétorqué son père.

La foudre était tombée. Dans la lumière de l'éclair, Ha-yeong avait aperçu la silhouette de ses parents.

Ils se trouvaient au bord de la falaise, séparés du gouffre par la fragile clôture en bois. Son père étranglait sa mère, la poussant avec rage contre le garde-fou. Sa maman était à moitié dans le vide, sur le point de tomber.

Sous le choc, Ha-yeong s'était figée sur place, incapable de rien faire d'autre que de regarder son père s'acharner sur sa mère.

La foudre s'était de nouveau abattue avec un bruit terrible. La balustrade avait cédé, comme si elle n'avait attendu que ce moment. La mère de Ha-yeong avait perdu l'équilibre. Dans sa chute, elle avait désespérément tenté de se raccrocher aux bras de son mari.

— Maman !

Ha-yeong s'était ruée vers sa mère. Dans sa précipitation, elle s'était étalée de tout son long. Elle avait éclaté en sanglots. Elle ne comprenait pas très bien la situation, mais tout ce qu'elle savait, c'était que sa maman était en danger.

— Arrête, papa ! Arrête ! Sauve-la ! avait-elle crié.

Son père avait lâché le cou de sa mère, s'était défait de son étreinte. Ha-yeong avait vu sa mère tomber, engloutie par la pénombre.

Ha-yeong hurlait de toutes ses forces.

Son père, imperturbable, regardait en bas. Il ne semblait même pas avoir remarqué la présence de sa fille.

Quand elle reprit ses esprits, Ha-yeong se trouvait en face de la clôture, exactement là d'où sa mère était tombée. Elle tremblait de tout son corps mais continua à avancer. Elle était déterminée à entrer dans cette chambre de souvenirs dont son rêve lui avait ouvert la porte.

Que s'était-il passé ce jour-là ? Son père avait-il vraiment étranglé sa maman ?

Ha-yeong toucha la clôture qui branla sous sa main. Elle ne distinguait rien. Le bas de la falaise était plongé dans la pénombre. Ha-yeong, debout dans la tempête, était trempée de la tête aux pieds. Aucune importance. Tout ce qu'elle voulait, c'était retrouver la mémoire. Savoir ce qu'il s'était passé onze ans auparavant.

Elle était trop petite. Cela remontait à si longtemps… Aucun de ses souvenirs n'était clair. Impossible de distinguer la réalité du rêve ou de l'imagination. Ha-yeong se concentra tout à coup sur ses pieds nus. Elle se rappela quelque chose : les cicatrices qu'elle avait sur la plante des pieds.

Elle ne les avait pas oubliées. Elles s'étaient estompées au fil du temps, étaient maintenant presque invisibles, mais elles étaient toujours là. La preuve qu'elle n'avait pas rêvé était gravée sur son corps !

Un flot de souvenirs la submergea. Les bras douillets de sa mère, sa voix si douce… Comment avait-elle pu oublier tout ça ? Pourquoi lui ai-je donné ce verre de lait ? se demanda-t-elle.

Maman était souffrante, c'est tout. C'est à cause de papa qu'elle était si angoissée et difficile. Pourquoi ai-je fait ce qu'il m'a dit ?

— Ta mère ne va pas bien dans sa tête. Elle peut te faire du mal. Je m'inquiète trop pour toi, lui avait-il dit le jour où il lui avait remis la fiole de poison.

Ha-yeong secoua la tête.

— Papa… Tout est ta faute ! Tout ! cria-t-elle dans la pénombre.

Ses souvenirs et ses sentiments tourbillonnaient en elle. Combien d'horreurs étaient-elles encore enfouies dans son cœur ?

Ha-yeong, perdue dans ses pensées, ne remarqua pas que quelqu'un se précipitait vers elle en criant :

— Ha-yeong ! Non !

Elle sentit qu'on la prenait dans les bras.

— Maman… c'est toi ?

— Ça va maintenant. Ne t'inquiète pas.

C'était Seon-gyeong. Ha-yeong répéta ses paroles comme une formule incantatoire. « Ça va maintenant. Ne t'inquiète pas. »

Non, ça ne va pas, se dit-elle. Je ne vais pas bien. Je veux arracher tous ces souvenirs de ma tête !

Ha-yeong fondit en larmes quand Seon-gyeong se mit à lui caresser les cheveux.

— Qu'est-ce qu'il y a ? Pourquoi tu es ici ? Tu as fait un mauvais rêve ? demanda Seon-gyeong, inquiète.

Ha-yeong était incapable de répondre, de lui révéler ses souvenirs atroces.

— Allez, rentre. Sinon tu vas tomber malade.

Ha-yeong se laissa guider vers la maison. Ses pieds étaient couverts d'herbe et de boue. Une fois à l'intérieur, elle s'aperçut que ses lèvres tremblaient à cause du froid. Tout son corps frissonnait. Elle contempla ses mains grelottantes, puis se laissa entraîner dans la salle de bains par Seon-gyeong, complètement trempée elle aussi.

Seon-gyeong ouvrit le robinet, l'eau chaude coula à flots. Elle et Ha-yeong se réfugièrent sous la douche. Les larmes de l'adolescente se mêlèrent à l'eau. Seong-gyeong la prit dans ses bras. Ha-yeong eut l'impression de sentir ses sentiments fondre sous la chaleur. Si seulement ses souvenirs atroces pouvaient disparaître ainsi…

Seon-gyeong la recouvrit d'une grande serviette, comme un bébé, et sécha ses cheveux. Ha-yeong se laissait faire. Cette douche l'avait calmée, elle se sentait mieux. C'était aussi grâce aux larmes qu'elle avait versées.

Seon-gyeong ne lui posa aucune question. C'était mieux ainsi.

— Je vais me coucher, lança Ha-yeong.

Seon-gyeong la serra une dernière fois dans ses bras puis recula d'un pas. Dans l'escalier, Ha-yeong se retourna pour regarder sa belle-mère. Seon-gyeong l'observait d'un air inquiet, leurs regards se croisèrent. Ha-yeong esquissa un sourire. Elle se retint avec difficulté de se jeter dans ses bras.

— … Merci.

Après ce remerciement lourd de sens, Ha-yeong monta à l'étage.

Dans son lit, plus calme, elle fit un point sur ses souvenirs. Elle mit de côté tout ce qui restait encore dans le vague. Elle voulait se concentrer sur ce qu'elle se rappelait clairement, sur ce qu'elle avait vu ou entendu. Chaque scène qui resurgissait en appelait d'autres. Tous les souvenirs les plus sombres que Hui-ju avait essayé avec tant de mal de faire remonter à la surface émergèrent un à un.

La première pièce du puzzle était cette scène à laquelle elle avait assisté au bord de la falaise. Les cicatrices sous ses pieds en étaient la preuve. Dire qu'elle avait vécu tout ce temps sans se demander pourquoi elles étaient là… Marcher pieds nus jusqu'à la falaise l'avait aidée à y penser.

Pour la deuxième pièce du puzzle, Ha-yeong n'avait pas besoin de preuve. C'était un souvenir qu'elle essayait constamment de refouler.

Son cœur se serra. Quand elle pensait au jour où sa mère était morte, son sang se glaçait. Terrifiée, elle ferma les yeux.

La première tentative de son père pour tuer sa femme était tombée à l'eau. Il n'y avait cependant jamais renoncé. Il était parvenu à ses fins en manipulant sa fille.

D'aussi loin que Ha-yeong s'en souvienne, sa mère

se pliait toujours aux désirs de son père. Elle se coiffait, s'habillait ou cuisinait juste pour lui plaire. Mais il n'était jamais content. Quand sa mère, à bout, explosait, la maison devenait un véritable champ de bataille. Ha-yeong se réfugiait dans une armoire. Elle avait beau se boucher les oreilles, elle pouvait sentir les cris terribles de ses parents venir lui déchirer les tympans.

Elle avait été presque soulagée en apprenant leur divorce. S'ils ne se voyaient plus, ils ne se disputeraient plus ! Elle avait eu tort.

Après leur séparation, la mère de Ha-yeong avait véritablement pris en haine son ex-mari. Elle ne supportait plus sa fille qui était le portrait craché de son père. Ha-yeong n'avait d'abord pas compris pourquoi sa mère la détestait tant.

— Toi, t'es vraiment comme lui ! hurlait-elle, en lui flanquant de grandes claques dans le dos lorsque Ha-yeong ne finissait pas sa soupe.

Elle ne s'en était pourtant jamais plainte à son ex-mari. En revanche, elle ne ratait pas une occasion de réprimander Ha-yeong. Pour un verre oublié sur la table, pour des chaussures laissées dans le vestibule… Elle n'était jamais contente de sa fille.

Un jour, trop malheureuse, Ha-yeong lui avait crié : « Je te hais ! Je vais vivre avec papa ! » Un choc terrible l'avait ébranlée, elle avait manqué s'évanouir : sa mère l'avait giflée. Surprise, Ha-yeong n'avait d'abord pas pu dire un mot, puis elle avait fondu en larmes. Sa mère, elle aussi, avait été choquée de sa propre réaction. Elle avait pris sa fille dans ses bras, l'avait consolée. Mais le mal était fait.

Ha-yeong avait appelé son père. Elle lui avait tout

expliqué d'une voix tremblante. Il était venu la voir cette nuit-là.

Sa venue avait-elle été un déclic ? Depuis, sa mère était devenue de plus en plus violente. Parfois, elle buvait toute la journée jusqu'à ce qu'elle s'endorme. D'autres jours, elle pleurait devant sa fille. Ha-yeong était terrifiée.

Comment en était-elle arrivée là ? Si je n'avais pas appelé papa ce jour-là, maman serait peut-être toujours en vie ?

Ha-yeong se sentait responsable de la mort de sa mère. Elle avait refoulé tous ses souvenirs en lien avec elle pour qu'ils ne resurgissent jamais.

Si seulement je n'y avais pas versé le poison…, se répétait-elle.

Ha-yeong n'avait jamais voulu tuer sa mère. C'était le désir de son père. Tout était devenu clair quand Ha-yeong s'était rappelé d'où venaient les cicatrices sous ses pieds. C'est papa qui voulait tuer maman !

— Si ta mère te fait mal, mets ça dans son lait. Comme ça, elle s'endormira vite.

Je n'aurais jamais dû le croire ! Il n'a pas fait ça pour moi, mais pour lui ! J'étais son instrument. Une marionnette !

Enfant, Ha-yeong ne comprenait pas ce qu'elle faisait. Elle suivait aveuglément les ordres de son père, sans prendre conscience des résultats de ses actions.

Étendue sur son lit, absorbée dans ses pensées, Ha-yeong comprenait maintenant quel genre d'homme était son père. Une question restait en suspens : pourquoi avait-il voulu déménager dans cette maison ?

Des scènes qui l'avaient dérangée, qu'elle aurait

voulu oublier, lui revinrent à l'esprit. Notamment comment le visage de son père avait brutalement changé, une fois, en regardant Seon-gyeong. C'était le premier jour. Il lui avait rapporté du poisson grillé. À cause de l'odeur, Seon-gyeong avait eu la nausée et s'était précipitée dans la salle de bains. Son père l'avait regardée s'éloigner. Ses yeux brillaient d'une lueur qui avait donné la chair de poule à Ha-yeong.

Tout était clair maintenant. C'était le même regard qu'il jetait autrefois à sa mère. Seon-gyeong ne semblait pas percevoir ces changements.

Ha-yeong, tout en se rongeant les ongles, plongea plus profondément encore dans ses réflexions.

16

Seon-gyeong passa une nuit agitée. Il était neuf heures passées quand elle se réveilla. Son mari était déjà parti travailler. Lorsqu'elle ouvrit les rideaux, un soleil éblouissant se déversa dans la chambre.

Le ciel dégagé ne laissait pas deviner le passage de la tempête. Les nuages avaient-ils dégorgé tout ce qu'ils pouvaient ? Malgré ce beau temps, elle se sentait morose.

La veille, une fois Ha-yeong montée, Seon-gyeong avait doucement ouvert la porte de leur chambre pour ne pas réveiller son mari. Il dormait comme un bébé. La pluie et la douche chaude l'avaient, elle, complètement réveillée. Se coucher maintenant n'aurait servi à rien : elle n'aurait fait que se retourner dans son lit.

Elle s'était installée dans son bureau pour réfléchir à ce qui s'était passé plus tôt. Heureusement que je ne dormais pas, s'était-elle dit, soulagée. Autrement, je n'aurais pas entendu Ha-yeong sortir et je n'aurais pas pu la rattraper à temps.

Des livres ouverts s'étalaient sur son bureau. Certains parlaient de grossesse et d'accouchement ; d'autres, de la puberté. Seon-gyeong n'avait plus que ces trois choses en tête.

Elle avait emprunté ces ouvrages à la bibliothèque municipale après sa dernière visite chez le gynécologue. Elle avait même trouvé ceux dont lui avait parlé Hui-ju. Ravie, elle en avait emprunté un maximum, puis avait fait un tour dans une librairie pour compléter.

C'était toujours par les livres qu'elle abordait un sujet. Jusque-là, elle n'était sortie que pour aller chez le médecin. Mais, désormais, elle allait régulièrement à la bibliothèque et à la librairie, une manière de se familiariser peu à peu avec la région.

Depuis la scène avec Ha-yeong, elle avait perdu l'envie de lire. Elle avait compris qu'aucun de ces livres ne lui apprendrait grand-chose sur sa belle-fille. Qu'elle ne trouverait aucun conseil pour s'occuper d'une adolescente en crise, hurlant au bord d'une falaise, au cœur d'une tempête. Ha-yeong souffrait et Seon-gyeong ne comprenait pas pourquoi. C'était une question épineuse qu'elle ne pouvait pas poser directement à l'adolescente.

Seon-gyeong s'inquiétait sincèrement pour sa belle-fille.

Elle avait poussé un grand soupir, puis arpenté son bureau de long en large pendant plusieurs heures. Elle n'avait trouvé le sommeil qu'au petit matin.

Elle avait fait un cauchemar, mais celui-ci s'était volatilisé au contact des rayons du soleil.

Dans la cuisine, Mme Eom nettoyait des fruits de mer. Ses nausées étant maintenant derrière elle, Seon-gyeong n'était plus sensible à leur odeur.

— Bonjour ! Qu'est-ce que vous nous avez apporté aujourd'hui ?

— Des calamars. Ici, ce sont des poissons-crocodiles, et là, de grandes sérioles. Ce sont les poissons qu'on mange en été !

— Mais c'est beaucoup trop !

Il y en avait pour plusieurs jours au moins. C'était à peine croyable.

— Je suis allée au port ce matin, je les ai eus pour rien, expliqua Mme Eom. Les vendeurs donnent souvent à leurs habitués les poissons abîmés qu'ils auront du mal à écouler. Là, je vais préparer les grandes sérioles. Les poissons-crocodiles, je vais les surgeler ou les faire sécher au soleil.

Admirative, Seon-gyeong observa la sexagénaire s'affairer. Celle-ci avait des gestes habiles et précis, fruit de son expérience. Seon-gyeong tourna son regard vers la fenêtre. L'air était pur, le soleil éclatant.

Elle ouvrit la baie vitrée pour sortir sur la terrasse. Elle s'attendait à la retrouver couverte de feuilles et de branches arrachées par la tempête, mais le sol était impeccable. Mme Eom était sûrement passée par là.

Seon-gyeong fit le tour de la maison jusqu'à l'endroit où elle avait retrouvé Ha-yeong la veille, près de la clôture. Elle ignorait que la falaise était aussi abrupte. Attrapant la rambarde d'une main, Seon-gyeong regarda en contrebas. La falaise mesurait une dizaine de mètres. De petits arbres en occupaient le pied. Elle secoua la clôture. Elle paraissait fragile. Un frisson parcourut l'échine de Seon-gyeong. Si Ha-yeong s'était un peu plus appuyée dessus, cela aurait pu très mal finir.

Elle sentit la présence de quelqu'un derrière elle. Elle se retourna et découvrit un peu plus loin Mme Eom en train d'étaler les poissons sur un grand plateau en osier. Celle-ci remarqua Seon-gyeong tandis qu'elle s'apprêtait à rentrer.

— Vous ne l'avez pas encore fait réparer ? demanda-t-elle en s'approchant.

— Pardon ?

— Je vous avais dit de la faire réparer. Elle est trop vieille. Vous avez oublié ?

— Vous en avez parlé à mon mari ?

— Oui, avant votre déménagement et l'autre jour, quand on s'occupait de la fenêtre du grenier. Puisque le réparateur était là, j'ai dit à votre époux d'en profiter…

Après l'intrusion de la chauve-souris, ils avaient remis en état la moustiquaire du grenier. L'animal était sans doute entré par là. En revanche, son mari ne lui avait rien dit au sujet de la clôture. Si elle avait été au courant, elle aurait déjà fait le nécessaire.

Mme Eom secoua plusieurs fois la rambarde puis, tournant les talons, conseilla encore une fois à Seon-gyeong de s'en charger au plus vite. Elle marmonna ensuite quelque chose qui piqua sa curiosité :

— Et s'il y avait un autre accident ?

Seon-gyeong se précipita vers elle.

— Un autre accident ? Il s'est passé quelque chose ici ?

— Zut, vous m'avez entendue. J'ai dit ça comme ça. Laissez tomber.

— Vous voulez dire que quelqu'un est tombé ici ? Qui ça ? Et quand ? insista Seon-gyeong.

Mme Eom n'avait pas l'air d'avoir envie de parler. La jeune femme la supplia de lui dire la vérité. Hésitante, Mme Eom finit par lâcher le morceau :

— Ça s'est passé quand Ha-yeong était encore toute petite. Il y a environ dix ans. Sa mère est tombée ici.

Seon-gyeong ne s'attendait pas à cela. Elle regarda Mme Eom distraitement, sans trouver quoi dire. L'image de Ha-yeong la veille lui revint à l'esprit.

Voyant la réaction de Seon-gyeong, Mme Eom tenta de la rassurer :

— Elle n'est pas morte ce jour-là. Elle s'en est sortie avec les jambes cassées, si je me souviens bien. En tout cas, après ça, la clôture a été entièrement refaite. Si on y pense, ça fait maintenant plus de dix ans. Il est temps de la rénover.

— Comment est-elle tombée ?

— Je n'en sais rien, moi ! Demandez à votre mari, répondit la sexagénaire, embarrassée.

Mais son visage la trahissait. Elle savait quelque chose. Elle ne voulait tout simplement pas divulguer la vérité à Seon-gyeong.

C'est curieux, se dit celle-ci. Elle pensa à Mme An. La professeure de piano n'avait rien voulu lui dire non plus sur la mère de Ha-yeong. Elle lui avait conseillé d'interroger Mme Eom si elle souhaitait en savoir plus. Il s'est passé quelque chose dont personne ne veut parler devant moi, conclut Seon-gyeong.

Elle n'insista pas plus longtemps. C'était une discussion qu'elle devait avoir avec son mari.

Il rentra avant la nuit. L'été, les jours étaient certes plus longs, mais il avait fini son travail plus tôt que d'habitude. Il expliqua être passé à Sokcho.

— Chérie, tu voulais manger ça, pas vrai ? dit-il en

brandissant le sac d'une boulangerie très populaire dans la région.

Il fallait faire une heure de queue pour y acheter du pain. Bouche bée, Seon-gyeong prit le sac. Je lui ai déjà parlé de cette boulangerie ? se demanda-t-elle, perplexe. Non, impossible !

Elle n'aimait pas le pain. Elle n'était pas non plus du genre à se souvenir du nom d'une boulangerie, même réputée. Elle n'avait pas pu lui en parler. Avec qui la confondait-il ?

Elle secoua la tête pour chasser cette pensée. Il fallait se concentrer sur l'histoire de la clôture.

Après s'être changé, son mari se dirigea vers son bureau. Seon-gyeong l'interpella.

— Tu veux bien venir voir ?

Elle le conduisit à la clôture pour qu'il constate son état.

— Tu vois ? Elle pourrait s'écrouler à tout moment. Il faut qu'on appelle quelqu'un, non ?

Son mari secoua la rambarde. Il haussa les épaules.

— Pourquoi faire venir quelqu'un ? Je peux m'en occuper. Suffit de planter quelques piquets ici et là, répondit-il, les yeux fixés sur la clôture.

Il se tourna subitement vers sa femme.

— Pourquoi tu veux la réparer ? Tu ne viens jamais par ici.

Il avait raison. Sans Ha-yeong, elle ne serait jamais venue jusque-là. D'ailleurs, elle ne sortait presque jamais dans le jardin. Le jardinage n'était clairement pas sa tasse de thé. C'était principalement Mme Eom qui s'en occupait, ainsi que du petit potager.

— Mme Eom m'a dit que la tempête avait fait beaucoup de dégâts. Je suis sortie voir la clôture et je l'ai découverte dans cet état… Puis Mme Eom m'a parlé de la mère de Ha-yeong…

Une lueur s'alluma dans les yeux de son mari. Son visage se crispa.

— Elle t'a parlé de l'accident ? Qu'est-ce qu'elle a dit ? Pour qui elle se prend ? demanda-t-il d'une voix étrangement calme.

— Elle a juste dit qu'il y avait eu un accident. Une chute.

— Elle est folle ou quoi ? Pourquoi elle t'en a parlé ? s'emporta-t-il soudain.

Il se dirigea vers la maison tout en cherchant son téléphone dans sa poche.

— Bon sang ! Où est mon portable ? Cette folle ! Elle croit qu'elle peut se permettre de jaser sur le drame d'une famille qui n'est pas la sienne ?

Il comptait l'appeler pour la réprimander. Seon-gyeong tenta de le calmer.

— Elle n'a pas dit grand-chose. Elle voulait juste nous prévenir de l'état de la clôture pour qu'un autre accident ne se produise pas.

— Mais pourquoi elle t'a dit ça, à TOI ? cria-t-il, rouge de colère.

Il ne pouvait pas retenir sa fureur. Seon-gyeong était stupéfaite. Elle avait d'abord regretté d'avoir abordé ce sujet sensible, mais elle était maintenant agacée par la réaction de son mari.

— Pourquoi tu te mets dans cet état ? Mme Eom a dit quelque chose de mal ? Il y a quelque chose que je n'ai pas le droit de savoir, peut-être ?

Devant le ton ferme de sa femme, il reprit un peu ses esprits. Il poussa un grand soupir et se calma.

« Pourquoi tu deviens aussi sensible dès qu'on parle de ton ex-femme ? »

Cette question brûlait les lèvres de Seon-gyeong, mais elle préféra laisser tomber. C'était un sujet glissant. Une bombe qu'on ne pouvait pas manipuler au hasard. Quel détonateur avait-elle bien pu toucher pour que son mari explose ainsi ?

— Je ne compte pas te demander tous les détails de ton passé. Par contre, je ne comprends pas pourquoi tu t'énerves autant pour une simple histoire que j'ai apprise au hasard.

— Tu n'as rien à gagner à la connaître.

— Ce n'est pas une question de gagner quelque chose. C'est juste dans l'idée de prévenir un autre accident. À voir ta réaction, on dirait qu'il y a quelque chose que tu voudrais cacher.

Son mari était sans voix. Une main sur le front, il n'arrêtait pas d'aller et venir. Puis, l'air décidé, il s'approcha de Seon-gyeong et attrapa ses mains.

— Je n'aime pas me sentir obligé de te parler de mon ex-femme. Mais une fois pour toutes, je vais tout t'expliquer. Puisque c'est toi…

— …

— Tu te souviens que je t'avais dit qu'elle était instable ? C'est pour ça qu'on était venus vivre ici. Pour qu'elle se sente mieux. Mais elle n'aimait pas la maison. Elle disait que c'était comme une prison.

La nuit était maintenant tombée. Des insectes se mirent à voltiger autour d'eux. Seon-gyeong lâcha la main de son mari et agita les bras pour les chasser.

— Rentrons ! On va en parler à l'intérieur.

Elle fit un pas puis se tourna vers son mari. Ce dernier

pénétra dans la maison. Elle jeta un dernier regard à la clôture avant de le suivre.

En été, la nuit, la forêt était envahie d'innombrables insectes. Mais c'était surtout l'obscurité qui avait poussé Seon-gyeong à interrompre son mari. Dans la pénombre, les arbres ressemblaient à des monstres. Elle avait l'impression qu'ils lui jetaient un regard hostile.

Son mari sortit une bière du réfrigérateur et la versa dans un verre. Il l'avala d'un trait. Quand Seon-gyeong vint s'asseoir en face de lui, il reprit son histoire :

— Quelques jours à peine après notre emménagement, elle m'a demandé de retourner à Séoul. Je l'ai suppliée de rester encore un peu mais elle refusait de m'écouter. Tu ne sauras jamais… combien elle était douée pour m'énerver. Un jour, on a eu une violente dispute. J'étais rentré tard. Elle était ivre et la maison était sens dessus dessous.

Il secoua la tête comme pour chasser les images de cette nuit-là. Il reprit, fronçant les sourcils :

— Je n'en pouvais plus. J'ai crié, disant qu'elle pouvait faire ce qu'elle voulait. Qu'elle aille à Séoul, mais toute seule ! Qu'elle soit morte ou non, ça m'était égal ! À ces mots, elle a dit qu'elle préférait crever plutôt que de vivre dans cette maison. Elle est sortie en courant. Je ne la croyais pas mais, comme elle était ivre, j'étais inquiet. Je suis sorti pour la chercher. Et… elle était au bord de la falaise. Elle voulait sauter, j'ai essayé de l'en empêcher… Dans la mêlée, la clôture a cédé.

Seon-gyeong écoutait son mari en silence. Il paraissait revivre la scène.

— En fait, je n'allais jamais de ce côté-là. Je ne savais pas que la clôture était en si mauvais état.

— Elle voulait vraiment mourir ?

Son mari secoua la tête.

— Chaque fois qu'elle souhaitait attirer mon attention, elle menaçait de se suicider. Elle ne supportait pas que je m'intéresse à quelque chose d'autre qu'elle. C'est cet accident qui m'a décidé à divorcer.

Seon-gyeong se rappelait. Cinq ans auparavant, lorsqu'il avait ramené Ha-yeong pour la première fois, il lui avait raconté à peu près la même chose. Comment l'obsession de son ex-femme à son sujet avait gâché leur mariage, l'avait démolie elle-même. Une maniaque, voilà le portrait que son mari avait brossé de cette femme.

Seon-gyeong l'avait cru. Mais aujourd'hui sa confiance en lui s'était fissurée.

Si, la veille, elle n'avait pas vu Ha-yeong dans cet état, elle l'aurait cru cette fois encore. Mais l'adolescente avait dit, tout en se tordant de douleur :

— Papa… Tout est ta faute ! Tout !

Quand elle avait accouru vers sa belle-fille pour la sauver, elle avait bien entendu ses paroles, malgré le bruit de la tempête. Elle avait accusé son père.

Qu'avait-elle voulu dire par « tout » ? Seon-gyeong n'en savait rien. Il était cependant probable qu'elle lui reprochait la mort de sa mère. Peut-être même l'accusait-elle de son état mental et de ses tentatives de suicide ?

Une balle ne rebondit jamais toute seule. Il faut un stimulus pour entraîner une réaction.

Son mari avait parlé comme s'il n'avait rien fait de mal. Pourtant, si on y regardait de plus près, ses explications n'étaient pas si convaincantes. La méfiance de Seon-gyeong ne datait pas d'hier.

À l'hôpital, quand elle avait évoqué la possible tentative de meurtre de Ha-yeong, la réaction de son mari l'avait déçue. Son incrédulité l'avait stupéfaite. Il lui avait collé toutes sortes de preuves sous le nez, mais ce n'était pas lui qui avait vécu le drame !

Lorsque Seon-gyeong lui avait parlé du poison et du regard terrifiant de Ha-yeong, il avait eu une expression étrange. Elle n'avait pas non plus oublié l'attitude, si peu naturelle, de l'urgentiste.

— À quoi tu penses ? demanda son mari, angoissé de voir Seon-gyeong rester silencieuse.

Il tapotait la table.

— Comment ? Ah, pardon. J'avais la tête ailleurs.

— Ailleurs ? Où ça ?

— Ha-yeong n'est pas encore rentrée, et il fait déjà nuit !

Inquiète, Seon-gyeong regarda par la fenêtre. Tout était plongé dans l'obscurité. Elle alluma la lumière de la porte d'entrée.

Son mari n'était pas au courant de l'incident de la veille. Il dormait tranquillement tandis que sa fille souffrait et hurlait à l'endroit même où était tombée sa mère.

Seon-gyeong aurait voulu demander à Ha-yeong ce qui la tourmentait tant. Qu'est-ce qui l'avait poussée à sortir dans la tempête ? Que reprochait-elle à son père ? Elle avait tant de questions à lui poser. Elle décida d'attendre… D'attendre que Ha-yeong vienne lui parler d'elle-même.

C'était une des choses qu'elle avait apprises dans ces livres sur les adolescents. Attendre… Si on les approche trop brutalement, ils se réfugient dans leur coquille et n'en ressortent jamais. Mais si on attend, si on respecte leur zone de confort, ils sortent d'eux-mêmes et viennent spontanément vous parler. Les adultes ne doivent jamais les juger ni prendre de décisions à leur place. Ils doivent simplement leur prêter une oreille attentive.

Seon-gyeong ne voulait pas que Ha-yeong reste trop longtemps dans la pénombre. Elle pourrait bien finir par oublier comment en sortir…

17

Quand Ha-yeong entendit la voix d'Eun-su retentir derrière elle, elle comprit qu'elle n'avait pas été assez prudente.

Depuis qu'elle avait rêvé de sa mère, elle rentrait tard, prétextant réviser ses cours à la bibliothèque. La plupart du temps, elle se retrouvait sur la plage et y passait des heures à contempler la mer profonde et sombre.

Elle ne voulait pas rester à la maison. Plus exactement, elle ne voulait pas voir son père. Elle connaissait maintenant son vrai visage, cruel et impitoyable. Elle ne supportait pas l'idée de se retrouver au même endroit que lui.

À la bibliothèque, elle avait beau essayer de lire, elle avait toujours la tête ailleurs. Elle restait des heures à regarder la même page. Tout ce qu'elle avait vécu à cause de son père défilait sous ses yeux. La mer, en revanche, la réconfortait. Le sable était chaud ; la brise, venant du large, rafraîchissante. Les vagues déferlaient sans cesse. Grâce à elles, Ha-yeong oubliait un peu ses tourments. Malheureusement, ce n'était pas suffisant pour lui redonner le moral.

— Qu'est-ce que tu fous ici ?

Ha-yeong se sentit profondément agacée d'être ainsi

dérangée dans ses pensées. Elle n'était pas d'humeur à parler.

— Tu nous ignores, c'est ça ? lança une autre voix.

La reine des abeilles ne se balade jamais seule…, se dit Ha-yeong. Mi-na approcha, donnant des coups de pied dans le sable. Une fois devant Ha-yeong, elle se pencha pour la regarder bien en face.

— Te promener toute seule sur la plage la nuit, c'est dangereux. On ne t'a pas appris ça à Séoul ?

Eun-su s'avança à son tour et se posta juste devant elle. Il n'y avait pas de lampadaires sur la plage, mais Ha-yeong distinguait parfaitement leurs visages grâce à la clarté de la lune. Elles avaient des yeux de prédatrices prêtes à fondre sur leur proie.

Ha-yeong poussa un profond soupir et haussa les épaules. Oh, les filles…, pensa-t-elle. Vous ne voulez pas me laisser tranquille ? Vous ne m'intéressez plus. Amusez-vous entre vous. Mais ce murmure intérieur ne fut pas entendu.

Eun-su enfonça son pied dans le sable, puis le releva brutalement, aspergeant ainsi les jambes de Ha-yeong. Elle attendit la réaction de cette dernière. Toujours penchée vers sa proie, Mi-na attrapa une poignée de sable qu'elle lui lança dessus.

— Quand on croise quelqu'un, on dit bonjour, pigé ?

— Dégagez.

Cette réaction indifférente finit d'exaspérer Mi-na :

— Regarde comme elle parle ! C'est une connasse !

Tout ce que voulait Ha-yeong, c'était un peu de solitude. Elle comptait bien se débarrasser de ces deux harpies qui cherchaient les ennuis. Elle n'avait pas la force de jouer. Pas aujourd'hui.

— Je comptais partir, mais pas moyen ! Tu m'énerves trop ! lança Eun-su en s'inclinant vers elle et en prenant son expression la plus menaçante.

Une gamine de cet âge n'avait aucune chance d'intimider Ha-yeong. Un ricanement de mépris s'échappa de sa bouche.

— Tu oses rigoler ?

— Si vous avez un truc à me dire, faites-le et cassez-vous.

— Regarde comment elle nous parle ! Tu te prends pour qui ?

— Arrêtez de faire les gamines. Vous êtes pathétiques…

Des flammes de fureur s'allumèrent dans les yeux d'Eun-su. Ha-yeong n'eut pas le temps de finir sa phrase. Eun-su l'attrapa par les cheveux et la tira brutalement en arrière. Surprise, renversée sur le sol, Ha-yeong ouvrit la bouche par réflexe. Comme si elle n'avait attendu que ça, Eun-su prit une poignée de sable qu'elle fourra dans la bouche de son ennemie. Ha-yeong suffoqua.

Elle toussait tout en se débattant, tentant désespérément de cracher le sable. Eun-su et Mi-na se mirent à la rouer de coups de pied. Tête, ventre, jambes… aucune partie de son corps ne fut épargnée. Ha-yeong ne savait plus où elle était. Le sable crissait sous ses dents. Elle respirait à peine.

— Qu'est-ce que vous voulez ? cria-t-elle.

Eun-su dégaina son portable, chercha quelque chose et le lui montra.

Les yeux enflammés par le sable, brouillés par des larmes de douleur, Ha-yeong distingua une photo d'elle et Ji-hun. Elle avait été prise la semaine dernière sur la plage de Yangyang. Quelqu'un avait dû les surprendre et envoyer une photo à Eun-su. Tous les gamins des environs avaient grandi ensemble et s'épiaient les uns les autres.

— Si tu le contactes encore une fois, je te tue.

Un petit rire s'échappa de nouveau de la bouche de Ha-yeong. J'avais juste besoin d'un chauffeur, se dit-elle pour elle-même. J'avais quelque chose à vérifier à Yangyang. Désolée de te décevoir, mais Ji-hun n'est pas mon style.

— Tu rigoles encore ? grinça Eun-su en lui lançant un nouveau coup de poing.

Rien ne se passait à l'intérieur de Ha-yeong. L'étincelle nécessaire pour riposter ne s'allumait pas en elle. Elle ne faisait absolument rien pour se protéger. Au contraire : la douleur qui lui transperçait le corps lui permettait d'oublier les problèmes qui la hantaient depuis plusieurs jours.

— Tu n'es rien ! Hors de ma vue ! hurla Eun-su.

Ha-yeong avait déjà entendu cette phrase. « Hors de ma vue ! » Oui, c'est un truc que papa m'a déjà dit. Pourquoi il me déteste autant ? Car je connais son secret ! Et toi, Eun-su, quel est le tien ?

Depuis toujours, Ha-yeong était terrifiée par une chose : elle devinait la présence de quelqu'un d'autre en elle. Cette créature assoupie attendait son heure. Jusqu'à présent, elle avait réussi tant bien que mal à la refouler au plus profond d'elle-même. Mais cette phrase jetée au hasard par Eun-su venait de mettre le feu aux poudres.

Des étincelles se mirent à crépiter en elle. Ne me provoque pas ! Non… Trop tard ! Le feu avait pris.

Ha-yeong tâtonna à la recherche de son sac. Posant enfin la main dessus, elle le tira à elle pour l'ouvrir. En fouillant, elle effleura un objet métallique : son couteau. Elle empoigna son manche en frissonnant.

Elle se souvint de la fois où elle avait tailladé le serpent. Elle le revoyait se tordre, agoniser en souffrant. Malgré sa tête réduite en bouillie, tout le corps du reptile avait continué à se contorsionner de douleur.

J'avais ressenti quoi, déjà, en poignardant ce type ? se demanda Ha-yeong. Son cœur s'emballa quand elle se rappela la nuit où elle avait enfoncé un couteau dans le ventre de Lee Byeong-do. Une sensation intense, incomparable avec l'épisode du serpent.

Eun-su, tu aurais dû m'écouter quand je t'ai dit de partir. Maintenant… c'est trop tard.

Au moment de dégainer son arme et de se ruer vers Eun-su, Ha-yeong vit le corps de celle-ci soulevé dans les airs puis balancé à terre. Interdite, Mi-na recula de quelques pas.

— Qu'est-ce que tu fous ? hurla Ji-hun en se mettant devant Ha-yeong.

— Vous… vous vous étiez donné rendez-vous ? balbutia Eun-su, incrédule.

Elle n'en revenait pas de le voir ici. Plus encore qu'il l'ait jetée au sol, elle était furieuse de constater qu'ils avaient prévu de se rencontrer.

Ji-hun ne la contredit pas. Il la transperça du regard puis se tourna vers Ha-yeong. Il secoua le sable de ses cheveux et de ses vêtements, puis souleva son sac.

Ha-yeong rangea discrètement son couteau. Elle attrapa la main de Ji-hun. La douleur traversait tout son corps mais elle était capable de marcher.

Mi-na s'approcha d'un bond d'Eun-su pour l'aider à se relever.

— Eun-su, tu n'as rien ?

Au lieu de répondre, celle-ci écarta son amie et se précipita vers Ji-hun pour lui barrer la route.

— C'est quoi ? Vous êtes quoi, tous les deux ? Réponds-moi.

— Rentre chez toi. Arrête ce genre de conneries..., rétorqua Ji-hun en se dirigeant vers la route.

Eun-su repoussa Ha-yeong et attrapa le bras du garçon.

— Réponds ! Pourquoi tu te balades avec cette pétasse ?

— Quand est-ce que tu vas arrêter ces conneries ? Tu n'en as pas marre ? lança Ji-hun en la bousculant violemment.

Cette scène de ménage irritait particulièrement Ha-yeong. D'ailleurs, elle n'avait jamais eu rendez-vous avec lui aujourd'hui. Depuis qu'il avait découvert qu'elle se promenait sur la plage le soir, il venait parfois la rejoindre. Ha-yeong l'écoutait parler, discutait un peu avec lui, mais c'était tout. Cette querelle ne la concernait pas. Exaspérée, elle tourna les talons.

Soudain, les portables des trois adolescents sonnèrent en même temps. Ji-hun fut le premier à décrocher :

— Comment ? On a découvert le cadavre ?

Ils avaient l'air d'avoir complètement oublié la présence de Ha-yeong. Ils se regardèrent les uns les autres puis se rapprochèrent comme des aimants.

— Sois plus clair, bordel !

Eun-su et Mi-na collèrent leurs oreilles contre le portable de Ji-hun.

Ha-yeong les observait. Encore une seconde plus tôt, ils se disputaient. Maintenant, ils avaient l'air d'être les meilleurs amis du monde. Ils étaient tous suspendus à la voix à l'autre bout du fil. À un moment, Ji-hun sentit que Ha-yeong les regardait avec curiosité. Il détourna la tête et parla comme si de rien n'était :

— OK, j'arrive. On se voit devant le gymnase.

Les trois adolescents se mirent en route sans jeter un regard vers Ha-yeong.

— Le cadavre ? De qui vous parlez ?

Ji-hun s'arrêta. Il se retourna vers Ha-yeong, hésita, puis ouvrit la bouche :

— Tu ne la connais pas. Yu-ri, la fille qui était dans notre classe… On l'a retrouvée morte.

Tout en l'écoutant, Ha-yeong scruta un à un les visages de ses camarades. Ils étaient tous crispés.

Ji-hun se remit en route, jugeant qu'il en avait assez dit. Eun-su et Mi-na lui emboîtèrent le pas. Ils disparurent ensemble dans l'obscurité.

Restée seule sur la plage, Ha-yeong se contenta d'écouter le bruit des vagues et du vent.

On a beau chercher à cacher un secret, il se dévoile un jour. Si profond soit-il enfoui, il émerge toujours, affichant son sourire cruel.

Comme le secret de papa. Comme celui de Ji-hun et Eun-su.

Ha-yeong se demanda : Yun Ha-yeong, c'est quoi ton secret ? Tu l'as bien caché ?

IV

18

Deux mois s'étaient écoulés depuis la découverte du corps de Yu-ri lors des travaux de démolition d'un immeuble situé près du collège Gangmun.

Le chantier avait aussitôt été suspendu. A contrario, le commissariat de la région ne savait plus où donner de la tête. À l'école, certains élèves colportaient des nouvelles dont les journaux ne parlaient pas encore.

Ils racontaient par exemple que sans ces travaux on n'aurait jamais découvert le corps ; que la dépouille avait été abîmée par la tractopelle ; que sa décomposition était si avancée que l'enquête serait difficile ; que la mère de Yu-ri était allée au commissariat pour faire un scandale, qu'elle s'en était pris aux policiers qui avaient refusé de prendre en charge la disparition de sa fille.

La police était venue une première fois inspecter l'école. Puis, un matin, deux agents vinrent interroger les élèves individuellement.

Ils demandèrent à Dan-bi si elle savait pourquoi Yu-ri était partie. Non, aucune idée, mentit-elle, n'hésitant pas non plus à dire qu'elle ignorait que Yu-ri avait été victime de harcèlement. Comme s'ils s'étaient mis tous d'accord, les élèves gardaient le silence face aux questions de la police, prétendant n'être au courant de rien. Les enquêteurs se trouvaient dans une situation difficile.

Ha-yeong, ayant intégré le collège plusieurs mois après la disparition de Yu-ri, fut la seule à ne pas être interrogée. Elle observait les élèves revenir un à un de leur entrevue avec les policiers. Dan-bi entra dans la salle, croisa le regard de Ha-yeong mais détourna aussitôt les yeux. Une autre fille se précipita vers elle pour lui demander comment l'entretien s'était déroulé. Dan-bi l'envoya promener. Elle ne cessait de jeter des regards furtifs vers Ha-yeong. Au bout d'un moment, elle explosa :

— Pourquoi tu me fixes comme ça ?

Ha-yeong la dévisagea en silence. Surprise par sa propre voix, Dan-bi hésita un instant puis fondit en larmes, plongeant son visage entre ses mains. L'entretien semblait l'avoir beaucoup éprouvée. L'atmosphère dans la salle s'alourdit encore un peu.

Convoquée à son tour, Eun-su se leva, flanquant au passage un coup de pied dans la table de Dan-bi.

— Si tu veux chialer, sors. Tu déranges tout le monde.

— Depuis quand tu t'occupes des autres ? hurla Dan-bi, les yeux pleins de larmes.

Elle se leva brutalement, prête à sauter sur Eun-su. Mi-na fut plus rapide et la repoussa avec force, la faisant tomber par terre.

— Elle est complètement tarée ! Pourquoi tu chiales ici ? Tu emmerdes tout le monde ! C'est pour ça qu'on te demande de sortir. Il y a quelque chose de mal à ça ?

Mi-na accompagna Eun-su. Les autres élèves détournèrent le regard, comme s'il ne s'était rien passé.

Ha-yeong tendit la main à Dan-bi pour l'aider à se relever. Celle-ci l'accepta et se remit debout en essuyant ses larmes. Elle se rassit à sa place, prenant un air aussi serein que possible. Ha-yeong se souvint de ce qu'elle avait lu dans le journal de Yu-ri : « Personne ne prend ma défense. S'il y avait une seule personne pour dire "Stop !", je ne me sentirais pas aussi seule. Je serais moins triste… »

Eun-su et Mi-na revinrent de leur entretien en pouffant de rire. Avaient-elles passé un bon moment ?

Voyant que Ha-yeong l'observait, Eun-su parada devant elle, le menton levé bien haut.

Depuis leur rencontre sur la plage, Eun-su laissait Ha-yeong tranquille. Elle ne la provoquait plus, ne s'approchait même pas d'elle. Ji-hun lui avait-il parlé ? Ou était-ce parce que Ha-yeong gardait une certaine distance avec lui ? Aucun moyen de le savoir.

Depuis la découverte du cadavre de Yu-ri, Ha-yeong ne s'intéressait plus à l'affaire. Résolu, un mystère n'a plus aucun intérêt. Bien sûr, elle était curieuse de savoir comment tout allait se dénouer. Mais elle ne faisait désormais plus partie du jeu. La balle était dans le camp des adultes.

Après ces interrogatoires, les élèves oublièrent peu à peu Yu-ri. Ils avaient d'autres chats à fouetter : l'examen de fin de semestre, très important pour leur entrée au lycée, approchait.

Contrairement à ses camarades, Ha-yeong se désintéressait totalement de ses études. Elle en avait perdu le goût. Trop de pensées venaient la distraire. Ce qui l'obsédait par-dessus tout, c'étaient ces souvenirs que Hui-ju avait tenté en vain de faire resurgir lors de leurs entretiens. La mémoire de Ha-yeong était comme trouée. Depuis qu'elle avait rêvé de sa mère, elle tentait désespérément de remplir ces espaces vides qui constellaient son passé. Elle ne pouvait plus se concentrer sur autre chose.

Le lendemain de l'examen, la mère de Yu-ri apparut devant l'école.

Un bidon d'essence dans chaque main, elle pénétra dans le bâtiment principal. Il n'y avait personne dans le couloir : tout le monde était en classe. Ouvrant le premier bidon, elle aspergea d'essence les casiers en bois des élèves, puis se dirigea vers la classe de sa fille.

Arrivée devant la classe de troisième B, Mi-jin versa de l'essence sur les deux portes de la salle. Elle ouvrit ensuite la seconde barrique. Elle prit une profonde inspiration puis entra. Mme Roh et les élèves se tournèrent vers elle tout d'un bloc. Mi-jin leur jeta un regard noir.

Vous ! pensa-t-elle, c'est vous qui avez fait souffrir ma fille !

Imaginer Yu-ri battue jusqu'à ce que ses jambes soient couvertes d'ecchymoses, que son uniforme soit imbibé de sang, la rendait folle de rage.

— Vous êtes la maman de Yu-ri ? Que faites-vous ici ? Vous ne pouvez pas entrer comme ça, on est en classe ! cria Mme Roh, surprise par cette intrusion.

Mi-jin déversa de l'essence aux quatre coins de la salle, comme si elle n'avait rien entendu.

— Mais qu'est… qu'est-ce que vous faites ?

Reconnaissant l'odeur, la professeure se jeta sur

Mi-jin pour lui arracher le bidon des mains. Dans la mêlée, les deux femmes se retrouvèrent trempées d'essence. Mi-jin lui jeta la barrique à la figure, puis hurla vers les élèves tétanisés, en grinçant des dents de colère :

— C'est vous qui l'avez tuée, pas vrai ? Vous êtes tous des assassins. Vous croyez que je ne le sais pas ?

Mi-jin attrapa un livre sur la table devant elle et en déchira les pages. Elle sortit un briquet de sa poche qu'elle alluma. Les élèves, comprenant enfin ce qui se passait, se ruèrent vers la porte arrière en hurlant. Fermée.

Mi-jin mit le feu au livre et le jeta par terre. Les flammes se répandirent en un éclair dans la salle, dévorant tout, les tables, les livres, les sacs.

Mme Roh tenta de s'enfuir par la porte de devant, mais Mi-jin prit un cahier en feu et le lança dans le couloir. Des flammes s'élevèrent aussitôt. Chaleur, fumée noire et cris des élèves, la salle était devenue un véritable enfer.

Ji-hun s'acharnait sur la porte arrière pour l'ouvrir. Il décida de la défoncer. Se jetant sur elle, une douleur atroce traversa son épaule, mais il parvint à la faire céder. Tous les élèves s'engouffrèrent par la brèche. Le couloir était en feu mais, en se dépêchant, ils pourraient sortir du bâtiment.

L'alarme incendie retentissait avec un bruit étourdissant, quelques enseignants tentaient d'éteindre le feu avec des extincteurs. Les élèves, complètement désorientés, s'éparpillaient dans tous les sens, formant une grande foule désordonnée. Heureusement, quelqu'un trouva l'issue de secours et tous purent sortir du bâtiment sains et saufs.

Ha-yeong n'avait pas bougé de sa table.

Depuis qu'elle avait vu Mi-jin entrer dans la salle et actionner le briquet, elle était paralysée. Sous ses yeux, tout avait commencé à bouger au ralenti. Dans le brouhaha causé par la panique, Ha-yeong était restée hypnotisée par les flammes qui dansaient devant elle. Elles l'avaient ramenée dans un passé lointain. Plus le feu s'intensifiait, plus sa mémoire devenait claire.

Oui, cela a commencé ainsi. C'était plus simple que je ne l'avais cru.

Il y avait pas mal de choses dangereuses à la maison. Le gaz dans la cuisine, les mégots mal éteints de grand-père… On avait évité l'incendie de justesse plusieurs fois. Le plus dur avait été de déplacer les corps de papi et mamie. Surtout lui, il était beaucoup plus lourd que je l'avais imaginé. J'avais versé de l'huile sur le sol. Mamie m'avait dit une fois que l'huile de cuisson était aussi inflammable que l'essence.

Le feu a envahi toute la maison très rapidement. J'étais impressionnée par la chaleur qu'il dégageait. Les flammes étaient plus belles que des fleurs. Mon cœur battait très fort. Mon corps frissonnait. Mais je ne pouvais plus rester à l'intérieur. Sinon j'allais mourir brûlée.

Je suis sortie par la petite porte à côté de ma chambre. C'était très simple puisque j'avais tout prévu. Mon ours en peluche ! J'avais failli l'oublier.

J'étais retournée dans la chambre pour le récupérer.

Ha-yeong suffoquait. La chaleur des flammes toutes proches lui léchait le corps. Mais le plus à craindre était la fumée noire que dégageait la combustion des rideaux et des matériaux en plastique. Ha-yeong se mit à tousser. À ce moment, elle sentit un vêtement mouillé recouvrir son corps. Elle releva la tête. C'était Ji-hun, un mouchoir couvrant son nez et sa bouche.

— Vite ! C'est dangereux !

Lorsqu'il la tira par la main, Ha-yeong reprit ses esprits. Avant de sortir, elle aperçut Mi-jin, debout au milieu de la salle en feu, le regard vide.

Ha-yeong repoussa Ji-hun pour se précipiter vers elle. Elle la recouvrit avec le vêtement mouillé qu'elle portait et la tira vers la porte. Mi-jin, revenue à elle, saisit brusquement la main de Ha-yeong, comme si elle venait de comprendre quelque chose.

— C'était toi ? Toutes ces photos, c'est toi qui me les as envoyées ?

— Ha-yeong, dépêche-toi ! Il faut qu'on sorte d'ici ! cria Ji-hun.

Ha-yeong n'entendait rien. Elle ne voyait rien d'autre que le regard désespéré de Mi-jin.

En l'espace d'une seconde, elles échangèrent d'innombrables sentiments.

— Allons-y. Je vais tout vous raconter, dit Ha-yeong en l'entraînant par la main.

— Non, maintenant, c'est trop tard. Tout est fini ! hurla Mi-jin en la repoussant.

Elle recula de quelques pas. Ses vêtements prirent feu. Imbibés d'essence, ils s'enflammèrent en un éclair. Mi-jin se débattit, poussant un hurlement de douleur, avant de s'effondrer à terre, immobile.

Ha-yeong tendit la main vers elle, mais Ji-hun la retint. C'était trop dangereux. Ha-yeong se laissa guider par son camarade. Avant de sortir de la salle, elle se retourna pour regarder Mi-jin une dernière fois.

Sans s'en rendre compte, elle se retrouva dehors. Tout ce qu'elle garda en mémoire, c'était la main de Ji-hun, qu'elle avait serrée fort. Une fois sur le terrain de sport, elle put enfin respirer. Elle toussait, encore et encore, pour cracher la fumée noire de ses poumons. Les autres élèves accueillirent les derniers rescapés par une salve d'applaudissements. Dan-bi courut vers eux pour leur tendre une bouteille d'eau.

— Tout va bien ? demanda-t-elle à Ha-yeong.

Celle-ci hocha la tête en guise de réponse et se retourna, les yeux brouillés de larmes, vers le bâtiment dévoré par les flammes.

Les pompiers arrivèrent rapidement et réussirent à maîtriser l'incendie. La classe de troisième B était la seule pièce encore en flammes. Les blessés furent transportés à l'hôpital.

Des ambulances et de nombreux autres véhicules étaient garés pêle-mêle devant l'école. Les parents d'élèves avaient accouru dès qu'ils avaient appris la nouvelle. Certains enfants se jetèrent en pleurant dans les bras de leurs parents.

Ha-yeong traversa le terrain de sport pour se diriger vers chez elle. Elle n'avait qu'une idée en tête : « Il faut te sauver ! Ne te laisse pas rattraper par le feu ! »

Elle était persuadée que si elle restait plus longtemps, elle finirait par tendre la main vers les flammes sans même s'en rendre compte. Elle était comme hypnotisée par l'incendie, écrasée par sa puissante chaleur. Elle aurait voulu s'approcher un peu, mais elle savait d'instinct qu'elle pourrait perdre tout contrôle d'elle-même.

Danger ! Ha-yeong réalisa qu'elle était comme en équilibre au bord de l'abîme.

Elle réfléchissait à tout cela en marchant le long de la route côtière. Elle ne s'aperçut même pas qu'on venait de la prendre dans les bras. C'était Seon-gyeong.

— Ça va ? Tu n'as rien ? lui demanda-t-elle, tout en lui caressant les cheveux.

La jeune femme avait dû apprendre la nouvelle. Ha-yeong vit sa voiture derrière elle. Seon-gyeong n'avait même pas pris la peine de fermer la portière.

Sans savoir pourquoi, Ha-yeong se sentit enfin rassurée. Ses jambes vacillèrent. Elle se jeta dans les bras de sa belle-mère, comme si elle s'écroulait. Seon-gyeong manqua de tomber mais se ressaisit aussitôt pour la rattraper. Son ventre les empêcha de s'embrasser plus longtemps. Ha-yeong se dégagea de cette douce étreinte.

— On va voir un médecin, dit Seon-gyeong en se dirigeant vers la voiture.

Elle était inquiète à cause du visage de Ha-yeong rougi par la chaleur, de l'odeur de brûlé qui semblait émaner du corps de sa belle-fille.

— Non, ça va. Je n'ai rien. Je veux rentrer.

Seon-gyeong hésita un instant puis hocha la tête. Une ambulance passa à toute allure, crachant une sirène assourdissante. Seon-gyeong tourna son regard en direction de l'école. Une épaisse fumée noire s'élevait dans le ciel.

— Tu sais comment le feu a commencé ?

Ha-yeong monta dans la voiture sans répondre. Elle savait mieux que quiconque comment l'incendie avait éclaté, mais elle ne voulait rien dire pour le moment. Elle savait que c'était elle qui avait poussé le premier domino de la série. Elle n'avait pas prévu que les choses prendraient une tournure aussi dramatique.

— Rentrons.

Voyant sa belle-fille épuisée, Seon-gyeong fit démarrer la voiture sans attendre.

Ha-yeong monta directement dans sa chambre. Son corps s'était vite refroidi dans l'air frais de novembre. Elle ferma la porte à clé puis grimpa dans le grenier.

Le sac de Yu-ri était tapi dans l'ombre, attendant sa propriétaire qui ne viendrait jamais. Ha-yeong ouvrit la poche latérale et attrapa le portable de la défunte. Elle regarda l'appareil un long moment avant de l'allumer. L'écran d'accueil apparut, puis le fond d'écran : une photo de Yu-ri prise sur une plage. Les sourcils légèrement froncés, peut-être à cause du soleil, elle regardait en face d'elle, avec un visage sans expression.

Ha-yeong était dubitative. Avait-elle eu tort d'envoyer les photos de Yu-ri à sa mère ?

Ce jour-là, Ha-yeong était d'une humeur massacrante : elle avait raté ses examens de fin de semestre. Ce n'était pas une surprise tant elle n'avait pas réussi à se concentrer sur ses révisions. Sur la route de la maison, tandis qu'elle marchait d'un pas lourd, elle avait remarqué la mère de Yu-ri assise au bord de la mer. Peut-être que rien ne serait arrivé si elle ne l'avait pas vue.

Mi-jin tenait une bouteille de soju à la main qu'elle portait de temps en temps à sa bouche. Tantôt elle contemplait la mer, tantôt elle sanglotait. Ha-yeong l'avait espionnée jusqu'à la tombée de la nuit, puis avait fini par rentrer.

Elle avait soudain eu l'idée de remettre les affaires de Yu-ri à sa mère. Elle avait rangé les vêtements ainsi que le journal dans le sac. Elle avait ensuite attrapé le portable de Yu-ri, sans réfléchir. Elle l'avait rechargé pour voir s'il marchait puis l'avait allumé. Le téléphone était encore en service. La mère de Yu-ri devait sûrement toujours payer les factures dans l'espoir de recevoir un appel ou un message de sa fille.

Ha-yeong avait fouillé dans la galerie photo et découvert le quotidien des violences qu'avait subies Yu-ri. Des photos de ses bras, de ses jambes ou de son ventre couverts de bleus, d'autres de son visage maculé de sang. Il y avait aussi des clichés de son uniforme imbibé de sang, des gribouillages qui constellaient son bureau de classe. Ha-yeong avait reconnu un poisson gravé au cutter à côté duquel était inscrit « Tu pues ! » au stylo. Elle ne pouvait pas imaginer dans quel état d'esprit Yu-ri avait pris ces photos. En revanche, sa solitude était palpable.

Ha-yeong avait ensuite lu les messages envoyés par la mère de Yu-ri. Le temps passant, ils s'espaçaient mais devenaient de plus en plus désespérés. Ayant lu celui où elle implorait sa fille de lui écrire, ne serait-ce qu'une fois, Ha-yeong, sous le coup d'une impulsion, lui avait envoyé un message.

Mais aussi les photos qui expliquaient la véritable raison de sa fugue…

Ha-yeong pensait que la mère de Yu-ri avait le droit de savoir.

Ha-yeong se rappela le regard de Mi-jin au milieu des flammes. Le regard inerte et sombre d'une mère qui avait perdu son enfant. « C'est trop tard. Tout est fini ! » Ha-yeong regretta que Mi-jin n'ait pas lu le journal de sa fille. Si elle l'avait fait, aurait-elle tout de même mis le feu ? Peut-être aurait-elle d'abord fait son *mea culpa*.

Grâce aux flammes, Ha-yeong avait pu se remémorer ce qu'elle avait oublié au cours de ces dernières années.

Papi et mamie… elle ne se souvenait pas bien de leurs visages. Elle n'avait d'ailleurs aucune raison de le vouloir. Ces quelques années passées avec eux avaient été infernales. Toutes leurs paroles, cruelles et horribles, étaient parties en fumée avec la maison.

Au début, elle avait tout fait pour bien s'entendre avec eux. Elle savait que son père leur envoyait régulièrement de l'argent. Ils étaient pourtant horriblement avares ; à tel point qu'une fois ils n'avaient pas hésité à lui frapper violemment le dos, parce qu'elle avait essayé d'attraper une banane sur la table. Ils lui avaient également flanqué des coups dans les côtes. Comment osait-elle croire qu'elle méritait ce fruit ? Jamais contents, ils lui lançaient dessus tout ce qui leur tombait sous la main. Sans compter les insultes qu'ils lui adressaient. Ha-yeong voulait les oublier. La violence physique qu'elle avait dû endurer avait été moins terrible que la violence verbale. Elle en avait été profondément blessée. Et durant très longtemps.

Une blessure physique peut être vue par tous ; une plaie au cœur n'est connue que par celui qui en souffre. Et si la famille en est la cause, cette blessure se double de désespoir.

Ha-yeong n'avait pas voulu se laisser abattre. Elle avait refusé de souffrir pour quelque chose qu'elle n'avait pas choisi. Elle avait mis le feu. Pour avoir ce qu'elle voulait. Dans l'espoir de pouvoir tout recommencer à zéro, elle avait réduit cette maison en cendres.

Elle se rendit compte qu'une fois encore elle se trouvait face au même choix.

Elle aurait aimé s'enfuir, mais les flammes lui léchaient déjà le cœur.

19

Le temps devenait de plus en plus épouvantable. Les températures étaient restées douces jusqu'à la fin de l'automne mais, avec l'arrivée de l'hiver, un vent glacial balayait la région et ses arbres dénudés. Le climat dévoilait son vrai visage.

Seon-gyeong se réveillait souvent à cause d'un courant d'air froid. Elle pouvait alors entendre toute la maison grincer. Parvenue au dernier mois de sa grossesse, elle manquait de sommeil. Et ce vent hivernal et bruyant n'arrangeait rien.

Son gros ventre la gênait pour respirer. Elle se sentait souvent étouffée, même en dormant. Réveillée en pleine nuit, elle se massait les mains et les pieds en pensant à sa mère. Si celle-ci avait été encore en vie, elle aurait pu lui apprendre beaucoup de choses. Seon-gyeong aurait pu lui confier son angoisse de devenir maman.

Depuis quelque temps, elle était au plus mal. La nuit, elle ne cessait de se tourner et se retourner dans son lit, à tel point que son mari dormait dans son bureau depuis un mois. Seule, elle se sentait un peu plus à l'aise, mais le sommeil la fuyait toujours. Sa grossesse l'épuisait.

Ce jour-là, Seon-gyeong avait réussi à dormir deux heures au lever du jour. Réveillée par du bruit, elle se dirigea vers la cuisine. Mme Eom était en train de préparer des choux pour faire du *kimchi*. Seon-gyeong lui confiait désormais toutes les tâches ménagères.

— Vous êtes déjà là ? lui lança-t-elle en se dirigeant vers la salle de bains.

Tout en prenant sa douche, elle regarda son corps dans le miroir. Elle n'en crut d'abord pas ses yeux, et nettoya la glace embuée pour mieux s'observer. Les vergetures de son ventre ressortaient nettement. Elle avait pourtant pris un soin particulier dans l'espoir de les éviter, utilisant pour cela une crème spéciale. Cela n'avait pas suffi pour contenir l'étirement brutal de sa peau. Elle se sentit encore plus déprimée.

Une fois sa douche terminée, elle se changea et porta son linge sale à la buanderie. Dans la machine se trouvaient déjà quelques vêtements de son mari. Celui-ci n'avait pas pris soin de séparer le blanc de la couleur et y avait aussi mélangé ses sous-vêtements. Seon-gyeong les ressortit, les tria puis les remit dans la machine. Elle se rendit soudain compte qu'elle n'avait pas encore rangé les vêtements d'été. Elle décida de s'en charger au plus vite.

Comme c'était le jour de sa visite médicale, elle allait en profiter pour déposer quelques habits au pressing. Elle sortit de l'armoire les vêtements de son mari – vestes, chemises, pantalons – et en vida les poches. Elle ne trouva que quelques billets, un mouchoir et une carte de visite. Elle glissait ces vêtements dans un sac quand elle marcha sur quelque chose. Des grains de sable.

D'où venaient-ils ? Curieuse, Seon-gyeong prit le pantalon et le secoua. Du sable tomba par terre. Elle vérifia alors la carte de visite qu'elle avait découverte un instant plus tôt :

« Blue Marine, école de surf à Yangyang ».

Seon-gyeong sortit de la maison après avoir pris congé de Mme Eom.

Le médecin lui demanda si elle n'avait rien à signaler depuis sa dernière visite et fit une échographie. Il annonça que le bébé, maintenant âgé de trente-deux semaines, était en très bonne santé. Tout allait bien, y compris la taille de sa tête que le médecin avait jugée un peu petite la dernière fois. Tout en tâtonnant avec sa sonde, il tenta de montrer à Seon-gyeong le visage du bébé. Malheureusement, celui-ci se cachait derrière ses mains.

— C'est un coquin ! Moi qui espérais pouvoir vous montrer à quoi il ressemble, plaisanta le docteur.

Seon-gyeong fixa le moniteur tout en écoutant les battements du cœur de son bébé. Il se prépare à affronter le monde, se dit-elle. Elle était rassurée de savoir que tout allait bien mais, en même temps, elle s'inquiétait : était-elle suffisamment préparée pour l'accueillir ?

Elle sortit de l'hôpital et monta dans sa voiture. Au lieu de démarrer tout de suite, elle observa le bâtiment et les passants. Son mari était là-dedans, quelque part. Un jour normal, elle l'aurait sûrement appelé, mais aujourd'hui elle n'en avait aucune envie.

Seon-gyeong sortit la carte de visite de son sac. Elle fit démarrer la voiture et entra l'adresse de l'école de surf dans son navigateur. Elle ne se trouvait qu'à vingt-cinq minutes de là. Il suffisait de prendre la route de la plage de Yangyang.

Seon-gyeong s'engagea sur l'autoroute. La mer s'étendait sur la droite, mais la jeune femme se concentrait sur la voix du navigateur. La route étant déserte, elle arriva à destination plus tôt que prévu.

Elle se gara sur le parking et descendit de voiture. Le vent glacial venant de la mer se glissa dans son pardessus. À en croire les picotements de sa peau, il était sûrement chargé de sable.

Elle rajusta son col puis se dirigea vers la plage où quelques baraques étaient regroupées. Malgré le temps, plusieurs surfeurs se lançaient à l'assaut des vagues.

L'école Blue Marine se trouvait au milieu de ces cabanes. Sur une des façades était peint un surfeur fendant les vagues au coucher du soleil. Seon-gyeong entra par la porte entrouverte.

Des équipements de surf ornaient le mur. Il y avait également un frigo avec des boissons, des tables et des chaises. L'école de surf faisait également office de café. Un grand panneau annonçait les tarifs de location et des cours. D'innombrables photos instantanées des clients décoraient tout un pan de mur. Une voix se fit entendre derrière Seon-gyeong :

— Je peux vous aider ?

Elle se retourna et tomba sur un homme en combinaison de surf. Il devait à peine sortir de la mer car il était trempé. Il posa sa planche devant le magasin et entra. Il s'essuya le corps avec une serviette en arborant un grand sourire. Ses dents blanches contrastaient avec sa peau bronzée.

— Je vous dérange ? Vous étiez en train de surfer, n'est-ce pas ?

— Pas de souci, répondit-il avec un air interrogateur.

Seon-gyeong était déconcertée. Quand elle avait découvert la carte de visite, elle n'avait pas imaginé qu'elle se retrouverait ici. Elle ne savait même pas pourquoi elle était venue.

— Je… je voudrais apprendre à surfer.

— Pardon ?

Seon-gyeong sentit le regard de l'homme se porter sur son ventre. Elle se rattrapa aussitôt :

— Non, pas moi, mais ma fille ! Elle est collégienne et ne me lâche pas en disant qu'elle veut prendre des cours de surf.

— Je vois. Vous voyez l'école là-bas ? Elle est spécialisée pour les adolescents.

— Ah bon ?

Seon-gyeong étouffa tout à coup. Elle avait mal au dos. Posant la main sur sa hanche, elle respira profondément.

— Vous n'allez pas bien ? Asseyez-vous ici.

L'homme, inquiet, poussa une chaise vers Seon-gyeong.

— Je vois que vous vendez du café. Vous avez des infusions ?

— Elles ne sont pas au menu… mais j'en ai pour moi. Si vous voulez… une tisane de camomille, ça vous irait ?

— Oui, merci bien.

Tandis que l'homme préparait sa boisson, Seon-gyeong jeta un regard circulaire dans le magasin.

Qu'est-ce que je suis venue vérifier ici ? se demanda-t-elle.

Ses yeux balayaient la pièce sans relâche. Ils s'arrêtèrent tout à coup. Seon-gyeong se leva d'un bond et se dirigea vers ce qu'elle venait de découvrir.

Sur le mur, parmi les centaines de photos, il y avait celle de son mari.

Pas une seule photo, mais plusieurs. Il n'était pas seul. Sur certaines, il posait joue contre joue avec une jeune femme de vingt ans, sur d'autres, il enlaçait une femme en bikini qui exhibait ses gros seins. Son mari à la peau bien bronzée souriait, dévoilant ses dents blanches, tout comme le propriétaire de l'endroit.

Seon-gyeong détourna le regard et regagna sa place. Elle ne voulait même pas vérifier s'il y avait encore d'autres photos. En regardant la mer par la fenêtre, elle comprit pourquoi elle était venue ici. Elle avait le sentiment que toutes les pièces du puzzle, éparpillées jusqu'à présent, avaient enfin trouvé leur place.

Les heures de travail irrégulières de son mari, sa peau étrangement cuivrée pour quelqu'un qui travaillait en intérieur, le pain qu'il avait rapporté de Sokcho, le sable dans son pantalon… Elle se souvint que, quand elle l'appelait, il disait souvent qu'il avait un rendez-vous à l'extérieur. Travaillait-il vraiment à l'hôpital ?

Le gérant de l'école apporta la tisane dans une tasse en verre. Il suivit le regard de Seon-gyeong qui fixait les photos et déclara :

— Ce sont nos clients de cet été. Une fois qu'on apprend le surf, on est mordu pour toujours. Vous devriez essayer. Vous allez vous éclater !

— Mais ce n'est pas possible d'apprendre en hiver, non ?

— Non, il fait trop froid, même en combinaison. C'est pour cela que presque toutes les écoles sont fermées.

Cet hiver, tu vas faire quoi ? pensa-t-elle, comme si elle s'adressait à son mari.

En silence, Seon-gyeong réfléchissait à la suite. La chaleur et l'arôme de la tisane lui éclaircirent un peu les idées.

Après avoir annoncé au propriétaire qu'elle allait discuter avec sa fille, elle partit. Dans le coin, la plupart des écoles avaient effectivement fermé leurs portes.

Tout en se dirigeant vers sa voiture, elle se demanda à partir de quand les choses avaient déraillé. En y repensant, au fond d'elle-même, elle savait depuis un moment que leur relation était déjà un peu fissurée. Avait-elle volontairement détourné le regard ? Soudain, les questions qu'elle avait laissées de côté jaillirent dans son esprit.

Pourquoi son mari avait-il absolument voulu déménager ici ? Pour quelle raison avait-il quitté son hôpital de Séoul, beaucoup plus grand et renommé que celui de Gangneung ? Pour elle ? Seon-gyeong secoua la tête. C'était ce qu'il avait prétendu. Depuis son premier jour de travail, il n'avait pas arrêté de se plaindre. Et ce n'était pas quelqu'un d'assez spontané pour prendre la décision de changer d'hôpital sans s'être méticuleusement renseigné d'abord.

Seon-gyeong craignait qu'il n'existe une autre raison derrière tout ça. Quelque chose dont elle ne s'était jamais doutée.

Devant le volant, elle resta plongée un moment dans ses pensées, puis elle attrapa son téléphone et chercha le numéro de Hui-ju.

— Hui-ju ? J'ai une faveur à te demander.

— Vas-y.

— Je veux que tu te renseignes pour moi.

Seon-gyeong eut envie de se confier à sa vieille amie,

de lui raconter tout ce qu'elle avait dans la tête, de lui parler de ses doutes et de ses inquiétudes. Mais elle se contenta de lui faire une seule demande, claire et concise. Quant à Hui-ju, elle ne posa pas de question et se contenta d'accepter avant de raccrocher.

Les amies peuvent se comprendre sans mots. Seon-gyeong n'avait rien expliqué mais Hui-ju avait deviné ses craintes.

De retour à la maison, Seon-gyeong fit comme si de rien n'était. Elle goûta le *kimchi* de Mme Eom puis alla dans son bureau. Son dos la faisait souffrir. Son corps, désormais si pesant, semblait avoir atteint ses limites. Elle sentit un picotement au niveau de son ventre.

Qu'est-ce que je fous ici ? En plus, je ne connais personne…

Seon-gyeong se sentait abandonnée dans ce lieu inconnu. Elle avait l'impression que les murs de la pièce avançaient vers elle. Elle suffoquait.

La fenêtre trembla. Seon-gyeong regarda à l'extérieur. Elle pouvait sentir le vent froid s'infiltrer dans la pièce. Sur les arbres, les dernières feuilles se laissaient tomber, comme à bout de forces. Seon-gyeong n'avait même plus le soleil pour la réconforter.

Elle avait besoin de quelque chose qui lui était familier, quelque chose qui pourrait la consoler rien qu'en y jetant un regard.

Seon-gyeong ouvrit le tiroir du bas de son bureau et tâtonna à la recherche des reliques de son père. Rien.

Étrange. Elle les avait pourtant bien rangées ici.

Au cas où, elle vérifia les autres tiroirs. Elle alla jusqu'à les enlever pour les renverser. L'étui à lunettes et le portefeuille de son père avaient disparu. Son journal, précieuse archive du quotidien de son papa, n'était pas là non plus. Seon-gyeong interrompit soudain ses recherches.

C'était son mari. C'était lui qui les avait pris ! Seon-gyeong sentit la fureur monter en elle. Une fureur plus féroce encore que celle qu'elle avait ressentie à l'école de surf.

Durant toutes ces années, son mari l'avait contrôlée à sa guise. Il lui avait fait quitter son travail, il s'était plaint de ses fréquentations, il n'avait pas tenu compte de son opinion pour déménager ici. Toutes ces décisions avaient conduit à son isolement.

Seon-gyeong ferma les yeux. Elle avait l'impression d'être prise dans un marécage. Ses pieds s'étaient d'abord enfoncés, et elle ne s'en était même pas rendu compte. Maintenant qu'elle y était plongée jusqu'aux hanches, elle comprit qu'elle était piégée. Que faire ?

Le bébé bougea dans son ventre, comme s'il avait lu dans les pensées de sa mère.

Pourquoi est-ce que tu arrives maintenant ? se dit-elle en fondant en larmes.

20

Mi-jin était morte. Victime de brûlures au troisième degré, elle avait d'abord été admise en soins intensifs. Après trois jours de coma, elle avait succombé à ses blessures.

Ha-yeong, inquiète de son état, était allée se renseigner à l'hôpital. Au début, l'infirmière n'avait rien voulu répondre, invoquant la protection de la vie privée de la patiente. Elle avait fini par céder quand l'adolescente s'était mise à pleurnicher. Ha-yeong lui avait dit que Mi-jin était la mère de son amie défunte et qu'elle prenait soin d'elle à sa place. Après quelques hésitations, l'infirmière lui avait révélé que la patiente était dans un état grave.

Quand Ha-yeong s'était de nouveau rendue à l'hôpital, Mi-jin se trouvait déjà au funérarium.

Dans le bus du retour, Ha-yeong avait réfléchi au choix de Mi-jin.

Quelle idiote ! Si je lui ai envoyé ces photos, ce n'était pas pour qu'elle finisse comme ça.

Mi-jin s'était laissé consumer par sa propre rage. Résultat : elle n'avait pas pu venger sa fille. Les agresseurs de Yu-ri ne savaient même pas pourquoi sa mère avait réduit leur classe en cendres. Au contraire, ils avaient même été ravis de pouvoir manquer des cours.

C'est stupide. Moi, je n'aurais jamais réagi comme elle.

Pourtant, la mort de Mi-jin avait brisé quelque chose en Ha-yeong. Comme si une des vis qui lui avaient permis tant bien que mal de tenir le coup jusqu'à présent venait de lâcher. Depuis trop longtemps, elle avait lutté péniblement pour ne pas perdre pied. Mais peut-on échapper à son destin ? Depuis l'incendie, Ha-yeong avait décidé de s'accepter telle qu'elle était. Après tout, elle avait eu beau tout essayer pour s'échapper de l'ombre qui l'empêchait d'avancer, rien n'avait jamais changé.

Ha-yeong avait commencé à réfléchir à un moyen de faire payer la bande d'Eun-su. Est-ce que je fais ça pour venger Yu-ri ? s'était-elle demandé. Non, je n'ai aucune raison de le faire. Je ne suis pas sa mère.

Elle n'avait pas oublié ce qui s'était passé sur la plage. Kim Eun-su ! Tu oses me remplir la bouche du sable ? Ha-yeong se revoyait en train de suffoquer. Une humiliation insoutenable. Rien que d'y penser, elle sentait son sang bouillir. Ce n'était que grâce à Ji-hun qu'elle ne s'était pas servie de son couteau.

Depuis, Eun-su agissait devant Ha-yeong comme si elle lui était supérieure. Son regard provocateur semblait dire : « Tu ne peux pas m'égaler. Tu n'es rien ! » Chaque fois, Ha-yeong avait détourné les yeux. Pour la laisser faire. Pour attiser sa fierté. Ha-yeong, elle, visait plus loin ; elle briserait son orgueil.

Elle avait élaboré un plan. Elle avait détaché le lapin en peluche du sac de Yu-ri pour l'accrocher au sien. Regarde comment ils sont fichus ! s'était-elle dit.

Depuis l'incendie, Dan-bi parlait peu. Contrairement

aux autres qui semblaient avoir oublié la tragédie, elle observait souvent par la fenêtre avec une triste mine. Même pendant les cours elle paraissait ailleurs.

Ha-yeong posa son sac sur sa table pour attirer son attention. Elle en sortit ses cahiers et sa trousse. Mais sa voisine restait sans réaction. Ha-yeong posa alors bruyamment son sac par terre. Toujours rien. Elle se décida à lui parler directement après la classe :

— Dan-bi, tout va bien ?

— Hein ? répondit celle-ci qui sortait de l'école, perdue dans ses pensées.

— Je t'ai demandé si tout allait bien. Tu as l'air triste.

Sur le point d'ouvrir la bouche, Dan-bi remarqua le lapin en peluche qui pendouillait sur le sac de Ha-yeong. Elle écarquilla les yeux.

Ha-yeong ne manqua pas de remarquer sa réaction. Bien sûr, qu'elle le reconnaît ! Puisque c'est elle qui l'a fabriqué et offert à son amie pour son anniversaire !

Ce cadeau semblait avoir beaucoup touché Yu-ri. Elle en parlait longuement dans son journal. Elle l'avait attaché à son sac pour l'avoir toujours auprès d'elle. Dan-bi lui avait manqué jusqu'à la fin. Peu importait que son amie l'ait abandonnée à son sort.

— Tu… Tu l'as eu où, ce lapin ?

— Ça ? Je l'ai trouvé dans mon casier. Je le trouve joli, donc je l'ai accroché là. Pourquoi ?

Dan-bi lui lança un regard dubitatif, mais ne dit rien.

— Tu savais qu'un lapin, quand il est trop stressé, peut mordre l'oreille d'un de ses camarades jusqu'à la couper ! S'il se retrouve exclu du groupe, il guette une occasion pour tuer tous ses congénères.

Dan-bi écarquilla de nouveau les yeux.

— Un lapin, c'est mignon, mais ce n'est qu'une apparence. Tu le savais, non ?

— Qu'est-ce que tu veux dire ? demanda Dan-bi après une courte hésitation.

Ha-yeong attrapa le bras de sa camarade pour l'entraîner derrière l'école. Une forêt de pins s'ouvrait près de là. L'endroit était peu fréquenté, idéal pour parler d'un secret.

Ha-yeong regarda Dan-bi bien en face. Le visage de celle-ci se crispa.

— Yu-ri a été assassinée. Ça ne te fait rien ?

— … Bien sûr que je souffre. Mais qu'est-ce que je peux faire ?

La fixant toujours du regard, Ha-yeong colla son visage contre le sien.

— Si je te dis qui est l'assassin, tu vas faire quoi ?

Dan-bi était bouleversée. Elle scrutait attentivement Ha-yeong, comme pour deviner ses intentions.

— Tu veux dire que tu connais le coupable ? demanda-t-elle d'une voix tremblante.

— À 99 %. J'ai encore besoin d'une preuve irréfutable. Tu veux m'aider ?

Dan-bi garda le silence. Elle hésite encore, quelle lâche ! se dit Ha-yeong. Elle décida de mettre le doigt là où ça faisait mal :

— Tu te souviens de mon premier jour ici ? Quand tu ne voulais pas que je me mette à la place de Yu-ri ? Je te dis que je sais qui l'a tuée et tu ne vas rien faire ? Tu es comme les autres. Yu-ri est morte à cause de gens comme toi.

— Pour qui tu te prends ? cria Dan-bi, les yeux brouillés de larmes.

— Moi ? Je ne suis personne. Je n'ai pas connu Yu-ri. Mais toute cette situation me met la rage. Elle a été assassinée et abandonnée dans des ruines, comme on jette des ordures. Tout le monde s'en fout complètement ! Surtout toi ! C'est ton amie qu'il fallait protéger, pas sa table !

Dan-bi éclata en sanglots. Ha-yeong attendit en silence jusqu'à ce qu'elle se calme.

— Je souffre moi aussi ! Je vais devenir folle ! cria Dan-bi d'une voix larmoyante.

— Tu le sais, pas vrai ? Tu sais qui est l'assassin ? C'est pour ça que tu hésites tant, hein ?

Dan-bi se contenta de regarder Ha-yeong, incapable de la contredire.

— La prochaine fois, ce sera peut-être ton tour. Toi aussi, tu te laisseras faire comme Yu-ri ?

Dan-bi arrêta de pleurer. Elle essuya ses larmes puis demanda d'une voix calme :

— C'est quoi, ton plan ?

Les humains sont tous pareils. Ils ont tous une ombre noire qui s'étire à leurs pieds.

Mi-na ouvrait la marche. Elle avait dû se tromper de chemin encore une fois car elle n'arrêtait pas de monter et descendre, jetant des regards tout autour d'elle. Eun-su, qui l'attendait un peu plus loin, finit par hurler :

— Tu ne sais pas où c'est ? Tu vas tourner longtemps comme ça ?

— J'étais sûre que c'était tout près d'ici. C'est dingue !

Mi-na connaissait cette forêt comme sa poche. Depuis sa plus tendre enfance, elle venait se promener ici avec ses copains pour cueillir des champignons, des marrons ou encore des glands. Elle descendit une pente abrupte puis cria en direction de son amie :

— Je l'ai trouvée ! C'est ici !

Mi-na se tenait devant l'entrée de la grotte. Depuis qu'elle y avait abandonné le sac de Yu-ri, elle n'y avait jamais remis les pieds. D'abord, elle n'avait pas su quoi faire. Elle savait qu'elle avait besoin d'un endroit inconnu de tous. Après avoir réfléchi longuement, elle s'était rappelé cette grotte. Enfant, elle venait souvent y jouer et son existence n'était connue que par très peu d'habitants. Ceux qui la connaissaient n'y entraient jamais, effrayés par son obscurité et les risques d'éboulement. Mi-na s'était dit que si elle jetait le sac de Yu-ri ici, personne ne le trouverait jamais. Elle n'avait jamais imaginé revenir aussi rapidement.

Mi-na et Eun-su s'engagèrent dans la grotte, la lampe de leurs téléphones allumée. Il faisait si sombre qu'elles voyaient tout juste leurs pieds. Elles tentèrent en vain de trouver le sac. Il n'était plus là.

— Tu vois ? Quelqu'un l'a pris ! Tu as vraiment fait du beau boulot ! cria Eun-su en donnant un coup de pied dans un caillou.

Mi-na ne la contredit pas. Tout en faisant semblant de continuer à chercher, elle bougonna que le sac ne pouvait pas s'être évaporé tout seul.

Eun-su s'arrêta et renifla.

— Tu sens ça ?

Mi-na renifla à son tour. En plus de l'odeur de la grotte, il y avait en effet quelque chose de désagréable dans l'air. Eun-su éclaira autour d'elle pour trouver d'où cela pouvait provenir. Elle remarqua quelque chose de blanc remuer dans l'obscurité.

Les deux adolescentes avancèrent de quelques pas dans cette direction mais s'arrêtèrent aussitôt. L'odeur était insoutenable. Ce qui remuait ainsi dans la pénombre était en fait des asticots. Des centaines de larves étaient en train de creuser dans des cadavres de chauves-souris.

Elles sortirent de la grotte à toute vitesse, crachant au passage une bordée d'injures.

Une fois dehors, elles prirent une profonde inspiration. Retrouvant ses esprits, Eun-su accusa son amie de l'avoir amenée dans cet horrible endroit. Mi-na secoua la tête avec force. Il n'y avait aucun doute : c'était bien la grotte de son enfance.

— C'est vraiment bizarre. Je n'ai jamais vu de chauves-souris là-bas.

— On dirait bien qu'elles ont emménagé.

— Non, la grotte est trop petite pour ça. Si elles vivaient ici, on les aurait vues.

— Tu as bien vu le sol ? Elles sont toutes mortes.

Une dizaine de chauves-souris mortes étaient en effet alignées sur le sol de la grotte. Comme si quelqu'un les avait regroupées exprès. Mi-na connaissait bien la forêt ; elle savait que ce n'était pas naturel.

Qui avait bien pu déposer ces cadavres ici ?

— Si tu es sûre que c'est la bonne grotte, où est le sac ?

La veille, elles avaient reçu toutes les deux un message de Yu-ri. Plus exactement, un message envoyé de son téléphone.

« Tu crois que tout est fini ? »

Ce n'était pas tout. On y avait joint la photo d'un

uniforme maculé de sang et une autre du visage ensanglanté de Yu-ri.

En voyant le nom de cette dernière s'afficher sur son écran, Eun-su avait paniqué.

Ce n'est pas possible ! Tu es morte ! s'était-elle dit.

Mi-na, complètement affolée, lui avait téléphoné. Après avoir raccroché, Eun-su s'était rappelé que, cette fameuse nuit, son amie avait jeté le portable de Yu-ri en même temps que son sac. Yu-ri était morte, ce n'était pas elle qui avait envoyé ce message. Dans ce cas, qui ? Eun-su avait pressé Mi-na pour qu'elle se souvienne de l'endroit où elle avait jeté le sac. Voilà comment elles s'étaient retrouvées au fond de cette forêt.

Eun-su poussa un profond soupir tout en fixant la grotte. Qui avait pris le sac ? Qui leur avait envoyé ce message ?

— Qu'est-ce qu'on fait maintenant ? demanda Mi-na, terrifiée.

— Je t'avais dit de le détruire ! On n'en serait pas là si tu m'avais écoutée. Fallait l'enterrer, ou le brûler !

— On a bien retrouvé le corps alors que vous l'aviez enterré, non ? répliqua Mi-na, agacée par les accusations de son amie.

— Bon, en tout cas, le plus important, c'est qu'il faut qu'on trouve qui est derrière tout ça. Et vite !

— On essaie de nous faire chanter ? C'est ça ? Et Ji-hun, et Seong-ho ? Tu crois qu'ils ont reçu le message ?

Eun-su dégaina son portable et appela Ji-hun. Elle laissa sonner longtemps, mais celui-ci ne décrocha pas. Mi-na attendit un peu puis demanda :

— Essaie Seong-ho.

— Je n'ai plus son numéro. Tu ne l'as pas, toi ?

Mi-na secoua la tête.

Elles reçurent tout à coup un nouveau message. Encore une fois, provenant du numéro de Yu-ri.

« Pourquoi tu m'as fait ça ? »

Cette fois encore, une photo était jointe, une photo d'Eun-su et Mi-na devant la grotte.

Un frisson parcourut l'échine d'Eun-su. Quelqu'un était en train de les observer !

— Eu… Eun-su, j'ai peur ! chuchota Mi-na en se collant à son amie.

Eun-su attrapa sa main. Les deux adolescentes se mirent à dévaler la colline. En larmes, Mi-na répétait sans cesse : « On va faire quoi ? On va faire quoi ? »

— Arrête ! Je ne peux pas réfléchir ! cria Eun-su en se dirigeant vers l'école.

Qui pouvait être derrière tout ça ?

Cette question tournait dans sa tête.

Si cette grotte avait servi de cachette à Mi-na, cela avait dû être le cas pour d'autres gamins. Mais, qui que ce soit, cette personne ne s'était pas contentée de prendre le sac. Si elle les avait contactées, c'était qu'elle était au courant de tout.

Non, à part nous quatre, personne ne connaît la vérité, se dit Eun-su en secouant la tête.

Elle avait beau réfléchir, elle ne voyait pas qui aurait pu être au courant de cette fameuse nuit. Et pourtant…

« Pourquoi tu m'as fait ça ? »

Cette phrase insinuait que cette personne savait tout.

Peu importait. Qui que ce soit, Eun-su était déterminée à ne pas se rendre sans combattre. Une fois derrière le collège, Eun-su s'arrêta et sortit son portable pour envoyer un message :

« Yu-ri est morte. Tu es qui, toi ? »

21

Seon-gyeong frissonna. Elle sentit le froid l'envahir jusqu'au bout de ses doigts. Elle mit le chauffage en marche, mais cela ne changea pas grand-chose. Elle décida d'aller chercher du bois dans la cabane derrière la maison pour allumer la cheminée.

De retour dans le salon, elle empila les bûches dans l'âtre. Elle en avait rêvé le jour de leur emménagement. Un sourire amer flotta sur son visage. Ils n'étaient ici que depuis quelques mois mais, pour elle, cela paraissait une éternité. Pourquoi cette impression ?

— Tu fais quoi ? lui demanda Ha-yeong qui venait de descendre de sa chambre.

Seon-gyeong lui répondit aussi calmement que possible :

— J'allume la cheminée, j'ai un peu froid. Tu sors ?

Ha-yeong portait un jean et un blouson bleu marine. Il faisait déjà nuit. Où allait-elle à une heure aussi tardive ?

— J'ai un rendez-vous, expliqua l'adolescente.

Elle a réussi à se faire des amis, se dit Seon-gyeong, soulagée. À bien y réfléchir, elle ne lui avait jamais demandé si tout se passait bien à l'école. Depuis l'incendie, elle s'inquiétait un peu mais n'avait jamais trouvé le temps d'en parler avec elle.

Grâce à Mme An, la prof de piano qui fourrait son nez partout, Seon-gyeong avait pu apprendre pas mal de choses à propos de l'accident survenu au collège. Celle-ci l'avait appelée pour savoir comment allait Ha-yeong. Apparemment, sa fille Mi-na ne dormait plus et ne mangeait plus. Inquiète, elle avait maudit Mi-jin, la responsable de tout ça. Elle compatissait à sa douleur d'avoir perdu son enfant, mais elle ne comprenait pas pourquoi elle s'en était prise aux autres élèves. Il aurait très bien pu y avoir un blessé grave.

Depuis cette conversation, Seon-gyeong se demandait si Ha-yeong n'avait pas été traumatisée par ce drame. Ce jour-là, elle l'avait retrouvée marchant sur la route, l'air hagarde. Elle s'était d'abord fait du souci mais n'avait rien remarqué d'anormal chez sa belle-fille.

En tout cas, c'était la première fois que Ha-yeong sortait pour rencontrer des amis.

Seon-gyeong se retint de lui dire de ne pas rentrer trop tard. Elle attendit devant la porte avant de lui souhaiter une bonne soirée puis retourna à la cheminée s'occuper du feu.

Elle glissa du papier froissé sous les bûches et l'enflamma avec un briquet. Le feu ne prenait pas. Seon-gyeong ajouta plus de papier mais les flammes s'éteignirent encore une fois. Elle se trouvait bête de ne pas réussir à faire quelque chose d'aussi simple.

— Laisse-moi faire.

C'était Ha-yeong. Inquiète pour Seon-gyeong, elle avait dû revenir sur ses pas. Elle s'accroupit à côté de sa belle-mère, puis sortit les bûches de la cheminée pour les entasser à nouveau. Apparemment, il ne fallait pas les empiler n'importe comment.

— Au début, il faut mettre des brindilles, pour que le feu prenne. Il faut aussi ajouter des morceaux d'écorce, comme ça, ça s'enflamme mieux. Passe-moi le briquet.

Seon-gyeong s'exécuta.

Ha-yeong alluma du papier journal et l'approcha du petit fagot sous les bûches. Elle était très habile. Les morceaux d'écorce qu'elle avait ajoutés prirent feu aussitôt. Les flammes se propagèrent bientôt.

S'étant assurée que tout était en ordre, Ha-yeong se releva. Pour elle, allumer un feu de cheminée semblait être un jeu d'enfant. Elle se dirigea vers la porte, puis se retourna vers Seon-gyeong :

— Ce n'est pas trop dur ?

— Comment ça ?

Sentant le regard de sa belle-fille fixer son ventre, Seon-gyeong le couvrit de son cardigan.

— En ce moment ça va, répondit-elle.

Depuis quelques jours, elle respirait en effet beaucoup mieux. Le bébé devait être descendu un peu plus bas. Ha-yeong ne partait toujours pas. Voyant que Seon-gyeong la regardait d'un air interrogateur, elle dit :

— Il y a quelques jours, j'ai rêvé de ma mère. Maman… elle m'a confié un bébé. Je ne sais pas pourquoi mais j'ai l'impression qu'elle voulait que je prenne bien soin de lui. Je… je voudrais pouvoir t'aider.

Embarrassée par cette déclaration subite, Seon-gyeong répondit en se forçant à sourire :

— Merci.

Ha-yeong partie, Seon-gyeong enserra son ventre. Assise sur le canapé, elle réfléchissait aux paroles de sa belle-fille tout en contemplant les bûches qui s'embrasaient.

Contrairement aux premiers jours qui avaient suivi l'annonce de sa grossesse, Ha-yeong ne la regardait plus froidement. Elle avait complètement changé. Elle feignait l'indifférence, mais Seon-gyeong sentait bien qu'elle était attentive aux changements de son corps et qu'elle voulait prendre soin d'elle. Elle pensait sûrement beaucoup au futur bébé. Pourtant, qu'elle soit gentille ou distante, Seon-gyeong se sentait gênée par les réactions de Ha-yeong. Depuis qu'elle avait découvert la trahison de son mari, elle était bouleversée. Elle n'avait plus aucune confiance en lui. Dans cet état, elle se sentait incapable d'accorder du temps à sa belle-fille.

Seon-gyeong attendait son mari devant la cheminée. Il n'était pas encore rentré. Visiblement, il serait là plus tard que d'habitude. Seon-gyeong s'y attendait. Mme Eom avait dû lui téléphoner.

En effet, cet après-midi-là, Seon-gyeong avait demandé à celle-ci d'arrêter ce qu'elle faisait et de quitter la maison sur-le-champ. Ayant découvert que la sexagénaire surveillait ses moindres faits et gestes pour en informer son mari, Seon-gyeong n'avait plus pu supporter sa présence. Et ce, bien qu'elle soit au terme de sa grossesse et qu'elle ait absolument besoin d'une femme de ménage.

Quand Mme Eom était sortie cueillir les derniers choux dans le jardin, son portable avait sonné. Seon-gyeong l'avait attrapé pour le lui apporter, mais elle avait soudain été prise d'un étrange pressentiment. Elle avait regardé l'écran et était tombée sur un message de son mari :

« Dites-moi avec qui ma femme a parlé au téléphone. »

Elle avait ensuite ouvert la fenêtre de la messagerie et découvert tous les messages que Mme Eom avait échangés avec son mari. À la lecture de certains, Seon-gyeong s'était sentie sur le point d'exploser. Elle avait reposé le téléphone sur la table. Son cœur tambourinait dans sa poitrine.

Elle n'avait rien dit des messages à Mme Eom. Celle-ci, qui s'apprêtait à nettoyer les légumes, avait écouté, interloquée, le verdict inattendu. Mais, comme si elle avait senti que quelque chose ne tournait pas rond, elle avait attrapé son sac et était partie sans un mot.

Elle avait peut-être cru que Seon-gyeong avait agi ainsi à cause de son état psychologique, comme le lui avait expliqué son mari dans ses messages. Mais ce que la sexagénaire pensait d'elle n'avait aucune importance pour Seon-gyeong.

Dans ces fameux messages, Seon-gyeong était décrite comme une femme enceinte dépressive et instable, capable d'exploser d'une minute à l'autre.

« Je l'ai entendue pleurer dans son bureau après son retour du médecin. »

« Ah bon ? Mettez le médicament que je vous ai donné l'autre jour dans son jus de fruits. Ça lui fera du bien de dormir. »

Le jour en question, Seon-gyeong avait en effet pleuré après avoir constaté la disparition des reliques de son père. Mme Eom lui avait préparé un jus de fruits et elle s'était endormie aussitôt après l'avoir bu. Sur le moment, elle lui avait été reconnaissante de prendre soin d'elle. Mais, comprenant qu'elle n'avait agi que sur les ordres de son mari, Seon-gyeong n'avait plus pu supporter sa présence une seconde de plus. Elle avait été stupéfaite de découvrir que son mari la surveillait et la contrôlait par l'intermédiaire de cette femme.

« Dites-moi avec qui ma femme a parlé au téléphone. »

Ce matin, Seon-gyeong s'était longuement entretenue avec Hui-ju. Son amie l'avait appelée pour lui rapporter ce qu'elle avait découvert. Seon-gyeong s'était ensuite confiée à elle pendant près d'une heure.

Crac. Les bûches, complètement consumées, s'affaissèrent. Elles n'étaient désormais plus qu'un petit tas de braises. Seon-gyeong ajouta un peu de bois dans l'âtre. Une forte chaleur lui caressa le visage. Elle n'avait plus froid.

Un bruit de moteur retentit, puis la lumière des phares passa près du salon. Seon-gyeong regarda par la baie vitrée. Son mari descendait de voiture.

Elle serra les poings sans s'en rendre compte. Elle était prête.

22

Le bâtiment en ruine dont les travaux avaient été suspendus était aussi lugubre qu'une maison hantée.

Le propriétaire des lieux avait décidé de le démolir pour y construire un nouvel immeuble. Néanmoins, après la découverte du cadavre de Yu-ri, la rumeur courait qu'il avait mis le terrain en vente. Dans le passé, l'immeuble avait servi d'auberge. Mais avec l'arrivée des grands hôtels, les auberges du quartier avaient toutes mis la clé sous la porte. Depuis lors, cet immeuble était resté inhabité. Avec ses fenêtres et ses portes cassées, ses chaises abîmées, entassées ici et là, il dégageait une atmosphère funeste.

Arrivé devant le bâtiment, Ji-hun hésita un peu avant d'entrer. S'il n'avait pas reçu un message de Ha-yeong, il n'aurait jamais mis les pieds à cet endroit. Pourquoi voulait-elle le voir ici ? Il lui avait proposé d'aller ailleurs mais elle avait insisté, lui disant qu'elle devait lui parler de quelque chose à cet endroit précis. Mal à l'aise, il avait finalement accepté, de peur d'éveiller les soupçons de Ha-yeong.

Le bâtiment n'avait pas l'électricité. Ji-hun sortit son portable pour activer la lampe mais, à sa grande surprise, il remarqua qu'il y avait du feu à l'intérieur.

Comme hypnotisé, il avança dans cette direction. Il tomba sur Ha-yeong en train de jeter du bois dans les flammes. Elle se retourna vers lui et afficha un grand sourire. Ji-hun s'approcha, feignant le calme.

— Tiens, te voilà ! Viens t'asseoir ici, dit Ha-yeong.

L'adolescent s'assit sur la chaise que lui désignait Ha-yeong. Le feu lui donnait une impression étrange.

Les flammes repoussaient l'obscurité mais, en même temps, lui faisaient prendre conscience plus clairement de la pénombre environnante. Les ombres qui s'allongeaient jusqu'aux murs dansaient de manière inquiétante.

— Tu n'as pas peur ? demanda Ji-hun.

— De quoi ?

— De cet endroit.

— Parce que c'est ici que le cadavre de Yu-ri a été découvert ?

Ji-hun déglutit sans s'en rendre compte.

— C'est là-bas, là où il y a les canalisations. On peut voir l'endroit par la fenêtre, continua Ha-yeong.

Ji-hun se contenta de regarder le feu. Il savait mieux que quiconque où avait été enterrée Yu-ri. Le simple souvenir de cette nuit ravivait la douleur à son épaule. Cette épaule réduite en morceaux qui avait brisé son avenir.

— Pourquoi tu voulais me voir ? demanda Ji-hun.

— Patience. J'attends d'autres invités.

Ji-hun fixa Ha-yeong d'un air dubitatif. Elle lui sourit, comme quelqu'un qui a une idée derrière la tête. Il y avait en effet deux chaises supplémentaires près du feu. Deux places vides… Mais pour qui ?

— Les voilà.

Avant même qu'elle ne termine sa phrase, des bruits

de pas se firent entendre, accompagnés de murmures qui se rapprochaient. C'étaient Eun-su et Mi-na.

Le visage d'Eun-su se crispa en voyant Ji-hun assis à côté de Ha-yeong.

— Ji-hun ? C'était toi ?

— Quoi ?

Voyant sa réaction, le regard d'Eun-su se dirigea vers Ha-yeong. À ce moment-là, les téléphones d'Eun-su et de Mi-na sonnèrent en même temps. Les deux filles vérifièrent leur appareil sans attendre. Elles avaient reçu un nouveau message.

« Asseyez-vous. »

Mi-na, incapable de bouger, restait collée à son amie.

— On s'en va ? Je ne sais même pas pourquoi on est venues ici.

— Parce qu'on doit savoir qui joue avec nous ! C'est toi, Ha-yeong ?

— Je ne vois pas de quoi tu parles, répondit celle-ci d'un air innocent.

Elle doit dire la vérité, se dit Eun-su. Si ça avait été elle, elle aurait dû avoir un portable à la main. Pourtant, elle ne faisait que remuer les bûches dans le feu.

Eun-su avait cru qu'en acceptant cette mystérieuse invitation, elle pourrait connaître le fin mot de cette histoire. Le lieu du rendez-vous ne lui plaisait pas du tout, mais elle devait en avoir le cœur net. Que Ji-hun soit présent ne l'étonnait pas plus que ça. Mais Ha-yeong ? Celle-ci n'était pas là le jour de l'accident. Et où était Seong-ho ? Eun-su conclut qu'il valait mieux suivre l'ordre donné par le message si elle voulait obtenir des réponses.

Elle s'assit sur la chaise.

Mi-na regarda ces trois personnes autour du feu puis se résigna. Elle prit place à son tour sur le siège vide.

Une fois tout le monde installé, Ha-yeong reçut à son tour un message. Elle le lut, réfléchit un instant en fronçant les sourcils, puis ouvrit la bouche :

— On me dit qu'il faut qu'on révèle un secret qu'on n'a jamais confié à personne. Voyons voir… Moi, j'ai tant de choses à dire… Qui commence ?

Les trois autres se jetèrent un regard furtif.

— Pourquoi devrait-on se confier à toi ? demanda Eun-su, irritée.

— Dis-moi ton secret, je te dirai qui tu es.

— Moi, je ne veux pas savoir qui tu es. Et on ne veut pas te dévoiler notre secret !

— Oh… tu es en train de me dire que vous en partagez un ?

Eun-su se rendit compte de sa gaffe. Elle avait l'impression que Ha-yeong lisait dans ses pensées. Eun-su, Mi-na et Ji-hun hésitaient toujours à parler.

— Vous croyez que je parle de Yu-ri ? Oh, que je m'ennuie ! Si c'est ça, votre secret, il a été dévoilé il y a bien longtemps, fit remarquer Ha-yeong.

Elle continua, en se tournant vers Ji-hun.

— L'autre jour, sur la plage… vous êtes devenus bleus de peur quand vous avez appris la découverte de son cadavre. C'est pour ça que vous êtes partis aussi rapidement, pas vrai ? Que je suis bête ! C'était même encore avant ! Quand je vous ai parlé des hortensias, vous êtes devenus tout blêmes ! Dites-moi. Comment l'avez-vous tuée ?

— Que… Qu'est-ce que tu racontes ? Pourquoi tu demandes ça ? lança Eun-su.

Ha-yeong lui rit au nez.

— Parce que je vous ai grillés. Je veux juste savoir comment vous avez tué Yu-ri.

Personne ne dit un mot. Les trois complices étaient livides. Ha-yeong comprit qu'ils ne comptaient pas rentrer dans son jeu. Irritée, elle se leva.

— Je croyais qu'on pourrait s'entendre, mais vous êtes nuls ! Vous êtes minables. Je gaspille mon temps avec vous. Je rêve !

— Quoi ? Tu as dit quoi, là ?

Vexée, Eun-su tenta d'attraper Ha-yeong par le col mais, en un éclair, celle-ci lui tordit le bras. Un craquement se fit entendre. Eun-su hurla en se tenant le poignet.

— Qu'est-ce que tu fais ? cria Ji-hun en se mettant devant Eun-su.

Surprise par l'attaque, Mi-na tenta de relever Eun-su, mais celle-ci la repoussa en hurlant. Mi-na jeta un regard noir à Ha-yeong.

— Tu es folle ou quoi ? Pourquoi tu fais ça ? Tu n'as même pas connu Yu-ri.

— Il y a un malentendu, je crois. Je ne suis pas là pour Yu-ri.

Ha-yeong leva les bras en souriant, projetant sur le mur derrière elle deux grandes ombres qui semblaient être des ailes. Ses yeux luisaient d'une lueur étrange. Elle se remit ensuite à jeter du bois dans le feu. Des étincelles s'élevèrent dans les airs. Les flammes redoublèrent d'intensité.

— Dis-moi pourquoi tu fais tout ça.

— Tu m'as fait avaler du sable et tu oses me demander pourquoi ?

— C'est pour ça que tu nous as fait venir jusqu'ici ? Espèce de pute ! hurla Mi-na.

— J'ai trop mal. Je dois aller à l'hôpital, gémit Eun-su en tirant Mi-na par le bras.

Ha-yeong sortit une bûche des flammes et la brandit dans les airs. Eun-su et Mi-na reculèrent instinctivement devant la chaleur.

— Qu'est-ce que tu fous ?

— Vous ne pouvez pas partir comme ça. Vous ne savez pas encore mon secret.

— Laisse-nous partir. Eun-su est blessée, dit Ji-hun.

Ha-yeong se moqua de lui.

Elle attrapa le sac de Yu-ri qu'elle avait caché derrière la porte et le jeta devant eux. Eun-su cria à Mi-na d'une voix rauque :

— Je le savais ! Pourquoi tu ne l'as pas détruit ? Je te l'avais dit !

— Pourquoi tu me cries dessus ? C'est toi qui as tué Yu-ri. Tout est ta faute ! C'est à cause de toi que la mère de Yu-ri aussi…

— J'ai mal, je te dis ! J'ai un bras cassé. Il faut que j'aille voir un médecin.

— Ahhh ! Allez vous faire foutre ! J'en ai marre ! hurla Ji-hun en voyant les deux filles se disputer.

Il jeta un regard sévère à Ha-yeong, puis tourna les talons.

— Tu vas où ? Emmène-moi à l'hôpital ! Ji-hun ! hurla Eun-su en le suivant.

Mi-na leur emboîta le pas, se retournant de temps en temps pour surveiller Ha-yeong.

Une fois seule, celle-ci se calma et jeta la bûche dans le feu. Plus tôt, une lutte féroce avait éclaté en son for intérieur. Jusqu'au moment où elle avait allumé le feu, elle n'avait encore rien décidé.

Elle avait préparé une barrique d'essence qu'elle avait aussi cachée derrière la porte. Une quantité suffisante pour réduire le bâtiment en cendres. Plusieurs fois durant leur entretien, elle avait eu la tentation de fermer toutes les issues et de tout embraser. C'étaient des flammes qu'elle aurait voulu offrir comme récompense aux trois agresseurs de Yu-ri. En les attendant devant le feu, elle avait pensé à Mi-jin, au regard que celle-ci lui avait jeté au milieu de l'incendie. Elle avait finalement décidé de les laisser partir.

Elle avait résisté à la tentation des flammes. Elle se rappela le moment où elle s'était jetée dans les bras de Seon-gyeong, juste après l'incendie de l'école. Tout ce qu'elle voulait maintenant, c'était rentrer à la maison et voir sa belle-mère. Elle avait l'impression que celle-ci comprendrait tout ce qui s'était passé dans sa tête, qu'elle devinerait quelle tempête elle avait essuyée dans son cœur.

Tuer, ce n'était pas dur pour Ha-yeong. Ce qui était difficile, c'était de résister à cette tentation. Son excitation s'était volatilisée en voyant ces trois gamins trembler de peur devant elle.

Chose étrange pour une fille de seize ans, Ha-yeong avait suffisamment fait l'expérience du meurtre.

Un bruissement se fit entendre derrière elle. C'était Dan-bi.

— Alors ? lui demanda Ha-yeong.

Dan-bi leva son portable. La scène qui prouvait l'identité de l'assassin avait bien été enregistrée. Ha-yeong hocha la tête puis se leva.

— Mon rôle s'achève ici. Maintenant, tu fais ce que tu veux.

Dan-bi hocha la tête en silence. Elle ramassa le sac de Yu-ri et y fourra le portable. Elle remarqua le lapin en peluche, de nouveau attaché au sac. Elle le caressa. Les larmes lui montèrent aux yeux, mais elle releva la tête pour les retenir.

— Je vais y aller.

De nouveau seule, Ha-yeong resta un moment devant le feu. Elle en retira les bûches une à une pour les jeter dans une flaque d'eau. Le feu s'éteignit et l'obscurité envahit l'immeuble.

Ha-yeong sortit du bâtiment, les mains dans les poches de son blouson. Elle marchait, tout en caressant son couteau comme un talisman.

La nuit était déjà bien avancée. Tout était plongé dans le silence. Les étoiles étaient éparpillées dans le ciel. Un vent glacial lui fouettait le visage.

23

Seon-gyeong regarda avec mépris le bouquet de roses que tenait son mari. C'est tout ce que tu as trouvé ? se demanda-t-elle. Apparemment, il n'avait pas encore bien pris la mesure de la situation.

Elle tourna de nouveau la tête vers la cheminée. Par où commencer ? Mme Eom ? Les reliques de son père ? La plage de Yangyang ? Son travail à l'hôpital ? Les sujets ne manquaient pas. Seon-gyeong était curieuse de savoir quels prétextes il allait avancer.

Il resta un peu dans le vestibule avant de poser les fleurs sur la table et de s'approcher. Il la regarda d'un air inquiet.

— Tu vas bien ?

« Il va d'abord tenter de te faire croire que tu as des problèmes émotionnels. »

Hui-ju avait vu juste. Du *gaslighting*. Selon elle, c'était la stratégie typique des maris manipulateurs. Cette forme d'abus mental visait à faire douter la victime d'elle-même.

Seon-gyeong ne pouvait plus laisser son mari la manipuler.

— Tu as fait quoi des reliques de mon père ?

— Quoi ? Quelles reliques ?

— Celles qui étaient dans mon tiroir. Tu les as prises, non ?

— Mais… on les avait jetées à Séoul ! Tu ne te souviens pas ?

Il jouait la carte de l'innocence. Pourquoi je n'ai pas protesté dès le début quand il m'a dit de les jeter ? regretta Seon-gyeong. Ces objets m'étaient si précieux… Pourquoi je l'ai écouté ?

— C'est pour ça que tu as viré Mme Eom cet après-midi ? Tu n'es pas bien dans ta tête ou quoi ?

— Tu sais très bien pourquoi je l'ai chassée.

— Quoi ? Tu es vraiment bizarre ce soir. Tu ne vas pas bien !

— C'est vrai, il fallait que je n'aille pas bien pour déménager ici. Ou plutôt pour t'avoir épousé !

— Encore cette histoire ? Tu sais bien que ce déménagement, c'était pour ton bien. Tu m'as même remercié pour ça !

— Pour moi ? C'était uniquement pour toi !

— Arrête ! Tu commences à m'énerver.

— Tu sais pourquoi je dis ça ? Un jour tu parles de déménager, et une semaine après tu as déjà quitté ton boulot à l'hôpital ! Tu vas me dire que c'était pour moi ?

Le visage de son mari se durcit tout à coup.

— Tu es enceinte, je comprends, tu as des sautes d'humeur, mais ne va pas trop loin, OK ?

— Ton hôpital, lui, il a une autre version ! Tu as démissionné à cause d'un procès pour erreur médicale, pas vrai ?

— … Tu es complètement folle ! Tu te fais des idées. Ce n'est pas du tout ce qui s'est passé, riposta son mari, de plus en plus agité.

Il sortit une bière du réfrigérateur.

Depuis que son mari avait décidé de déménager, Seon-gyeong avait rangé ses doutes dans un coin de sa tête. Après son passage à Yangyang, elle s'était rappelé que le mari de Hui-ju travaillait dans le milieu médical. Elle avait alors téléphoné à son amie.

Le mari de celle-ci, dans le cadre de son travail, fréquentait presque tous les hôpitaux du pays. Il connaissait beaucoup de médecins. Il s'était donc renseigné auprès d'eux sur le mari de Seon-gyeong. C'est ainsi qu'elle avait pu apprendre que deux patients étaient morts à cause de lui. Des erreurs fatales et indéniables. Les familles des défunts lui avaient intenté un procès. Dans le même temps, son ancien hôpital réfléchissait aux suites à donner à ces affaires. Une rumeur courait également chez les infirmières : on racontait qu'il volait de la morphine dans la pharmacie.

Ce matin, après les avoir gardés enfouis en elle durant trois longues années, Seon-gyeong avait enfin révélé à Hui-ju les secrets concernant son mari et sa belle-fille. En parlant, elle en était également arrivée à douter de la nature des pilules que son mari lui avait données. Il lui avait dit qu'il s'agissait de simples compléments alimentaires. Pourtant, il les avait jetées à la poubelle dès qu'il avait appris sa grossesse.

— J'ai tout fait pour toi et maintenant tu me traites comme ça ? Tu n'es qu'une ingrate ! Tu as la mémoire courte, on dirait !

Hui-ju l'avait prévenue : il n'admettrait pas ses fautes.

Parmi ce qu'il lui avait raconté, qu'est-ce qui était vrai, qu'est-ce qui était faux ? Tout n'était sûrement que mensonges. Toutes ses paroles, tous ses actes. Avait-il jamais été sincère ? Au moins une seule fois ? Seon-gyeong se sentit stupide d'avoir cru qu'il pourrait s'excuser.

Seon-gyeong alla dans son bureau pour mettre son manteau et attraper la valise qu'elle avait préparée.

Son mari envoya valdinguer sa canette de bière et lui bloqua le passage.

— Tu vas où comme ça ? Tu es folle ?

— Non, au contraire, j'ai toute ma tête.

— Tu ne peux pas partir dans cet état. Et notre bébé ? Tu ne penses pas à lui ? Pourquoi tu es aussi égoïste ?

Au moment de prendre sa décision, ce qui avait le plus tracassé Seon-gyeong avait été l'enfant qu'elle portait dans son ventre. Si elle quittait son mari, il grandirait sans jamais connaître son père. Mais Seon-gyeong s'était décidée en pensant aussi à Ha-yeong. Elle ne pouvait pas l'abandonner à cet homme, sous prétexte qu'il était son père. Il était dangereux.

— Dégage ! C'est fini, toi et moi !

Seon-gyeong poussa son mari et se dirigea vers la porte. Il lui arracha la valise des mains et la jeta par terre. Seon-gyeong vacilla.

— Qui t'a permis de partir ? Tu sais très bien à cause de qui on se retrouve dans ce trou perdu ! Et maintenant, tu craches sur mes sacrifices ? cria-t-il.

Il l'attrapa par les épaules et la plaqua contre le mur. Seon-gyeong sentit une douleur lui traverser le ventre. Le bébé avait dû percevoir le danger. Son mari l'attrapa par le menton et colla son visage au sien.

— Pourquoi tu ne me crois pas ? Je te dis que je ferais tout pour toi !

Hors de lui, il se mit à lancer tout ce qui lui tombait

sous la main. Il avait fini par exploser en voyant Seon-gyeong avec sa valise. Les roses qu'il lui avait apportées gisaient au sol.

Il regarda autour de lui puis se dirigea vers la cuisine et saisit un couteau. Seon-gyeong frissonna. Si elle restait ici plus longtemps, Dieu sait ce qui pourrait arriver !

Elle se releva et ouvrit la baie vitrée pour sortir. Si elle réussissait à franchir le portail, à se rendre chez le voisin en bas de la pente, elle pourrait échapper aux griffes de son mari !

Comment avait-elle pu oublier qu'elle était enceinte ? Avant même que ses pieds ne touchent la pelouse, son mari l'avait rattrapée.

Il l'enlaça brutalement par-derrière et glissa le couteau sous son cou. Il haletait.

— Fais ce que je te dis, si tu ne veux pas mourir.

Il se dirigea d'abord vers le salon, puis se ravisa. Il entraîna Seon-gyeong derrière la maison.

Elle devina ce qu'il avait en tête. La clôture. Il la conduisait là où la mère de Ha-yeong était tombée. Seon-gyeong voulait s'enfuir mais la lame du couteau l'empêchait d'entreprendre quoi que ce soit.

Une fois devant la clôture, son mari lui fit pencher la tête dans le vide.

— Tu sais ce qui t'arrivera si tu tombes d'ici ? Avec de la chance, tu t'en sortiras avec une jambe cassée. Sinon, tu vas crever avec notre bébé. Tu vas m'écouter ou pas ?

Espèce de connard ! Seon-gyeong aurait voulu lui cracher une insulte au visage. Elle ravala ses mots de peur de le provoquer davantage.

— Tu ne pourras jamais me quitter ! Comment

pourrais-tu ? Tu n'es pas la plus heureuse femme du monde grâce à moi ? Dis-le !

Il la poussa encore un peu plus vers la falaise. Le ventre de Seon-gyeong touchait la clôture. Un peu plus de pression et la barrière allait céder. Pourquoi n'avait-elle pas fait venir un réparateur ?

— Dis-le ! Dis que tu resteras près de moi…

Soudain, elle sentit l'étreinte de son mari se relâcher. Seon-gyeong ne laissa pas filer cette chance. Elle le repoussa de toutes ses forces et se mit à courir. Le couteau que tenait son mari tomba dans l'abîme. Elle se retourna et vit Ha-yeong, essoufflée. Elle devait avoir couru jusqu'ici.

Seon-gyeong ne remarqua pas tout de suite le couteau que celle-ci avait à la main. Voyant son mari vaciller sur ses jambes, elle comprit que sa belle-fille avait enfoncé l'arme dans le corps de son père.

« Il me faut bien une arme pour me défendre, non ? Tu ne crois pas ? » lui avait un jour dit Ha-yeong.

Son mari ôta la main qu'il pressait sur son flanc. Un sang rouge et sombre se mit à jaillir. Il fixa sa fille, incrédule. Son visage s'empourpra de rage. Il lui hurla dessus de toutes ses forces :

— Tu as fait quoi, bordel ? Donne-moi ça tout de suite !

Ha-yeong secoua la tête. Elle avait décidé de trancher les fils dont il se servait pour la manipuler. Je ne suis plus ta marionnette ! se dit-elle.

— Ne me donne plus d'ordres ! Je ne t'écouterai plus, déclara Ha-yeong.

— Tu es dingue ? Comment tu oses parler comme ça à ton père ?

— Pour moi… tu n'es plus rien.

Brandissant toujours son couteau, Ha-yeong recula et fit un signe à Seon-gyeong.

— Va au portail. Hui-ju arrive, lui murmura-t-elle à l'oreille.

Déboussolée, Seon-gyeong s'exécuta. Parvenue au portail, elle vit les phares d'une voiture remonter la pente. Elle leva les bras pour qu'on la remarque.

Hui-ju, assise sur le siège passager, bondit hors du véhicule. Elle resta sans voix devant l'état de son amie, et se dépêcha de l'installer sur la banquette arrière. Au moment de démarrer, Seon-gyeong cria :

— Attendez ! On ne peut pas laisser Ha-yeong ici !

Hui-ju regarda son mari qui tenait le volant. Celui-ci détacha sa ceinture de sécurité. Il était sur le point de descendre de voiture quand Ha-yeong apparut. Elle arrivait en courant. Son père n'était pas avec elle.

L'adolescente s'assit à côté de sa belle-mère. Hui-ju ordonna à son mari :

— Dépêche-toi !

Ha-yeong contempla la maison s'éloigner par le pare-brise arrière. Au bout d'un moment, elle détourna son regard. Elle avait l'impression d'entendre encore la voix de son père : « Je te tuerai, connasse ! »

Tout en pressant sa blessure, son père l'avait menacée et maudite. Mais, contrairement à six ans auparavant, cela avait laissé l'adolescente de marbre. Une fille de dix-sept ans était plus forte que ce que croyaient la plupart des adultes.

Je suis sûre qu'il ne sait même pas qu'hier c'était mon anniversaire et que j'ai dix-sept ans maintenant, pensa Ha-yeong.

Lorsque la voiture passa le péage de Gangneung, elle pensa à Yu-ri et à sa fugue. Celle-ci avait détesté son pays natal, ses parents, sa vie. Elle n'avait pas eu d'autre choix que d'accepter sa condition, simplement car elle était née ici. Elle avait tenté de s'en évader mais avait échoué.

Ha-yeong n'avait pas pu lui tourner le dos : elle comprenait trop bien ce que Yu-ri avait pu ressentir. Si elle avait eu le choix, Ha-yeong n'aurait jamais choisi son père. Contrairement à Yu-ri, elle avait réussi à s'échapper. Parce qu'elle n'était pas seule. Hui-ju avait accouru sans tarder pour venir en aide à sa belle-mère, et elle avait accueilli Ha-yeong à bras ouverts.

Ha-yeong avait choisi sa belle-mère au détriment de son père. Sa famille désormais, c'était Seon-gyeong.

Arrivés sur une aire de repos, Hui-ju et son mari purent enfin souffler.

Seon-gyeong et Ha-yeong s'étaient endormies. Ils décidèrent d'aller acheter à manger.

— Merci, chéri. Tu leur as sauvé la vie, remercia Hui-ju de tout son cœur en le prenant par la main.

Il ne répondit rien. Un sourire furtif éclaira son visage. Un sourire qui en disait long. Pourvu qu'il sourie toujours comme ça, se dit Hui-ju. Qu'il ne se tourmente plus jamais à cause de la mort de son ami. Qu'il se souvienne pour toujours d'aujourd'hui. Qu'il soit fier d'avoir sauvé deux vies.

Quelques heures plus tôt, après avoir raccroché avec Seon-gyeong, Hui-ju était au comble de l'angoisse. Elle avait appelé son mari pour lui dire qu'elle voulait aller à Gangneung vérifier comment son amie se portait.

Celui-ci n'avait pas posé de questions. Il était venu jusqu'à son cabinet pour lui proposer de la conduire jusque là-bas. S'il avait dit quelque chose, elle aurait très bien pu hésiter et ne pas venir.

Une fois à Gangneung, elle avait appelé Seon-gyeong. Aucune réponse. Son inquiétude était insoutenable. Ne connaissant pas l'adresse de son amie, elle n'avait pas su quoi faire. Elle avait fini par appeler Ha-yeong qui lui avait donné l'adresse. Elle avait dit qu'elle allait voir où était sa belle-mère.

Quelle chance extraordinaire qu'ils soient arrivés à temps !

Hui-ju remit ces pensées à plus tard. Pour le moment, elle voulait juste remercier le ciel qu'elles soient saines et sauves toutes les deux.

Épilogue

Réveillée, Seon-gyeong tentait de comprendre où elle se trouvait. Ce n'est qu'en voyant la tapisserie qu'elle se rappela qu'elle était dans un centre de remise en forme postnatale. Son lit était douillet. Elle aurait bien voulu dormir encore un peu, mais elle sentait que sa poitrine était tendue. Il était temps d'allaiter son bébé.

Elle se redressa et s'installa confortablement. À ce moment-là, la porte s'ouvrit. Une infirmière entra avec le poupon dans ses bras. Derrière elle, il y avait Ha-yeong portant des sacs. L'infirmière passa l'enfant à sa mère et se retira.

Seon-gyeong lui donna le sein. Il n'avait qu'une semaine mais son visage perdait déjà de sa rougeur. Il devenait un joli petit bébé.

Ha-yeong, à la demande de sa belle-mère, était allée faire des courses. Elle posa les sacs dans un coin et regarda le bébé, ébahie. Elle venait tous les jours, mais chaque fois c'était comme si elle découvrait le nourrisson pour la première fois.

— Regarde son nez ! Comme il est joli !

Seon-gyeong et Ha-yeong avaient beaucoup de choses à se dire. Cependant, elles savaient que le temps n'était pas encore venu. Un jour, elles se diraient tout ce qu'elles avaient sur le cœur.

— Laisse-moi rester avec toi pendant trois ans. Après, je me débrouillerai toute seule, avait dit Ha-yeong lorsqu'elles avaient débarqué dans un hôtel à Séoul après leur évasion de Gangneung.

Allongées sur le lit, elles avaient commencé à parler de l'avenir, mais Seon-gyeong avait perdu les eaux. Il avait fallu partir à l'hôpital en urgence. Prise de court, Seon-gyeong avait de nouveau dû recourir au mari de Hui-ju.

— Comment tu vas l'appeler ? demanda Ha-yeong, perdue dans ses pensées.

— Je ne sais pas encore. Tu as une idée ?

Le bébé agita les bras comme s'il voulait participer à la discussion. Ha-yeong posa son doigt sur la paume du bébé qui s'y agrippa aussitôt.

— Bonjour. Je suis ta grande sœur.

Seon-gyeong frissonna.

Ha-yeong et sa fille étaient liées par le sang. Elle avait accepté l'idée de vivre avec Ha-yeong mais, chaque fois qu'elle pensait à sa fille, un sentiment étrange la prenait. Elle savait que ce mélange d'inquiétude et d'angoisse ne disparaîtrait pas avant longtemps.

— Je te protégerai. Je ferai tout pour que rien ne t'arrive, jura Ha-yeong au bébé.

Ce n'étaient pas des paroles en l'air. Cette nuit-là, Ha-yeong avait sauvé Seon-gyeong mais aussi sa future petite sœur. Seon-gyeong comptait faire de son mieux pour avoir confiance en sa belle-fille, pour se débarrasser de ses mauvais pressentiments.

Après tout, qui savait ce que réservait l'avenir ?

42/7410/1

PAPIER À BASE DE FIBRES CERTIFIÉES

Le Livre de Poche s'engage pour l'environnement en réduisant l'empreinte carbone de ses livres. Celle de cet exemplaire est de :
350 g éq. CO_2
Rendez-vous sur www.livredepoche-durable.fr

Composition réalisée par Soft Office

Achevé d'imprimer en septembre 2022 en Espagne par Liberduplex
Dépôt légal 1re publication : septembre 2022
LIBRAIRIE GÉNÉRALE FRANÇAISE
21, rue du Montparnasse – 75298 Paris Cedex 06